与你的城同在
YU NIDE CHENG TONGZAI

细妹

与深圳一起成长

张黎明 著

SPM
南方传媒

广东人民出版社

· 广州 ·

图书在版编目（CIP）数据

　　细妹：与深圳一起成长 / 张黎明著. —广州：广东人民出版社，2022.5
　　（与你的城同在）
　　ISBN 978-7-218-15712-2

　　Ⅰ．①细…　Ⅱ．①张…　Ⅲ．①长篇小说—中国—当代　Ⅳ．①I247.5

中国版本图书馆CIP数据核字（2022）第053555号

XIMEI: YU SHENZHEN YIQI CHENGZHANG
细妹：与深圳一起成长
张黎明　著

版权所有　翻印必究

出 版 人：肖风华

选题策划：钟　菱
责任编辑：王　鹏　胡　萍
责任技编：吴彦斌
封面设计：萨福书衣坊
封面摄影：唐桂生

出版发行：广东人民出版社
地　　址：广州市越秀区大沙头四马路10号（邮政编码：510102）
电　　话：（020）85716809（总编室）
传　　真：（020）85716872
网　　址：http://www.gdpph.com
印　　刷：广东鹏腾宇文化创新有限公司
开　　本：889mm×1194mm　1/32
印　　张：10.75　　　字　数：205千
版　　次：2022年5月第1版
印　　次：2022年5月第1次印刷
定　　价：58.00元

如发现印装质量问题，影响阅读，请与出版社（020-85716849）联系调换。
售书热线：（020）87716172

目 录
C ONTENTS

第一章

行花街老东门
"AA制"

一、除夕　　　　　/002

二、细妹　　　　　/024

三、猫眼　　　　　/045

四、心病　　　　　/055

五、闲聊　　　　　/065

第二章

玻璃屋华强北
"罗宝线"

一、零分　　　　　/078

二、街霸　　　　　/086

三、地铁　　　　　/099

四、"非典"　　　　/110

五、小鸟　　　　　/126

第三章

布松草老祖屋
"走班制"

一、祭祖 /144

二、婚宴 /164

三、天生 /177

四、孖展 /195

五、nano /212

第四章

解放路深圳湾
灯光秀

一、扶贫 /236

二、穷游 /258

三、独行 /268

四、相遇 /280

五、疫情 /301

尾 声 / 329

第一章

行花街老东门『AA制』

罗湖区爱国路花市旧照（郑丽萍/摄）

一、除夕

明天就是公历2000年2月5日，中国农历庚辰年（龙年）的大年初一。

大年三十可不简单，一个月前，凤娇妈就在新安酒家订了年夜饭，所有的忙忙碌碌都会在今天的除夕夜画上句号：齐家大小开开心心吃团年饭啦。

不论东门老街还是深南大道都已张灯结彩，他们住的华龙住宅区，每栋大厦的地面台阶两旁都摆着挂满"利是"（红包）的大桔树，空敞的门楼悬着两个直径约一米的大红灯笼。微风轻轻若无，灯笼须儿不时颤颤荡荡，像急不可耐赶着去吃团年饭似的……

凤娇一家住福田区，生小女儿细妹（芊羽）时回罗湖区父母家坐月子，产假结束说回自己家请个保姆。

凤娇爸妈都退休了，凤娇妈无事干闷得慌，凤娇爸返聘当了顾问，每天上半天班，清闲多了。

凤娇妈坚决反对，说请保姆要几百元，叉仔和凤娇都是她带大的；熙熙马上要上小学，到住宅区附近的小学走路也就5分钟，接送多方便……

凤娇爸说昌生在北京读博士，家里几个房间都空荡荡，凤娇自家房子才两房一厅，没有这里宽敞，搬回来好。

熙熙说不清为什么如此喜欢住在外公外婆的家，立即两手举出剪刀形状，还"耶耶"地叫。

凤娇他们搬回父母家正确无比，凤娇已任银行副行长，主管贷款业务，一天到晚忙得像一个陀螺，有时候回家都晚上10点了。杨定国更忙，前些年深圳发生了几宗的士司机被抢劫和被杀害的案件，一直都没破案。公安局成立专案组，小杨调到公安局刑侦处协助破案。自此后，他常常独自冥思苦想，待在阳台一支烟接着一支烟抽个不停。凤娇不敢打扰他，知道他啃着硬骨头……

他们住在父母家，省心多了，孩子上幼儿园和小学，全靠凤娇妈。

凤娇妈年前十天就开始忙"做年"了，像以前那样大包大揽，凤娇说帮忙，她手一挥眉头紧皱，好像被什么打了一棍：做年，做年，年年都做，我做惯了。你？吃嘢唔做嘢，做嘢打烂嘢（会吃不会干，一干就砸锅）……

凤娇妈越老越喜欢唠叨，往日"做"才是真正的做，哪个客家女人年前不"做"？她清楚儿子昌生和外孙熙熙爱吃脆脆的"米层"，先炒谷爆花，脱壳的白米花和煮好的糖浆黏合压平，再切成比麻将大的长方块就完成了。女儿凤娇却喜欢吃糍粑、茶果和萝卜粄，材料都是糯米粉和粘米粉。糍粑和茶果是甜的，糍粑像个大汤圆，凤娇最喜欢咬破糍粑后沙沙的糖和香香的花生碎流入口齿的那种感觉。茶果好像普通的黄糖饼，中间印了红点，凉时硬得像石头，一蒸热就绵软清香好比糍粑。六叔公喜欢的"萝卜板"似饺子却比饺子大几倍，鼓鼓囊囊的萝卜丝腊肉馅，一口咬出的软糯咸香，另有一番别于饺子的滋味。而年糕、芝麻糖都是他们夫妻的最爱……

好吃必然工夫多，偏偏凤娇妈就爱这样的工夫活，家家户户都在年前一个月花心思"做"，她还能不"做"？凤娇妈总说累得好似一只"木屐"，累是累，可吃得香！

现在有现成年货，懒得费时"做"了，剩下清洁卫生做几天，大不一样了。

凤娇妈先帮助对面六叔公家大扫除，再做自己家的活儿，洗蚊帐被子，擦椅子桌子，大年三十，大扫除总算做完了。迎新迎新，一个干干净净的新年要来了……

"大桔水！大桔水！"熙熙连喊带跳从对面门冲进来。

他们和六叔公家门对门，两家还像在叉仔巷的时候从不关门。两家门正好在一个凹位的两边，过道尽头是窗子，装修时经过管理处同意在门对门的过道外加装了防盗门，门一关两家就像一个大家。细妹刚出生时常常哭闹，六叔公怕熙熙无法专心做功课，干脆给熙熙在自家留了特备房间，往日凉茶铺二楼的书也放进去。只是熙熙不像孩童时的叉仔，压根儿不看书架上的书，倒喜欢听叉仔舅舅小时候的趣事，像追电视剧一样，总是问后来怎么样了。

熙熙房间的地板上有满满一筐玩具，大大小小的"咸蛋超人"和"变形金刚"，还有从"欢乐城"（深圳早期儿童游乐场）或麦当劳换来的薯条汉堡模型和各式各样美国卡通片里的"史努比"等。那些超人、金刚的胳膊大腿脑壳大都可以三百六十度旋转，熙熙总是不停扭动手中的玩具，不但倒腾出各种姿势，还痴痴迷迷地坠入角色，一会金刚一会超人，有好几回还拉着六叔公噼里啪啦对垒半天。

也是奇怪，多了熙熙，六叔公也返老还童了，他和熙熙没大没小像兄弟俩，一点都不摆太公架子。

"大桔水！大桔水！"孩子后面闪出笑嘻嘻的六叔公。

烧"大桔水"是除夕的重头戏，六叔公一早就亲自去东门菜市场门外转角处，他和老街坊都知道有客家婆蹲在旮旯里卖茅草和柚子叶，熙熙手里正摇晃着几小捆这样绿油油带着柠檬清香的枝叶。

六叔公启封了叉仔巷老屋拆迁时带过来的大锅，这个锅大得他两手也抱不过来，只有微微弓腰揽在怀里，十足像一头耕作的牛。

熙熙突然蹿到六叔公后头，举着几把柚子枝叶在老人头上肩膀挥来舞去，嘴巴还发出"啪！啪！"鞭牛那般的声响。

正在剥桔子皮的凤娇妈立马站起大叫：熙熙！冇皮仔

（调皮鬼）！冇家教！

谁想熙熙毫不理会还稚声十足地嚷：啪啪！

更想不到六叔公先甩头抖肩继而沉着腔门，一声长沉的"咩——"震颤在客厅……

凤娇妈直接笑倒在沙发上，芊羽也一把扔了正在吃的桔子，迈开小短腿，腾腾跑到六叔公身前，拱起小臀一扭一扭也学着"咩咩"乱叫，不需排练就入了戏。

凤娇妈一面擦着蹦出的泪花一面对芊羽说：细妹，细妹过来，冇学乜皮仔！

叉仔巷时代烧的是煤球炉，一大锅水得烧半天工夫才滚烫，如今烧天然气不用半个小时，等水一开，把备好新鲜桔子皮和柚叶放进锅里烧开几分钟就是大桔水。不管春夏秋冬，深圳老街坊天天都得冲凉，也就是今天说的洗澡，除夕也没有差别，不过往胶桶加上几大勺滚烫的大桔水，加冷水调至适温冲洗身子就遍体桔柚清香了，闻着自己一身如影相随的香再换上新衣，就等着"'人头马'一开，好事自然来"，三百六十五天也就只有一天年夜饭。

此时，凤娇妈和六叔公闲下来了，熙熙兄妹俩却手不停脚不停，追赶客厅上头飘荡的那只五彩氢气球。只要气球慢一点点，或者细妹蹦着球了，哥哥就手一弹把球打回半空中，然后又是追和赶。

凤娇妈很疼爱细妹，容不得熙熙捉弄细妹：熙熙，让一让细妹！

熙熙把气球递给芊羽，就在她够着的时候，指头轻轻一弹，气球飞了。

凤娇妈摇了摇头：冇听讲！乜皮仔（调皮鬼）！

六叔公一笑：外甥似舅父……

凤娇妈瞪着熙熙：切！熙熙有叉仔一半聪明就冇会留级了！

熙熙不高兴了，牵了气球一屁股坐到六叔公两腿之间的小空位：我都是叉仔！

六叔公：有几分似……

凤娇妈不以为然：你叉仔舅父读书第一名……你算乜嘢（你算老几）？

熙熙蹦起来冲自己竖起大拇指：我，叉仔！一级棒！

凤娇妈开始模仿讲故事的声调：从前，有个细蚊仔，冇心机读书，左耳入右耳出，一年级就留班！丑丑丑，丑到耳仔炒烧酒（耳朵都羞得好像喝了烧酒一样红）……

熙熙两根指头堵住耳朵。

凤娇妈：一级棒？考试几多分？一百分得八分！吡吡乌（差劲）！你同你舅舅比？地同天比！

凤娇妈白话说了一串还不够味儿，加了一句客家话：头拉毛扎豆腐，提都唔好提！（头发丝捆豆腐，别提了！）

熙熙用力眨巴着眼睛，琢磨着要说什么。

六叔公还是笑，拉过熙熙：你叉仔舅舅好醒目！

熙熙点头：我都好醒目！

细妹"咿咿呀呀"跑过来，想牵走熙熙手里的氢气球。熙熙一下站起放开手，噗嗤一笑，气球又一次缓缓飞走。细妹迈开小腿追逐着氢气球，在客厅里转圈圈。熙熙就像猫逗老鼠那样左右腾挪，细妹一蹦他一跃，末了还仰在沙发上，两小腿懒懒地一蹬一蹬，气球儿被他玩弄在脚丫之中；细妹踮起脚尖扑来扑去就是捉不住气球。

凤娇妈叹气，嘀嘀咕咕地和六叔公说的还是熙熙，说学校的老师不像叉仔小时候的老师，从来没有家访：开家长会有乜嘢鬼用。几十个人围着一个老师！

她突然压低声音：凤娇主张熙熙留级，我担心，熙熙似……嗰个蛊惑"老豆"（那个奸诈的父亲）。

六叔公摇摇头：慢慢来……

凤娇妈一急就说客家话：烂泥糊唔上壁！

六叔公还是摇头：我同凤娇商量……

凤娇妈：商量？学七楼东莞仔去贵族学校？一个学期几万元，有冇搞错？

六叔公要说什么，被细妹的"嘎嘎……"大叫打断了。

细妹终于发现自己永远都够不着球，伸着脖子张开手大叫。

熙熙坐起，摇头晃脑把气球伸到细妹鼻子下，细妹一扬手，他又高高举起气球，还挤出一脸怪笑。岂料细妹一下扑过去，满口小牙在毫无防备的熙熙手腕上一啃。

"哇——"

熙熙满眼飙泪，忽地站起两手一砸，狠狠把氢气球击向细妹，不过气球实在太轻了，柔柔地拐了个小弯往天花板去了。

熙熙切换成课堂上才说的普通话，声嘶力竭地吼细妹：我不和你玩了！

细妹蔫蔫地走过来，熙熙弓腰叉背状如老虎下山：走开！

细妹抬着头愣看着哥哥，好一会也用普通话悄声问：不和我玩？你就没有妹妹和你玩了……

熙熙满脸不屑身板挺直：没有关系，我和自己玩！我不要你！

细妹瞪了好一会眼睛才说：你……你把我塞回妈妈的肚子……

熙熙一脸鄙夷：你太大只了，塞不回去！

细妹不知道说什么好了。

熙熙瞥了一眼默不作声的六叔公，立马切换成粤语：冇人要你！

细妹懵然看着熙熙迈开大将军那样趾高气扬的步伐，在客厅和阳台之间徘徊，他手中那只无辜的氢气球稍稍往上冒就被狠拽一把，一抽一抽特别可怜。

细妹突然冲到茶几前冲熙熙咆哮：嗷！

熙熙也冲到茶几的另一头，鼻子和眼睛皱成一团纸球，双手还冲着空气扒拉了好几下并发出虎啸声。

隔着茶几，两个小人儿互不相让看上去有一场大战。

凤娇妈要说什么，不料六叔公给她使眼色……

她突然记起厨房的"大桔水"早就沸腾了，立马起身备水和备好孩子们的新衣服。

几分钟的时间，她重新回到厅堂时，熙熙和细妹的脑袋挨在一起，和好了，细妹拿出幼儿园老师奖励的闪卡送给哥哥。

六叔公正在说：细妹这么小就得了奖，阿熙考试全班前五名就好像叉仔舅舅了。

凤娇妈一听就接上话：考试前五名，我就奖你！

熙熙来精神了，眼睛在天花板上溜了一圈，终于降落在凤娇妈身上：奖乜嘢（奖什么）？

凤娇妈没有想好，一个"奖"字蹦了又蹦没蹦出尾巴。

六叔公对熙熙说：你最想要乜嘢，想好再讲……

凤娇亲自开车去深圳机场接刚下飞机的弟弟昌生。昌生还在北京读博士，不管多忙都会赶回深圳过年……

他们还没进家，一出电梯口就闻到了熟识的桔柚清香，踏进家门只见浴室门弥漫着水雾，浴室传出阿妈一边冲水一边说的吉利话，还飘出细妹怕痒痒的吃吃笑。

熙熙已经洗了桔子皮和柚叶的热水澡，穿好了一套暗红色的小西装，只差套上新袜穿上新鞋子……他一看到博士舅舅就疯了，癞皮狗那般扒拉着舅舅的背囊，一翻出他最爱的茯苓饼，开了包装就往嘴里塞。

舅舅看着熙熙的馋猫吃相笑了，摸了摸熙熙的小肚皮，毫不忌讳说起自己当年贪吃鸡仔面的丑事，但保留了吃进医院的结局。

他一本正经要收起茯苓饼：不要撑得太饱。

熙熙有点不情愿。

六叔公说撑得太饱就吃不下年夜饭的烧鹅、芝士龙虾、葱油白斩鸡了！

舅舅把茯苓饼盒子推到熙熙怀里：年夜饭同茯苓饼，二选一。

话音没落，熙熙大叫：年夜饭！

在舅舅跟前磨蹭的熙熙突然想到什么，眯眯一笑在舅舅的耳朵上说起悄悄话。

舅舅先是惊讶接着点头，后来和熙熙勾手指头，两人一起说"一百年不变"，还举起巴掌互相一击，不知道达成了什么诡秘协议，一掌为定后的他们都开怀大笑。舅舅捧着肚子说笑痛了，接着向大家宣布，以后大家不要叫自己叉仔，他把"叉仔"无偿转让给阿熙了。

熙熙举着"V"形手势嚷嚷"超级好人好舅舅"，赤脚丫从沙发这头蹦跶到沙发那头，摆出奥运会金牌运动员上领奖台的骄傲姿势。

没有人看明白这一大一小的古灵精怪，也没有人在意。

谁会知道熙熙的小心思？他心目中最厉害的博士舅舅把"叉仔"让给了自己，这样小的年纪就知道拿捏别人也是少见。原来他伏在舅舅耳边说知道舅舅吃鸡仔面吃进医院的结局，他会保住"秘密"不告诉别人，不过舅舅要给自己一点超能量，他要进入班里学习成绩前五名，做博士舅舅一样的叉仔！他心目中的叉仔舅舅就是"超人"和"金刚"，或像电视里的神龙十八掌那样无敌和超能量，只要舅舅给自己能量，一定能考上班里前五名。

熙熙没想到博士舅舅一口答应了，他眯了眼睛想，让婆婆奖励自己什么呢？

他不知道和舅舅"成交"之前的小插曲。

从机场到家的路上，凤娇向弟弟大吐苦水，儿子一年级期末考试只有八分，重读一年才得以升上二年级，这学期老师评价他无法集中精力听课，熙熙脑袋里面是不是糨糊？不等昌生答话，她就半玩笑半认真地说，这个不开窍的熙熙就交给你这个博士！

昌生心里很乐，巧成这样子，偶然或必然都这样奇诡，好像一把锁和一把钥匙，到底是不同配置还是钥匙或锁走丢了，锁头和钥匙各自奔跑。母子俩都向着"前五名"的同一目标，怎么还是贴错门神不搭界？

世界上这种方向一致却无法对接的事太多。

熙熙想想就笑，身子都笑软了，仿佛掉进了糖罐里，咧开嘴不知道从哪里吃起，两只小赤脚互相挠了半天：婆婆，我拿到前五名，奖我去北京！

凤娇妈笑眯了眼：好！好！好！

刚进屋的凤娇爸诧异极了：凤娇妈拉着熙熙的手，这副大肚佛的和蔼笑模样实在罕见；总说旅游贴钱买难受的人竟然叫嚷嚷去北京旅游，又是长城又是天安门，还要去昌生的清华大学。

他迅速瞄了玻璃茶几一眼，有几张彩券，不知是福利彩票还是体育彩票。凤娇妈对凤娇爸说过几十遍，她的一位旧工友手气好，中了头奖，买了一套房。她不时买彩票，各式各样的都买，自选数或机选数的，即刮即开的，博一博也不过三五元。只有一两回中了安慰奖，她苦了脸说过再也不买，哼哼，大概手又痒了。

凤娇爸：旅游？中了头奖？

凤娇妈推了熙熙一下：你讲！

熙熙：公公，我要考全班前五名……

凤娇爸嘴一撇要说"猪乸都会上树"，刚说出"猪"，对面的凤娇妈一眨眼就抢过话头：猪脚姜！你考前五名，你公公带你去新安酒家饮茶，吃你最钟意的猪脚姜！

话音刚落，熙熙大叫：讲大话！钟意吃猪脚姜的是阿婆自己！

这是实话，凤娇妈张口结舌好一阵子，突然左顾右盼，无人声援后自己大笑……

几乎所有人都洗了"大桔水"，冲一个这样的凉格外清爽，连凤娇爸也偷工减料洗了一个脸，洗完了，都穿上了新衣服。

杨定国还在值班，年夜饭赶不上了。

凤娇妈穿了一件齐膝盖的嫩粉色大衣，收腰垫肩大披领，凤娇还帮她围了一条小小的真丝巾，连凤娇爸也不禁多看了几眼，说她穿了几十年衣服，就这件像点样子。

凤娇妈突然有点结巴说不贵，凤娇买的，100多元。

熙熙喷出一句：阿婆好孤寒（吝啬）的，买菜要走好几档，几分钱都讲价讲到出牙血……

凤娇掐了掐儿子的耳朵：阿熙，今晚年夜饭起码都要1500元，你讲阿婆孤寒？走，去吃饭！

过年，别以为在深圳过年的人不多，深圳和香港本来就是一家，经罗湖口岸赶回来过年的人真是人山人海，通宵排队，都为了大年三十返乡吃一餐团圆饭。老深圳人都知道20世纪60年代兴建的新安酒家，早年没时兴在酒楼吃团圆饭，也吃不起，大年三十，酒家的师傅们早早"挂锅"（收市）。20年过去了，日子富了，生活好了，不知道从哪一年开始，上酒楼吃团年饭成了规矩，大年三十的酒楼人气爆棚。

离过年还有一个月，凤娇妈去新安酒家订厅房，没想到20个厅房已订完，只好定大堂的她心里有根刺。一进大堂边廊，凤娇妈碰到老街坊二嫂，二嫂就抱怨自己订晚了，大堂40桌满了，七央八求在边廊加了这最后一桌。

凤娇妈微微一笑，订不到厅房的那根刺就融化了。

其实，大堂也很好，他们一家和香港赶回来的凤娇小姨和大舅、二舅、三舅等好几家也就隔了几张桌位。

往日十字街的街坊，三姑六婆没有相约却都定了新安酒家，老熟人一见面不再说普普通通有点土的吉利话。

阿黄嫂一见凤娇妈就说：你好靓，后生十几年……凤娇妈还没有学会矜持：哎，承你贵言！

再往前走两步，胳膊被老同事阿金掐了一把：哇，你的皮肤好白净，她还是那句"承你贵言"。

拐了个弯又被人拍了一肩膀，这个丰满的女人说凤娇妈的时髦大衣质地好，这牌子货自己也在香港买了一件，港币1000多。凤娇妈记不起这是谁，不过她也高兴，讨人喜欢的话细细碎碎落满凤娇妈上洗手间的一路。她好像中了头奖彩票，这一种云里飘荡的感觉从来都没有过。

凤娇妈在洗手间镜子看自己的脸，好听的话有真有假，也是人家的一片心。想着想着，那人说大衣要港币1000多一件，她吓醒了，女儿说在国贸大厦的免税店买的，才100多元，肯定怕自己嫌贵不穿！这一激灵想起那人是新安酒家的老职工，20世纪60年代一起坐火车去广州串联，住在一个房间，还说在新安酒家当学徒，只为了在酒家吃两餐饱饭……

凤娇妈看着镜子里的自己，时髦大衣衬托了丰衣足食的脸，确实有光有泽。她安慰自己"一分钱一分货"，心里的叹息只能波涛暗涌，衣服穿过就不能退货了，终于迈过了1000多元的这道坎。

年夜饭，新安酒家的大堂，一个小家加上一个小家，四五个小家甚至七八个小家，成就了相熟的一家又一家，过年的气氛更浓烈。一桌接一桌，40多桌的喜气洋洋，认识的亲朋好友就顺便一桌桌走过去，问声好，拜个早年，互相说一声"恭喜发财"。

全大厅荡荡漾漾，说不完的"恭喜发财"，连新安酒家的新老经理也端着酒杯，敬相熟老街坊们的酒，一桌一桌派利是。经理们特意走到六叔公这桌，双手作揖感谢六叔公长年"帮衬"（捧场），祝老人家寿比南山，毕恭毕敬送上一个大红包。

大人们在一桌一桌之间串来串去，哪里顾得上那群"猴哥仔"（孩子）。也就是熙熙兄妹这般年纪的孩子们，他们不管认识还是陌生，不分这桌那桌，不管红衣还是黛裙，也不知道为哪般，也不知道谁起的头，笑啊跳啊推啊叫啊……

从20世纪80年代开始，年年过年，老街坊们都有两个习惯，先看香港电视《欢乐今宵》，肥肥沈殿霞、郑少秋和罗文等都成了他们的老朋友；再是大年初一零点开始烧鞭炮、烟花。叉仔巷那时没拆建，一条巷都挂满了小红炮仗，最长的是六叔公凉茶铺的炮仗，从三楼落到一楼的门槛。每当凤娇爸点燃炮仗的一瞬间，巷子里的其他炮仗也响声连连，真像军火库爆炸。

深圳城里的楼房越来越密集，人多楼多自然因燃烧烟花炮仗引发的火灾就更多，政府早在1991年就明令禁止燃放烟花炮仗。而从1967年开播的香港无线电视节目《欢乐今宵》，观众日渐稀疏，1994年就是开播的第27年也结束了。

过年没有炮仗也没有《欢乐今宵》，凤娇爸和六叔公不甘心，不时发发牢骚，说不像过年的样子。中央电视台的春节联欢晚会开播了一年又一年，他们一看奚落广东人的小品节目就摇头转台。如今年夜饭最后的糖水还没上，他俩就说时间到了要回家看春节联欢晚会，无知无觉的几年一挥间，旧时至爱被替代了。

女人和孩子最爱的还是"行花街"。花街，就是年前几天摆卖鲜花和年桔的一条街，广州、佛山这些珠江三角洲城镇早在20世纪60年代就兴起了，深圳早年怎么没有花街？想想，1979年前深圳城镇也就几万人，过年大都在家杀鸡宰鸭，烹煮一顿丰盛的年夜饭。饭后，女人们多窝在家里，做些过年的小吃，炸角仔、萝卜糕、糖环、芝麻糖，忙得连擦汗都腾不出手，哪里有时间逛花市？就算有，有余钱买花插的人也寥寥无几。

凤娇妈从20世纪80年代起就没有落下一场花市，非得要年夜饭后，一直逛到花市散。

凤娇妈和老街坊们都练成精了，除夕夜10时离大年初一还有两小时，花市即将散市，花农急着便宜甩卖，守着的玫瑰、菊花、百合、鸡冠花、康乃馨、郁金香、星星花、水仙花……不能成为剩花，只有"买一送一"或"半卖半送"。老街坊们掐准时间，这些花农们的"上帝"都是砍价的杀手，其实双方都是无法抵挡诱惑，结果这一束那一捆的花朵们就成群结队大挪移了。每每凤娇妈和老街坊们左一抱右一抱，满怀盛开鲜花之时，就意味着花市散场了。

一出新安酒家，从新园路拐进晒布路，穿过中兴路进入爱国路就是迎春花市。

1979年3月深圳市一成立，新园路的新园招待所就住满了人。傍晚时分，周边工人文化宫、深圳戏院和新安酒家之间颇开阔的三角地人流熙熙攘攘，也渐渐赶上广州的北京路或佛山的升平路了。

那时候的新园路还不是路，只是一条弯弯的小河，流到戏院门前就不太像河了，也就宽不到两米的臭水沟。老街坊估摸这眼皮底下的河终归流入人民桥那段，跟着深圳河出海去了，它叫什么名字？有人看过电影《龙须沟》也叫它"龙须沟"，它实在太臭，有人直白无误叫它臭水河。

有一天，这沟上沟下臭泥疙瘩里全是一色穿军服的青壮男儿，有说是工程兵部队，他们蚂蚁军团一般浩荡，铲土挖淤搬石还浇灌混凝土封了顶，暗河上头便成了路，也就是今天的新园路。

如今，已经无人知晓这路怎么弯弯曲曲，更不会知道这是走在一条河上……

此时的新园路几近无人，白日的喧哗荡然无存。

夜幕隐蔽了路旁宝华楼、西华宫等购物中心，这里是年轻人最喜欢的地方。街里有街，店里有店，似迷宫也似俄罗斯木制空心套娃娃，一个套一个，一个比一个小，红蓝绿紫各有特色，套到最后也许是不到一平方米专卖耳环珠子或闪卡的小铺；这里有很多精美的物件、首饰和服饰，一踏进此地绝对能找到喜爱的东西。

如今，这大铺或小店都关门了，玻璃橱窗里那些天花乱坠的商家广告，连带艳丽僵直的穿衣"公仔"（模特）都冻在了除夕夜，一年也就这几天得以歇息。

夜有点凉，凤娇妈和几个街坊不紧不慢走着说着，渐渐热了。

熙熙和一群孩子像脱绳的"马骝仔"（小猴），有的骑上儿童自行车，有的穿着"滑轮鞋"，在弯弯曲曲的新园路扭扭摆摆一路玩耍，突然丢几个沙炮，忽而惊乍几声。

风娇和昌生走在最后头。

风娇：想乜嘢（什么）？

昌生摇头，什么都没有想。这是真的，四肢不再紧绷，脑袋也好像不属于自己，这样的漫无目的才是真正放松的休息。

风娇只穿了一件V领毛衣，似乎有点儿冷，使劲搓了搓手掌。

她踩上一块松动的街石，叽歪了一下，继而问弟弟：还记得第一次逛花街？

昌生：1982年深圳市第一届迎春花市！

风娇：花市的地点？好像……好像……

昌生跺脚一笑：脚底下！

风娇也想起了，那时候的河刚刚建成了路。

风娇的记忆在脑海里翻腾，那年花不多，除了菊花还是菊花，黄的白的，很稀罕的红菊和紫菊。阿妈带着他们逛花街，逛到最后也没有舍得买一枝花。后来一届又一届，建设路、工人文化宫、滨河路、嘉宾路都轮着办过花市，直到1998年爱国路的"迎春花市"已经第十六届了。

风娇噗嗤一笑：去爱国路花市，阿妈买花太多了，一屋花，大樽、细樽连六叔公烧大桔水的锅都变身花樽，胶桶都插满富贵竹……

北方来的人觉得深圳没有冬天，10℃以下的天气不过才几天，5~6℃已经是最冷的日子。可他们不知道温度也许在10℃上下，寒风隐约，并非四面来风却冷颤连连，深圳的冷是在衣服里头搅拌渐入骨头的湿冻。

风娇说起有一年，冷得头皮发麻生疼，脚趾头先痛后肿再刺痒，长出一串"萝卜仔"（冻疮），痒得好想把脚趾头切掉。

那时候，没有电热毯没有暖手宝更没有电暖气。

记忆很奇怪的，就像一样丢失的物件，怎么都找不着，不打算找了却突然跑出来了。

他们说起别人以为不冷的冬天里，张开嘴能看到自己哈出的一片白气，两条小腿常常情不自禁打哆嗦的时候，都突然想起了一个能够玩暖身体的游戏。

只要有一点点空地，三人以上都可以玩，围成一个小圈，侧着身子各自抬起右腿互相交叠在一起。好啦，准备好了吗？好！大家歪歪扭扭一蹦一蹦地单脚跳，向前，向前，没两下就蹦出一身热汗，什么冬天都不在话下了。可以一面大叫一面转一面跳，也可以一面拍手一面转一面跳，还可以把两条胳膊搭在前者的肩膀上，也可以自己抱着自己的胳膊。大家玩得真高兴，有时候不仅玩一个圈，两个圈甚至三个圈，这个转动的圈圈故意碰撞那个转动的圈圈，想碰倒别人的圈圈？没那么容易，看上去歪歪扭扭，其实一环扣一环，不会轻易被碰倒，除非其中一人倒下了。

这游戏叫什么名字？谁发明的？他们怎么也想不起了。

凤娇这时想起年夜饭前熙熙和昌生之间的古怪举动，问昌生找到开窍的办法了？

昌生反问姐姐还记得小时候姐弟俩都不太愿意洗碗，他们上学路上总是玩输赢，一直玩到学校大门，谁赢了谁就不用洗碗。

昌生：我日日同你斗输赢！

凤娇想了片刻，瞬间大笑后若有所思还摇摇头：现在没有时间。

昌生：时间说有就有，说没就没，好似一场雨，落到巴掌一滴不剩，落到荷塘一池满泻……

凤娇笑了，他们说着笑着，直到赶上凤娇妈，姐弟俩都没想到那个暖身游戏的名字。

街很空旷，无人的店铺留有过年的味道，闪烁的彩灯，大大小小一溜的小红灯笼，还有玻璃门上大大的"福"和对联。

稀稀落落的人，所有的脚步匆匆往同一个方向走。

熙熙那一伙孩子也许早就到了爱国路的花市，丁字路口前影影绰绰，喧闹声渐近，孩子们在爱国路和晒布路交叉处又折回来了。

他们惊诧的不是脚下曾经是一条河，而是新园路从不曾如此寂寥寡人，路还是那路，却被除夕夜撕开了所有的包装，荡然无存的喧闹似乎隐匿在魔术师神奇的衣袖里……

熙熙骑着车子打头，几个穿滑轮鞋的孩子把手搭在尾架上，玩滚轴溜冰那般，屁股一撅一撅，不知道自行车带着他们还是他们推着自行车走；后头跟着一个接一个的孩子，时而旋转时而跳跃，时而"N"时而"S"，无拘无束一路撒欢一路叫嚷。

新园路突然如泼散了一桶浓黑的墨汁，一溜溜的墨点调皮地颤动着溅入暗灰的夜色，渐渐融在一起。无边的广阔和些许的宁静都存储不起他们的烦恼或躁动，不问天高地厚的少年狂野就这样恣意流动……

上坡下坡再缓缓行进，他们越靠越近，又是一片宁静。自行车上的熙熙，屁股腾空在座包之上还左右晃动，接着左手扶车把，右手向着路边的风娇和昌生以及认识或不认识的路人挥动，模仿电视里的检阅镜头大喊：同志们——好！同志们——辛苦了！

这喊叫声来得出乎意料，所有的嘻嘻哈哈突然被关在一堵玻璃门外似的，剩下自行车风行而过的那点点哨音。

没有想到行人道上，有一个人高叫着回应熙熙：首——长——好！为——人民服务！

自行车上的熙熙乐坏了，这个人是他的叉仔舅舅。

…………

二、细妹

熙熙脚穿崭新的滑轮鞋，正在屋子里滑来滑去左摇右摆，好像一条快乐的鱼。

前两天，他乐得脚跟不碰地就想一步到家门，远远看到电梯口的凤娇妈，冲过去却一头碰到差点关闭的梯门，凤娇妈搂着他问痛不痛，他噗嗤噗嗤笑得停不下来。

凤娇妈好奇怪：痴咗线（疯了）？

熙熙脖子挺直，从书包抽出第一次获得单元考试前五名的奖状。

妈妈凤娇说奖励他，带他去买一套新的运动服。

他说自己去买，往日他看到几个同学穿着滑轮鞋在大厦花园一滑一溜时，心里就很痒。其实，他早在东门茂业百货商场看中了有火箭图案的滑轮鞋，这下用买运动服的钱买滑轮鞋，先斩后奏心想事成了。

凤娇吃惊地瞪着眼睛望着他，他立即醒觉自己得意忘形了。他忽地趴在妈妈的耳朵上说了一句话，妈妈眉开眼笑了……他说下次要考第一名，这一说还不是吹牛，连续几个单元考试都得了第一名，连他都吃惊，舅舅的超能量确实厉害。

这是他和舅舅的春节秘密，舅舅说给他能量但输入能量前要测试，符合能量要求才能输给能量。舅舅测验他的算术，看他在几分几秒之内说出得数；测验他的阅读，看他在阅读课文后几分几秒之内说出课文的内容。舅舅还从书架上翻出一本有图有拼音的成语小字典，给他三天时间看字典，然后和他比成语接龙。他和舅舅比了又比，赢了舅舅好几次……

舅舅说基本达到标准，输能量要去一个地方。

一个星期天，妈妈特意开车送他们去那个地方，车开到水库公园大门边还要右拐左拐进一条小路，在一处石坡下有很多人拿着水桶排队接水。舅舅从车上拿下几个可以装在饮水机的空水罐，排队等接水。

这无聊的时间里，舅舅和熙熙还有妈妈一起玩成语接龙，连妈妈都比不过熙熙。熙熙觉得太好玩了，书架上的那本成语小字典太有用了……

舅舅还告诉熙熙，以前常常跟着六叔公，也就是熙熙的太叔公来这里取泉水煲凉茶，还上山找灵芝。

舅舅故作神秘地挤挤眼睛：山泉水就是仙人水，等于超能量水咯……

熙熙很疑惑：舅舅，有神仙咩？你吹葫芦（吹牛）？

舅舅：你问问你太叔公。

果然，六叔公一尝这水就说好久没有尝过的仙人水，好清甜，没有漂白粉的味道，还说你妈妈凤娇和你舅舅小时候一有伤风感冒就饮这个仙人水煲的凉茶……

熙熙眉头一紧，央求妈妈常常来接水。

凤娇不但答应了，有时候还会带着细妹、外公、外婆、六叔公，接完水就去水库公园。她说自己上小学时，学校会组织学生背着铁锅带着米和菜去山边野餐……现在不能野餐，就在红楼前的草坪铺一块垫布，放些吃的玩的，还有瓶装水、太阳镜、太阳帽。

他们放过风筝玩过风车看过美术展，还在半路的小档口玩风枪射气球，最珍稀的一次是和爸爸一起爬山。

最重要的是他和妈妈比了一次又一次的输赢，连他的太叔公和外公外婆都参加了成语接龙。

他终于明白要赢过他们都不是那么容易的，尤其六叔公和外公都好犀利（厉害），妈妈想不出"半信半疑"后面的接龙，六叔公说"疑邻窃斧"。他也想不出第一个字是斧的成语，外公说"斧钺之人"，意思是犯罪而应受到刑罚的人，耶，这个成语很少人知道。不过外公很"奸猫"（狡猾），对不上"狐假虎威"就说"威过威虎山"，错！熙熙都知道是"威风凛凛"。外公说谁不知道"威风凛凛"？你熙熙太小没看过《智取威虎山》，你知道杨子荣是谁？所以特别告诉你。

他觉得最笨的是外婆，连"掩耳盗铃"都对不上，想了好久说"01234"，这是成语吗？出局！"玲珑剔透"也可以嘛。

今天，踩着滑轮鞋的他，滑过来滑过去，那么优柔那么自在，从外公外婆这边滑到六叔公这边；房间里都是空的，没有谁能够和他比输赢了。他滑到那个可以看到太阳广场的超大阳台，原来大家都在六叔公的阳台小花园里，商量六一儿童节去哪里玩，小梅沙海滨？海洋世界？或者是野生动物园还是欢乐谷？

熙熙大叫：儿童反斗城！

妈妈问摇椅上的外婆：好不好？

凤娇妈问怀里的细妹：今天细妹生日，明天六一儿童节，细妹话事。

细妹：好！我同太叔公"打螃蟹"！

外公坐在沙发上眯眯笑：我呢？

细妹回头看着外公：阿公钟意"打螃蟹"？

外公点头。

凤娇妈笑得好像一朵莲花：5月31日，细妹生日，钟意买乜嘢礼物（喜欢买什么礼物）？

细妹：我钟意买好多儿童节。

儿童节？买儿童节。哈哈！几乎所有人都被她逗笑了。

凤娇愣了片刻，站起往洗手间去了。

凤娇在洗手间仰起脸，眼睛看着天花板，不让储在眼睛里的泪水往下掉。只有她才明白细妹要买儿童节的含义。往日杨定国实在太忙，大多数时间都是孩子睡着的时候才回家，天没有亮就出门了。

细妹总是看不见爸爸，老问爸爸去哪里了。

去年儿童节，杨定国带着兄妹俩一起去了东门中路的儿童公园，不知道上上下下玩了多少趟滑梯，还玩碰碰车、飞天轮、过山车……想去儿童游泳场已经太晚了，杨定国说下次儿童节吧。从那天开始，细妹就老对凤娇说，想买好多好多的儿童节。

凤娇往酸痛的眼睛、鼻子泼了一把清水，泪和水混在一起。她又捧了一把水冲刷着脸庞，看着镜子里一塌糊涂的自己：杨定国！今天是细妹的生日！又忘记了！

凤娇知道杨定国也很想孩子，每天回家不论多晚都去看看细妹。有天凤娇正在给入睡的女儿添被子，一看他进屋就把指头竖在唇上，不能吵！他坐在女儿身边，轻轻摸了摸那水嫩的小脸，不禁对凤娇说：像你，越大越像……

凤娇摇头，心想女儿更像爸，尤其那执拗的性格。

也就是这时候，细妹突然小声吭哧了一声……然后睁开了眼睛，似醒非醒地看着凤娇，杨定国俯身要抱起女儿。凤娇拉住了，怕女儿真要醒了，看见爸爸一定会乐疯了，绝对一夜无眠。

小人儿看着看着，发现了妈妈身边的爸爸：哦，我又梦到爸爸了……

凤娇：嗯……瞓觉，冇做梦。（睡觉，别做梦。）

小人儿还真以为自己在做梦，每次做梦梦见爸爸，一睁开眼梦里的爸爸就不见了，得赶紧回到梦里。她用力皱紧眼睛还轻轻嘟哝：爸爸，冇走（别走）……

这个世界两全其美多好！可偏偏没有，苛求也必定会以毁坏结束。凤娇看着镜子里的自己拿着干毛巾轻轻擦去脸上的水，一丝一毫的水都不留，就像自己喜欢的白玉兰一样干净。

她轻轻对着镜子，好像镜子就是杨定国：……我明白。

此时，她突然听到客厅里的惊呼："爸爸！爸爸！"

她走出客厅看到如此快乐的一幕——

茶几上摆着一个没有打开的圆形的蛋糕盒，是杨定国带回来的。

女儿两只脚丫站在爸爸的脚背上，两只小手抱着爸爸的大腿，熙熙喊着口令指挥他们前后左右。

走动的两人得同时举步才能保持平衡，可他们不是抬脚慢了就是起步早了，所以走得特别别扭，有几回细妹还差点摔倒了，不过总是在最后一刻被爸爸扳正了，这都令细妹哈哈大笑，几乎笑倒下的那刻干脆放手。她知道爸爸会干吗，她就喜欢即将摔倒被抱起来的那一刻……

熙熙挥着手不断用普通话下达命令：一一，一二一。

杨定国笑了！

熙熙：不准笑！

爸爸和小人儿一摇一晃听着口令往前走。

细妹笑歪了。

熙熙扶正妹妹：不准笑！杨芊羽！

"立正！向——左——转！"

爸爸和小人儿一转身的瞬间，细妹一个趔趄又被抱起了……

六叔公、外公、外婆全被淹在笑声里，最夸张的是凤娇妈，她笑出了一沓眼泪，一面擦泪一面对凤娇嚷嚷，说凤娇一家子十足细蚊仔（孩子）……没有人理会她。

这是"二人走世界"，小脚板踏在大脚板之上，脸对脸脚对脚的"二人走世界"，在十八楼高的家走世界？细妹和熙熙轮流踩在爸爸的脚背上，有点摇晃有点吃力地走，还真有点创意。从饭厅走到阳台，又从阳台走到客厅，再从客厅走到六叔公的阳台花园，不知道他们走到了世界的哪一角落，只有一阵阵真实的兴高采烈和一波波确凿的喧哗，证明他们真的走了一圈世界。

凤娇妈说累了，下来！

熙熙和细妹齐声说不累，一点也不累！

凤娇：爸爸累了！一身大汗了……

爸爸这个"大玩具"终于坐在沙发上，孩子们生怕爸爸跑掉，熙熙在左细妹在右，包饺子一样把爸爸包在里面。

凤娇妈已经不笑了，她一本正经拉开孩子，说爸爸工作忙，爸爸很辛苦，要让爸爸多休息！

细妹突然大声抗议：爸爸是弟弟！

熙熙捂起嘴巴偷笑：不是弟弟！

细妹：是！

沙发上的大人笑成一团。

细妹可没有笑，就是弟弟！

她还说不出为什么就要爸爸当弟弟，就是幼儿园老师教的"小小公鸡，喔喔啼，小小弟弟早早起……"的那个小弟弟！

她看着杨定国的眼光有点委屈有点期盼。

熙熙：爸爸是你的弟弟，我呢？

细妹：你是我的牙齿！

熙熙龇牙咧嘴：帮你咬甘蔗！

外公：妈妈呢？

细妹：妈妈是我的大摇篮……

大家乐成一团的时候，杨定国和凤娇交换了眼神，他闭了闭眼，闭眼的时间超过了两秒，那是他们的暗号。

凤娇默默回到卧室，给丈夫收拾出差的装备，从衣柜的最底层拿出一个旅行袋，放入几套换洗的衣服和内衣裤。

这夜，细妹很开心，她非要爸爸答应明天一起去"儿童反斗城"。杨定国以为孩子忘记了带她去儿童游泳场的承诺，没想到，似乎闭上眼睛的她又迷迷糊糊睁开了，眯眯一笑说还要去游泳场，话音刚落，她已经在爸爸的怀里睡着了……

凤娇送杨定国到门楼外那辆没有挂警牌的车前，车里的人都没有穿警服。可能是一次新的任务？去哪里？去多久？去干什么？这都是问题，她从来不问，他的纪律不能说，逼问等于让他撒谎。

…………

六一儿童节是熙熙和细妹最盼望的日子。"儿童反斗城"坐落在1990年开业的深圳首个儿童用品专业商场里面，坐1路大巴在国贸站下车走大约200米就到，这是深圳孩子都知道的儿童大型游乐场。

他们远远就看到那"沙皮狗"和"唐老鸭"，它们双手交叉在胸前，不太灵敏却格外尽力地摆出轻曼的手势，或默默鞠躬，甚至还缓缓地摇头晃脑转个360°的弯，欢迎所有进入商场的客人。

孩子们喜欢笨重的它们，沙皮狗呆笨而不失优雅，唐老鸭粗野而饱含浪漫。它们配合得十分滑稽，尤其一起撅起大肥臀，一伸一缩一颤一拱地呈波浪推进，还一起抬腿踢脚的时候，孩子们常常会七八个围过来，磨蹭它们的肥腰和腿，调皮的还故意拖拽那根细长尾巴。

熙熙还没有进门就碰到几个同学，心生顽气的孩子，有的拧了唐老鸭的臀部一把，有的一拳打在沙皮狗的脊背……

外公一声吆喝，还曲起二指啄在熙熙的脑壳上。

外公悄声说唐老鸭套头里面就是大厦的清洁工，人家多懂事，刚从湖北的农村来，天没亮就打扫花廊小道，下午来这里当散工。还有七楼的扁头仔暑假也来这里打暑期工，你们就知道夭皮（捣蛋）……

风娇妈也拉过熙熙，你9岁了，班里考试也前五名了，我们何家人有家教，睇你阿妈和舅父……

那唐老鸭摇摇晃晃伸出手了。

熙熙握着那只大手，大大咧咧地笑：暑假，我也要做"唐老鸭"！

外公：上了初中再讲！

…………

反斗城太热闹了，各种各样叫不出名字的游戏机，夹娃娃、打螃蟹、接鸡蛋、抛篮球，尤其是摇金币，机器的小嘴巴吃了绿币，一串数字骨碌碌地转；转动一停，就希望三个水果连成一线碰上好运气，小赢会吐出两个绿币，大赢机器的大嘴巴就会卡拉卡拉吐出一沓的奖票，这种魔幻片的惊喜连大人也激动和着迷。

这些刺激的游戏机不知道吸引了多少深圳孩子。

六一儿童节这天，华龙住宅区不少人家都是一家老小到位，他们这家人最多，除了风娇，连从来没有过过儿童节的六叔公和外公外婆都来了。

风娇购买了绿币正要叮嘱什么，熙熙火烧猴似的抓了把绿币就跑。他跑到自己的同学堆里，在一部几个机器人闪亮出场的屏幕前，他们拍手跺脚噼噼啪啪在按钮上一阵乱打，疯了，汗珠滚了一脸，绿币前赴后继一个接一个"牺牲"进去。

70多岁的六叔公比谁都高兴，说好了去打螃蟹，他牵着细妹的手走到购币台附近打螃蟹的小台前。

"梆梆！"打螃蟹的六叔公太猛了，螃蟹还没露脸，锤子就落下了，细妹在一旁用脚趾头点在露出钳子的地方，可六叔公的锤子还没有举起，螃蟹就缩回去了……细妹一下子全身扑上去，哪里还有大螃蟹的影子？

第二轮由细妹主打，锤子的把柄大，她两只手一起握，个子小拐不过来，打了这个跑了那个；六叔公没说的，一拳头下去当锤子用了，一老一少左右打，结果仅仅跑掉了一只小螃蟹，合作成功。

他们都挺满意自己的表现，少不了的噪音很大和步伐凌乱，都打出了一身大汗，从没有过过儿童节的六叔公第一次赶上儿童节，那模样比细妹还小还顽皮……

凤娇爸妈这对老夫妻在吵架，他们用了近十个绿币都没有夹到一个娃娃，凤娇爸说太笨了，凤娇妈说明明都夹上来了，你叫叫叫，一叫就掉下去了，本来一个绿币夹一个，夹上十个就赚大了……

凤娇妈吝啬绿币，那都是人民币换的，不夹娃娃玩什么？她手里抓了仅剩的两个绿币，四处转，找不到更合算的，看到正在教细妹接鸡蛋的凤娇。

接鸡蛋看上去非常温柔不会玩出一身汗，一个小筐不断移动，准确接住上头落下的鸡蛋。

凤娇接了好几回都没接住，细妹闹了：妈妈，不要"霸"住我的鸡蛋！

凤娇：妈妈再玩一回。

细妹：我的绿币……

凤娇妈把自己的绿币塞到细妹手里。

这时候，凤娇的全球通手机响了，那时候的全球通手机已经不像几年前的大哥大笨重如水壶，仅有一个巴掌大，好看轻巧多了，银行只配给行长级别的管理人员使用，接听都要收费，挺贵的。

凤娇掏出手机，看看电话号码，知道银行有事，赶紧跑到僻静的角落接了电话。

接完电话，路过兑换台，凤娇又换了一堆绿币。

凤娇妈他们已经不在接鸡蛋的地方，去哪里了？

凤娇溜了一圈，都没有找到婆孙的影子，也许去了餐饮部？悠悠然一转也不见踪影，她回到"反斗城"迎头碰上阿妈，却不见女儿。

凤娇妈去洗手间，让细妹在外头等，可出来就不见了人影，以为凤娇带她去玩了。她一看凤娇身边没有人，急得不顾一切喊叫起来：细妹！细妹！

凤娇让阿妈镇定，一定不要慌张。她们从打螃蟹的地方分头寻找，两人走了一圈，依旧不见细妹，连熙熙的那帮同学还有六叔公等都上下找了一趟；还去了儿童购物的专用商场，甚至又去了一趟洗手间，连男卫生间也找过了，都没有发现……

凤娇妈慌得六神无主，去年荔枝三月红上市的时候，老街坊们在新安酒家饮茶说起罗湖有个妈妈带着3岁的儿子去逛街，就在地摊蹲下和卖荔枝的小贩讲了一会儿价，买了几斤荔枝才发现儿子不见了。家很近，大声喊叫都听得见，那位妈妈就以为儿子自己回家了，没想到就没有了，被拐子佬拐了……

天天看新闻的凤娇爸也知道这事情，他急了：报警！

六叔公：冇走远！上楼看看……

凤娇妈：给定国挂电话！他有办法！

凤娇：他出差了……

"杨芊羽！杨芊羽！"熙熙也四处乱喊，细妹喜欢玩捉迷藏，他和几个同学们在反斗城翻来找去，所有的旮旯，甚至一看就知道不能藏人的游戏机之间的缝隙也用手掏一掏。

凤娇镇定不起来了，拿手机的手都在发抖，给定国挂电话？报警？

她赶到儿童反斗城大门边的保安跟前，如此这般说了一通，保安也很紧张地拿出对讲机向上汇报，最终保安队长和几个保安上上下下一阵忙乎，也没有带来好消息……

凤娇爸：去派出所报警！

凤娇妈：快！拐子佬冇走远……

他们别无他想急忙上路，嘉宾派出所并不远，出门拐弯过一个路口就是。

风娇，从来没有过的恐慌掏空了她，经历过1993年的"8·10"股灾，1994年的"8·5"大爆炸，1997年的金融风暴，她的心都从来没有悬空过。如今她的两条腿一深一浅像踩在棉花一样，她如此讨厌这种落不了地的感觉，偏偏这感觉拖拽着她往前走……

她的人和她的身体脱了节，唯一属于她的两只眼睛不顾一切地东张西望，可远远近近都没见到女儿，连阳光都被包裹在密不透风的阴霾里不见一丝希望，一扇派出所的大门跳进了黯淡之中。

也就在这个时候，她的全球通手机响了，手机号码主人是一个"杨"。

她接通的一刻努力控制着崩溃的情绪：芋羽走失了！

电话里传出了笑。

这笑惹恼了风娇，胸膛瞬间似爆炸了一罐煤气：笑！是真的！我没时间开玩笑！细妹不见了！你忙我也忙！我不管你的工作，不管你有多忙，我们只有一个杨芋羽！你！你赔我！你赔我！

话筒里的声音一如既往的平静：好！

风娇恼了，嘴巴瞬间抛弃了脑袋自顾自蹦出一串声音：芋羽需要爸爸，今天是儿童节，你答应过她的，如果今天你在，肯定不会出事。你只有工作，你的那些案件比天都大，你心里有我们这个家吗？不说我，说芊羽，她昨天才刚刚过了5岁的生日。5年！你有多少天是她的？芊羽只有一个，丢了就没有了，你的工作多的是，工作，工作，算什么？你还要不要这个家？什么案件，越查越多，你去查你的案，芊羽丢了，你给我查出来，你说……

话筒里的声音依旧带着笑：好！

凤娇：好？不要好，给我说话！

话筒里的声音平稳得好似一艘远洋慢船：去嘉宾派出所找黄所长！细妹在他那里！

凤娇傻了，甚至把话筒移开几寸：你……你是谁……杨定国？

话筒里噗嗤一笑，接着说了一句客家话：天跌落来当棉被盖！

凤娇回过神：你？你？你！

话筒：去！

…………

黄所长办公室大门敞开，凤娇一行没进门就听到了欢声笑语。

细妹正在给屋里的几位警察叔叔和阿姨唱歌：

小弟弟早早起／早呀早早起／叠好被子穿好衣穿呀穿好衣／亚克西亚克西亚克西亚克西亚克西亚克西／牙齿刷得干干净／干呀干干净／手儿脸儿自己洗／自己洗／亚克西亚克西亚克西亚克西亚克西……

她不但唱歌还做着和歌词相称的叠被、穿衣、刷牙还有洗脸儿的动作……那模样太认真了，几位警察叔叔阿姨喜爱得不行，噼噼啪啪给她鼓掌。

细妹鞠了一躬，两根小食指竖在自己的两边脑门上，一边慢慢往前一边唱第二首《小蚂蚁》：小小蚂蚁在洞口，看见一粒豆，用力搬也搬不动，急得直摇头……

她摇头的幅度太大了，一下看到挤在门边的家人，乐乐地飞跑过去。

凤娇妈好像几十年没有回过国，没有见过亲人的老华侨，一把搂过孩子。她平日说粤语，一急就切换成客家话：细妹啊细妹……吓死阿婆！冤枉！阿妹！

她一脸悲喜交集，找不到词连骂人的"哥么绝代"也跑出来，她骂的怕是自己的粗心大意。

细妹一脸奇怪，小小年纪的她听懂客家话也能说粤语：婆婆，你好恼咩？

凤娇妈拼命摇头。

细妹：你都超过5岁啦，要懂事……

这话可是昨天她生日时，凤娇妈说了又说的，这下把所有人都乐呵了，凤娇妈的头像鸡啄米那样点了又点。

在细妹的眼里没有发生什么事情，她在洗手间门外的洗手盆开了一下水龙头，玩了一阵水，无意中回头发现远处的拐角有一位穿警服的，爸爸来了？她完全忘记了凤娇妈的千叮万嘱，噔噔噔跑了过去，那个疑似爸爸走出门，步子也是爸爸玩"二人走世界"时候一样大大的，一步等于别人两步。她一溜小跑地追，还想着悄悄靠上去吓爸爸一跳，跟着跟着就一直跟到了离反斗城不远的嘉宾派出所。

她发现不是爸爸，警察也发现了这一个娃娃，胆子很大四处张望好像要找谁，一问说要找爸爸。

爸爸是谁？爸爸在哪里？

娃娃很淡定，真的说出爸爸的姓名和电话号码，电话是真的，更巧的是嘉宾派出所的黄所长正是杨定国的战友。

没有费多大周折，一点都不惊险。

黄所长拨通桌上的电话，递给凤娇：阿嫂，给杨哥报平安，免他挂心。

凤娇在众人面前和杨定国只说了一句话：芊羽冇事了，你忙！

…………

晚饭，他们特地在新安酒家要了个包房。

这个儿童节因为细妹的失而复得变得格外特别，六叔公、外公外婆都喝酒了，连凤娇都给自己倒了一小杯。

一个5岁的女娃，独个儿走失了，怕吗？哭了吗？简直成了新闻发布会场，大家都成了抢问的记者。

六叔公问：怕不怕？

细妹没有说话笑着摇头，熙熙抢着答话：冇使怕（不用怕）！

凤娇把基围虾分到兄妹两人的碗里，细妹迫不及待拿起一只虾。

妈妈严厉地看着兄妹俩，他们立即把手放到柠檬水里洗了洗。

六叔公夹了一块咕噜肉给细妹：记得到阿爸的名……好，我考过细妹，好记性……

凤娇爸也说：走失冇使怕（走失不要怕），若果碰到生面人（陌生人），阿公教过你……

凤娇妈夹了一块烧鹅奖励细妹，说当年自己十多岁，第一次去广州慌失失（慌张），同大家走散了。细妹5岁就记得爸爸的名字和电话，一点都冇惊。

她说自己接送细妹每每经过路口，都教孩子记住路，还要记住过马路要看灯，红灯停，绿灯才走……

平日凤娇爸不喜欢说话，可一喝了酒就说个不停，他直接打断凤娇妈爆出一串客家话：牛头冇对马嘴！去新安饮茶，涯（我）喊细妹自家去叉（拿）点心，细妹冇胆，你就去叉。哼，细妹日日跟你变"灶下鸡"（躲在灶间的鸡，客家人形容胆子特小的人）。

凤娇妈瞪着凤娇爸也爆出客家话：你问下细妹，涯讲有规有矩，吃饭唔好（不要）水推沙，做人冇学"暮鼓槌"，讲话冇像雷公叫，开声吓死一条围……

"暮鼓槌"是凤娇爸的外号，指那些闷不做声的人。他一听就知道凤娇妈的话里有骨头，立马数落她不懂做人，不大气，天天和一帮三姑六婆讲七讲八，是是非非，口水多过茶，头大冇脑得把口（剩一张嘴）……

凤娇爸满脸涨红，眼珠子也差点跳了出来，飙出的眼火四处燃爆。

凤娇急忙开了一句玩笑：阿爸，你最唔成功就是娶了阿妈，最成功亦都是娶了阿妈，冇阿妈就冇我同昌生……

六叔公笑呵呵：凤娇、昌生，冇得弹（没说的）！

凤娇爸的火似乎停了，拿起桌上的茶呷了一口。

谁想凤娇妈鼻子一耸：切！嫁猪嫁狗都……

她后半截的话，声音突然变小了，没有人听清她说了什么。

熙熙听到了，扭摆了一下身体耸耸肩膀，笑了。

外公的火又给点着了，他脸色涨红，杯子一落，茶水跳到桌面，连坐在他对面的凤娇也听到他喉咙里的呼呼作响，她给阿妈拼命使眼色，让一让又如何？

外公外婆发生了什么？细妹也搞不明白，外公坐在她的左边，外婆坐在她的右边，谁也没有留意她。她自己也不知道为什么会悄悄儿像一只不动声色的猫或者软面团，身子一靠，努起嘴"吱"地印在外公的脸颊上……

凤娇爸愣了好几愣，继而嘿嘿一笑，一胸膛的无名火就这样莫名其妙熄灭了。

他开始问细妹，是否记住了他教的名字和电话号码。

细妹点头说记住了，然后逐个说了一遍。

六叔公问：看不见家里人，真的不怕？

她摇头：揾派出所，揾银行就得啦……

六叔公：妈妈教你的？

细妹：爸爸教的……

夜，凤娇在床前翻阅当日《深圳特区报》，她每天都抽出一点时间，飞快浏览社会新闻的栏目。走私贩毒、儿童失踪、布心菜市场血案、出租司机连环谋杀案，多少年唯一可做的就是从那些文字的蛛丝马迹里寻求自己想要的答案。

今天没有让她揪心的新闻，她放下报纸准备入睡的时候，触碰到台灯旁的几张纸。饭后孩子们眼巴巴盼望杨定国回家，盼着盼着，熙熙开始给爸爸画画，还不认字的细妹竟然提起笔给爸爸写信了。

熙熙画了一个警察，戴着警帽，穿着"超人"般的盔甲，握着拳头，眼睛喷出火苗。

细妹真的趴在桌子上写信，写得很慢，一横一竖，一撇一捺，写满了谁也不认识的"字"，密密麻麻如芝麻绿豆铺满了一张纸，真像一回事。写完了她还一脸严肃，大书法家一样把笔一顿：爸爸看见我的信会好开心！

熙熙拿过信看了又看，皱起眉头说：鬼知道你写乜嘢。

细妹说爸爸知道，熙熙说爸爸不知道，倒腾来倒腾去，吵来吵去由凤娇裁定。

凤娇收下画和信：爸爸看过就知道了……

深夜，家人们都睡了，凤娇想起自己语无伦次的一幕，辗转无眠，爬起来给杨定国写了一条信息："我后悔没考政法学校，可以为你分担一点。"

她小心翼翼停止在发不发的忧虑中，始终没有按下手机里那个发送的小键，生怕惊动黑夜里无法知晓只能猜测的某处。也许是灯火通明也许是暗影鬼魅，她关上全球通手机，收拢了所有的心思闭目而眠……

读懂故事背后的深圳特区
★听一听和深圳的故事
★原来你是这样的深圳！

微信扫码

三、猫眼

　　年年如是的暑假来来去去，该消逝的都消逝了。2001年夹在炎夏和秋初之间的暑假，偏偏这一年的太特别了。离9月1日上学还有几近一个月，熙熙要上四年级，而细妹也将成为一年级的新生。

　　不清楚细妹脑子里的"上学"长什么样子，总之，她整日背着小小的新书包，唱着"背着书包上学堂"在屋子里逛荡，或者拉着外婆或哥哥，一摇一摆从大门到电梯口，乘电梯……

　　细妹的新书包还是三个月前在大厦楼下小广场举办的一次商品推销活动时购买的。凤娇妈和楼下的陈姨都买了书包，凤娇妈买的是最小号的，陈姨买的是最大号的高中生背的那种。

　　陈姨是凤娇妈的老友记（老朋友），老街坊大多会去12楼她的家打麻将。凤娇妈一如既往称呼一头银发的她"陈姐"，其他街坊大都叫她"陈姨"或"陈阿婆"。

　　凤娇妈叫"陈姐"习惯了，从刚参加工作就这么叫，跟着陈姐学把秤看秤。1979年陈姐调到市场管理处工作，一直做到90年代初才退休。东门改造后，原本住在小横街的她也搬迁到华龙住宅区，还和凤娇妈她们住在同一栋大厦。

大厦的每一住户都安装了统一的门，门是极其坚固的钢板，颜色是养眼好看的苹果绿，最特别的上头有一只"猫眼"，屋里的人可以看见门外的人，门外的人却看不见屋里的人，人人都叫它"防盗眼"。

凤娇妈和六叔公，他们家门对门，凹位处多加了一个通透的栏门，从来不用猫眼看人，所以细妹不知道猫眼的作用。

还是细妹上幼儿园大班那年，凤娇妈带她去陈姨家串门，在陈姨家里首次见识了猫眼的功能。

凤娇妈一按门铃就听到里头的脚步声，她冲着严严实实的门上头的一个小孔晃晃手，门立即开了。

陈姨非常高兴，切开了一个很甜的哈密瓜。他们正在吃哈密瓜的时候，门铃丁零零响了，陈姨晃晃手示意不要作声，她蹑手蹑脚走到门边，伏在门上看了又看，朝她们摆手示意不要说话，接着走着猫一样的轻软的步子回来了。

门，硬是被重重敲了几下还喊了几声"陈姨"，接着门铃再而三地响。

门里头的人一动不动，直到门外那一阵脚步声，渐渐去远了。

陈姨一脸气恼，这个麻将友是老街坊的亲戚，说是个什么俱乐部的名人，说他那些俱乐部的人从来不打几元钱的小数目，有一次他足足赢了几千元，还说是"湿湿碎"（小意思），人家一个晚上赢十几万！大家说老街坊玩一玩，赢多赢少冇紧要，开心就好。可玩了几回，大家都恨死他了，他一赢多了立即说有事不玩了，如果输了几轮钱就好像挖了他的祖坟，那张脸黑成了"隔夜瘦肉"，眼睛也像屎壳郎那样地瞪着赢钱的人，十分讨人厌，老街坊私下都说，不和这个人打麻将！

猫眼可以防坏人，陈姨教凤娇妈看人，手里提着一个大黑包的多是洗发水、洗洁精、按摩器的推销员，穿黄色、灰色尼姑袍子拿着本子的是化缘的假尼姑，还有一些奇奇怪怪的生面人怕是谋财害命上门打劫的，这样的人太多了。总之不认识的就是不开门，当然，讨厌的熟人也不开门。

细妹不知道为什么觉得这个猫眼很神奇，你看见别人，别人看不见你，所以她非要凤娇妈抱她去猫眼瞅一瞅。

细妹喜欢陈姨也不是因为小小的猫眼，而是陈姨的客家菜，她也是客家人，能做好吃的客家菜。

有一回，她做盐焗鸡和卤猪脚，喊凤娇妈和孩子上楼尝尝味道。

不用过猫眼这一关，她们人没到门已经打开了，一进屋闻到香味，熙熙和细妹的馋虫跑出来了，五爪金龙手抓鸡腿、猪脚吃得满嘴流油。尤其细妹，竟然一面吮吸手指公（大拇指）一面说可不可以天天都在阿婆家吃饭。凤娇妈摇头叹气说"失礼人"，陈姨却哈哈笑"隔离（邻居）人家饭香"，结果细妹还真留在阿婆家吃晚饭了，后来碰到特别的事情，凤娇妈就把细妹放在陈姨家。

陈姨做了好吃的，有好几回就捧着碟子送上18楼给大家尝。她最喜欢细妹，说细妹和凤娇一个饼印，模样像，还一遍又一遍称赞细妹独自去派出所的事。

凤娇妈也学会做陈姨的私房卤水猪脚，其实没多少秘诀，除了配料，陈皮、蒜头、姜、白糖、白酒、生抽加水调成卤水汁，关键在"算"（客家话，长时间熬煮之意）它个把小时。做出和陈姨一模一样香味的卤水猪脚，凤娇妈也总是盛一大碗送给陈姨。

日子好了，她们常说起陈年旧事，最困难的20世纪60年代，陈姨的丈夫早逝，她独自拉扯三个仔，有好几个月天天吃粥，她把所有的米粒都勺进儿子们的小碗，自己饮粥水，饮出了一身水肿。陈姨营养不良，有医生证明准予购买一罐奶粉，那年头什么都要票证。陈姨咬咬牙把那张证明揣进怀里，奶粉好，只是没有钱买，买了奶粉就没有钱买米。

陈姨这么一说，菜市场的姐妹七嘴八舌骂陈姨笨得好似一头猪，平日无比抠门的她们发起捐献，一分两分五分，塞满一信封的钱交给陈姨，陈姨千谢万谢。

　　这件事情，陈姨不知道说过多少遍，所以旧日的工友一按门铃，她就大呼小叫地打开大门。

　　不过，一家有一家的烦心事。

　　有一回凤娇妈带熙熙和细妹上她家串门，她正在生气。日子一天天富裕起来，不愁吃穿，她的那两个孙子竟然不肯吃鸡蛋，还用鸡蛋打架，你扔我一个蛋黄，我吐你满脸蛋白。她追着敲他们的后脑勺，他们乐呵呵绕着健身机和按摩椅东跑西颠，结果陈姨滑了脚，一条腿卡在跑步机上下不来，两个孙子哈哈大笑。她气得骂"狗屎泼"和"前世有修"，还说旧日住在小横街的时候多高兴。两个"化骨龙"（小顽皮）还小，每天上班顺带送他们上幼儿园上学校，还跑跑颠颠买菜做饭，一天下来骨头都散了架，可每天傍晚看到儿子媳妇逐个来吃饭和接孩子，一家人开开心心不管多辛苦都值了。

　　有一回，陈姨对凤娇妈说自己又老又笨了，去大儿子家，想帮考上大学的大孙子收拾东西。可儿子家收藏了很多值钱的茶叶和古董，她一失手打碎了一个雕刻着龙头的价值连城的茶壶。小孙子小学毕业了，说准备去读贵族学校，或者到外国去，十多岁就要去外国，她舍不得又不敢反对，说了也没用还会坏事。其实，陈姨最愁心的还是小儿子的婚事，30多岁的人还没有成家，难道要做孤头佬？

　　还有一回，陈姨显得很忧伤，问凤娇妈有没有去公证处立遗嘱，凤娇和昌生有没有为将来的财产吵过，凤娇妈摇头。陈姨想立遗嘱，她坪山乡下有间20世纪80年代维修过的祖屋，还有一点存款，可3个儿子都希望得到自己住的这一套房……

春节前，陈姨说人都会死，谁知道明天还是后天？无论如何都要立遗嘱办公证，死后，房子一分为三，3个儿子平分。

陈姨和凤娇妈楼上楼下，也都有座机，联系十分方便。这些日子也不见陈姨吆喝打麻将，凤娇妈拨了几回电话都无人接听。有一回接通了，她说马上要去大儿子家，和儿子们商量立遗嘱的事情，轮流去儿子们的家住几天。

陈姨买了手机，并把自己的手机号码告诉凤娇妈。

有一天，凤娇妈打陈姨的手机，她悄悄说正在和小儿子商量，话没有说完就听到吵闹的声音，接着就没有了电话声响。

这个夏天实在太热，整个城市的地表深处似乎正在酝酿爆炸。

暑假前，陈姨回家了。

凤娇妈去串门聊天，聊着聊着，大儿子大儿媳一起回家，一进家门就嚷着说给陈姨带来她最喜欢吃的盲公饼。老大在一个刊物的编辑部当了十多年财务，儿媳妇在合资厂任会计。夫妻俩运气好，早几年，儿子去银行存款，路过交易所大门，看到上面贴着招股启事。

那年头股票交易冷冷清清的，他心想买股票和放银行差不多，就买了几千股，一不小心成了万元户，夫妻俩本来就专于算计，这下更是成精了。

后来，陈姨偷偷告诉凤娇妈，大儿子这次回家的目的，是大孙子大学毕业要去英国的大学读硕士，和她商量把这套房子卖了。去房地产中介打听了，这套房子值100多万，够几年的开销了。

有一天凤娇妈在电梯遇到了陈姨及其二儿子一家，说是请陈姨去东湖宾馆西餐厅吃自助餐。

吃完西餐，陈姨连家都没回就来跟凤娇妈诉苦，她一连说了几句"样边好"（怎么办）。原来老二做钢材生意，被自己朋友骗了几百万，官司打了一年胜诉了，但那人失踪了，钱追不回，他必须赔偿公司的损失。几百万的大数目，他除了卖自住的房，只有求助母亲了。陈姨最疼这个从小就多病的儿子，她要帮他，可要说服其他的儿子，唉，卖掉这套房也还不够抵债，样边好……

这天傍晚，凤娇妈突然接到陈姨电话，请她赶紧过去。

天！陈姨的家正在爆发一场大战，亲儿子们翻了脸，老大一脸乌云密布，他说自己的儿子是长子嫡孙，他们家第一个出国留学生，不资助对不起列祖列宗！他骂老二不是东西，自己蠢自己甘愿受骗上当怪谁？还要70岁的老妈替他还债？最好坐几年大牢，长长脑袋……

话没有说完，老二一脸血海汹涌，冲老大就是一拳，骂老大不是人，见死不救！

陈姨抱着大儿子，凤娇妈也挡在二儿子的前面。

不料，三儿子突然指着两个哥哥破口大骂，说自己快40岁了还没有成家，如今说好了一个对象，可人家一看他住的那套房，不但是最旧的单位宿舍还是潮湿阴暗的一楼就说分手，幸好妈说了结婚就和妈住……现在却要卖这套房子！

"啪！"小儿子突然一拍饭桌，"妈的房产证早给我了，我最困难，妈知道。你们谁也别想要，除非我死了。"

小儿子说完摔门而去。

陈姨声音哑了，哽咽都软弱无力，只能呻吟那般冒出微微弱弱的"样边好"。

儿子们各自为政，谁也不把亲妈放在眼里，这个事实的确残酷。

这以后，好些日子不见陈姨了，凤娇妈很想去看看，可看看有什么用？是啊，有什么用？她甚至还怕遇上陈姨，除了陪着说几句没有用的废话还可以做什么？

…………

这天，午睡后细妹又背着书包要凤娇妈和她玩"上学"，凤娇妈带着细妹和熙熙坐电梯。奇怪，出了电梯口一看，静悄悄的没有一个人，往日电梯通道旁边的玻璃屋聚满了孩子，如今空空荡荡。走着走着，往日在环廊闲聊的人呢？人去哪了？

他们走出楼门台阶，太奇怪了，密密匝匝的一圈人聚集在楼道外，大家静默无声连窃窃私语都没有。

凤娇妈高兴了，以为又有推销产品的卖场了，细妹背着的新书包就是在上次的推销会上购买的。

熙熙一下子钻了进去，她拉着细妹也拼命往前挤……

她好不容易挤进圈里，定眼一看，整个人差点瘫倒在地。

二三十米之外，一个人趴在小区道路的隔离带前，那人的脑袋边有一摊血。

她连忙拉着熙熙和细妹掉头就走，这么走着走着，她突然好像被点穴了，有哪里不对劲？她摇摇头，很想回头看看，可就是不敢回头，心里却连连骂自己，不会，绝对不会。

一辆救护车开过来了，人们立即散开了。

她牵着熙熙和细妹站在高高的台阶上，呆呆地看着医生蹲在那个人的跟前，接着几个人围上去，过了一会儿都站起来，互相说了什么，接着医生跳上救护车离开了。

大家都明白，这个人死了，胆子大的人还缓缓往前靠拢。

突然，响起了警车的鸣叫，人们自动散开一条大道。

人们毫不忌讳地大声说话：楼上跳下来的？是个老太婆？

凤娇妈打了个冷颤。

六叔公向他们走过来：陈姨跳楼了。

凤娇妈的心一蹦几乎跳出了咽喉，她死死抓着细妹和熙熙的手，直到回家都没有放开……

四、心病

陈姨跳楼身亡的第二天。

清晨，六叔公还是如常出门饮茶，进入新安酒家，一群赶清晨7点前饮早茶的老茶客已经坐在靠窗的一桌，都是些60岁以上的老人，几乎天天这个点，固定坐在同一桌，广府人、客家人或潮州人都说粤语，乡音不留神自个儿跑出来，也是家常便饭亦没人笑话。

叹茶"倾计"，这是粤语的说法。叹茶和饮茶，区别就在情感，"叹"在这里头不是叹气是赞叹，轻轻呷一口甘香清醇，缓缓而过的正是叹不尽的舒畅以及沉迷。"倾计"好理解，也就是北京人的"侃大山"，东北人的"唠嗑"，湖北人的"扯白"，广东陆丰土话叫"拍法"……

叹茶而"倾计"还是"倾计"而叹茶？没有人分解也没人琢磨，天天如是，久而久之，连六叔公自己也和叹茶"倾计"合二为一了，一天不叹茶"倾计"，心似被虫子咬了一个小小的角。

叹茶"倾计"不离"一盅两件"，什么叫一盅两件？有人说一盅饭加两个包，有人讲一笼超点加三件小点心。

新安酒家的楼面经理却说"一壶茶两款点心"。怎么叫"盅"不叫"壶"？除了茶壶冲茶，旧时老广茶客更多用有盖的茶盅焗茶，穿鞋着袜在茶楼里"叹"茶的非富即贵，一人独享的"盅"自然比大肚茶壶高雅，也许这才是"一盅两件"的起源。

人声嘈杂，六叔公他们偏偏不紧不慢地"倾计"，想到什么说什么，长大了的儿女兴许不爱听这些没有逻辑的啰嗦，即使听也没有多余的时间，于是这些老了的人一起"倾计"，得找个互相能听得懂的。对牛弹琴是那个"弹"的人有问题。

这天，他们自然说到了离世的陈姨，往日的陈姨也爱叹茶。

老茶客阿娣还记得去年小儿子上法院告自己的事情，告老人偏心女儿，房产证有女儿的名字却没有儿子的名字。

她对一桌子的老茶客说，什么都见过了，不怕上法庭和自己的亲儿子对簿公堂，儿子还说有一帮同学助威，自己只有女儿一个，无人助威。

陈姨是个热心人，她说开庭那天她们都去助威，这儿子是个不孝子，阿娣的女儿没有房产，一直和老人同住。老人一次又一次住医院，也都是女儿悉心照看，老人拿出自己所有积攒给儿子的房产交了首付，竟然还要告老母亲？

开庭那天刮风下雨，陈姨却最早到场。

一桌人都想不通，看上去乐呵呵的陈姨跳楼了，她没有说过自己的家事，谁也不知道她的心有多苦。

老人们唏嘘一番，人死不能复生，人生就是一场梦，不知道谁把你弄进梦里，也不知道梦会弄出什么结局，好坏不由人。

他们一如往日各自拿着自己的点心卡和茶壶，各点自己喜欢的普洱、菊花或铁观音，各点自己喜欢的凤爪、烧卖、虾饺或白粥"油炸鬼"（油条），付账的时候也好像时下的年轻人一样ＡＡ制，各付各的。

前些天，也就是8月1日新出了深圳《晶报》。深圳报纸不算各种行业小报，也有4份黑白报纸，偏偏这《晶报》一亮相就招百姓喜爱，据说30万份创刊号销售一空。它也像晚报四开大小，厚厚一沓32版的彩色报，深圳所有报都早晚出报，它却在饮罢早茶的午间出报，新安酒家特意赠送当天茶客一份《晶报》。

他们的早茶就成了"一盅两件"加《晶报》。

结账时，六叔公顺手拿了赠送的《晶报》。

他特别留意报纸的街市新闻，城大了，大大小小拉拉杂杂的新闻更多了，陈姨自杀的事占了一个小角落，内容很简单：某日某住宅区陈姓老妇跳楼身亡，死者留有遗书，生前长期患忧郁症。

只有两行文字，六叔公看了两遍。

陈姨生无可恋一了百了。

"世情千万状，都不与装怀"，他一如往日把报纸掖进黑布伞里的皱褶……他有个怪癖，出门只带一把黑布伞，拄着黑布伞慢悠悠地往家走。

一进门就听到细妹凄厉大叫：婆婆！婆婆！唔好死（别死）……唔好死，呜呜……

他旋即进入大厅，只见连通客厅的阳台，凤娇妈一动不动摊在地板上，细妹趴在她的身上，拍打和哭喊。

阳台有一桶刚洗好的衣服，还有一个晾晒衣服的丫杈，一张四脚朝天的塑胶矮凳。

客厅里的熙熙一看到六叔公就放下电话，跑过来说已经给妈妈和外公打了电话。

六叔公取出一瓶莪术油，指头蘸着药油在凤娇妈的人中又摁又抹。凤娇妈睁开眼睛的这一刹那，细妹抱着她还是那一句"唔好死"。可她像聋子一样呆呆地看着什么，六叔公的巴掌在她眼前晃了一晃也毫无反应。

…………

大家都站在病床前，凤娇妈总算清醒过来了。

细妹坐在床前，两手紧握凤娇妈的一只手。

昨夜，凤娇妈和凤娇爸吵了几句。

凤娇妈睡的时候，脑子里总想着陈姨，眯眼似乎睡了；迷糊中听到有人喊，像是陈姨远远的声音，又像自己在喊"救命"，接着失足一惊再也无法入睡，她睁眼闭眼都是趴在地上的陈姨。

太阳一早就出奇的灿烂，阳台玻璃幻化着各种绚丽的色彩。

一夜无眠的她明明想补睡，左右翻覆，不管怎么躺还是睡不着，她无奈起床开洗衣机洗了该洗的衣服。

她在阳台晒衣服。个子矮丫权够不着，阳台有备用的小凳子，她一脚踩上小凳盯着阳台之外，看到那一片陈姨落下的地面，心就一下脱了链冲到咽喉，脚也一滑踩翻了小凳子，脑袋碰到阳台边坐就什么也不知道了……

凤娇爸匆匆赶到，一开口就数落凤娇妈：几百次叫你小心，以为自家十八廿二？五六张野（五六十岁）啦，有冇为仔女为自己想？骨头断了，折了？鬼服侍你？

凤娇连忙安慰母亲，医生看过片子说轻微脑震荡，脚踝扭了，住几天医院，全面检查一下，这几天，她来陪阿妈……

凤娇妈连忙摆手，她不想住院，更不想女儿陪伴自己。

凤娇爸气呼呼的：凤娇，你请假难，我来……

凤娇爸一看凤娇还要说什么即摆手嗦声。

凤娇妈一百个不乐意，撑了撑身子：我……

凤娇爸眼睛一瞪，她也不知道自己想说什么了。

结婚30多年，凤娇妈除了生孩子从没有住过医院，家里大小事务，煮饭烧菜洗衣抹地，全都是她独自扛过来的。

如今躺下了，看着凤娇爸给自己端茶倒水，上卫生间都要自己的男人搀扶，当年坐月子也没有今日娇贵。

邻床羡慕地说她有个"三十六孝老公"，她心里更不是滋味了，千怪万怪都怪自己。

凤娇带着熙熙和细妹过来了，凤娇爸要回家歇息。

凤娇煲了阿妈最喜欢吃的带子粥，味道很好，只是凤娇妈愁苦着脸，心里有事，她说陈姨几个儿子争夺一套房产，如果一早去公证处立遗嘱就不会出事。

凤娇：老妈子，吃粥……

凤娇妈小心翼翼：千祈唔好似陈姨个仔（千万别像陈姨的儿子）……

凤娇皱眉头了：妈，你生仔唔知仔心肝（你不了解自己的儿女）？

凤娇妈还是逮着不放：你千祈唔好同细佬争家产（千万不要和弟弟争财产）……

凤娇乐了，故意出难题：你怕我们姐弟争，干脆学人做善事捐出去……

凤娇妈瞪起眼睛：我有几多钱？你以为我是大富佬？你嫌钱腥……

她没有说下去，指着熙熙和细妹：为仔女着想！

凤娇：你有想七想八啦，扭伤脚冇几大问题（没多大问题），搞出心病就麻烦了，你要信我和昌生……

凤娇妈还想说什么，却被熙熙抢先了：我大个仔（长大）就做医生，医婆婆！

熙熙早先喜欢吃面包要当面包师傅，后来去香港看了天文馆就说要当天文学家，如今为了婆婆，理想改成了医生。

细妹撒娇似的抱起凤娇妈的胳膊晃了晃：我同哥哥一齐医婆婆！

愁着脸的凤娇妈嘴巴一咧一咧地笑，可笑出的不是声音是暖出的泪。

细妹抽出桌旁的纸巾给凤娇妈擦泪。

凤娇妈羞羞地拿过纸巾擦干泪水，说自己不是哭是笑。她的心里话没有和凤娇说，其实陈姨坠楼的那晚，她就和凤娇爸说办公证立遗嘱的事，凤娇爸只有一句话：房子留给昌生，凤娇是嫁出去的女泼出去的水，这个老传统谁也不能改。

女儿没有份，会不争吗？她心里七上八落不知道如何和女儿说，就怕像陈姨的儿子们，一个家就这样……

她央求凤娇一定要让昌生过来。

昌生正好在深圳龙岗进行一项大学和龙岗合作的客家围屋研究课题。在做田野调查的他，一听到消息就赶到医院。

昌生的语气近乎命令：阿妈，操乜嘢心？你是你，陈姨是陈姨，瞓唔着觉（睡不着），越想越麻烦，一脚踏错出事了。

凤娇妈看看邻床去了吃饭，赶紧把凤娇爸"嫁出去的女泼出去的水"，房产仅留给儿子这话告诉了昌生，她连声说了几遍"手心肉手背肉"。

昌生一听就明白了阿妈的心，点头。

凤娇妈犹疑了一会：凤娇没有份？都是新社会了，男女平等。

昌生沉思了一会，再次点头。

凤娇妈高兴了可又叹了一口气：你阿爸……死牛一边颈！

昌生让阿妈一百个放心，说自己有办法。

当晚，凤娇妈入睡安稳。

几天后，凤娇妈出院了。

不久后，昌生真的说服了阿爸，立遗嘱办公证，父母财产为凤娇和昌生姐弟俩共享。

昌生到底用什么办法令父亲改变了主意？凤娇妈问儿子，儿子说结果都出来了，阿妈不会失眠了吧？

凤娇妈点头。

昌生两手搭在阿妈的肩膀上：太琐碎懒得讲，你知道有乜嘢用？

凤娇妈一阵无语，眼睛眨了好几眨，眨出一圈红晕：

仔，你讲话讲半截……阿妈点眮得着（阿妈怎么能安稳睡觉）？

昌生和阿爸说了什么？确实拉拉杂杂什么都说，他说记得小时候，厨房那个有出水口的角落挂条布帘就算作冲凉房，里头还放了个尿缸，逼仄得转不过身。那时候没有水龙头，每天阿妈和家姐去井头打几桶水给大家冲凉。有时阿妈有时家姐帮自己冲凉，剥光猪（光着身子）的自己坐在小天井的一个高腰木盆里，两条腿就在盆边打千秋……

凤娇妈也记起来了，一家人只有一块单车牌肥皂，一天到晚到处玩的昌生，一个月的肥皂不够这个污糟邋遢猫用，凤娇和自己都不舍得用，连洗头都用茶籽水……

现在的洗手间分什么干湿区，不但有冷热水还有按摩浴缸，舒服得要命。

这些琐碎的事说着说着，凤娇妈纳闷了：你点搞掂你阿爸（你怎么说服你阿爸）？

昌生：我估到阿妈冇心机听（我猜到阿妈没心思听），好，讲最紧要的（说最重要的）！

凤娇妈咧开嘴就笑，好像终于得到奖励的小孩子。

昌生：我讲阿妈、家姐维护自己的利益好正常，我同阿爸推演事情的结果，阿妈必定同阿爸离婚，带走属于自己的财产……

凤娇妈大吃一惊，不说粤语了，冒出连串责备人的客家话：哥么绝代！你打鬼鸭（你吹牛）！

昌生慢条斯理还原和父亲说话时的无奈语气：冇同意协议离婚就上法庭，一拍两散，结果我冇咗阿妈亦冇咗家姐，家产亦得过一半（结果我没有了妈妈也没有了姐姐，家产还是一分为二）……

凤娇妈龇牙咧嘴：我从来冇讲过离婚！

昌生乐了：哦？好，你去同阿爸讲……我车大炮（我吹牛）。

凤娇妈傻愣了一会，想着想着摇了摇头，突然气恼地转换话题：仔，快30岁了，好命做人老豆了（好命当爹了）！

昌生：我有分数！

五、闲聊

星期六的早上，杨定国出差在外，凤娇难得偷闲和大家饮早茶。不过最喜欢的牛肉肠粉还没有上桌就接到电话，她咕噜咕噜喝了一碗皮蛋瘦肉粥赶去银行了。

饮罢早茶，凤娇爸妈顺道去了菜市场，熙熙和细妹跟着六叔公回家。

六叔公优哉游哉慢慢步回华龙住宅小区。

熙熙兄妹走在前面，一会儿张开手臂摇摇晃晃走在路边石坐上，一会儿跳跃在穿过树丫杈洒落地面的一条条阳光中。孩子喜欢走在这些遮挡不住的光阴下，一副要找太阳玩耍天不怕地不怕的模样。

六叔公手里拿着一把没有打开的伞，不挡雨遮阳只为撑一撑有点吃力的腿，抵御逼近的老迈。看着孩子，他忍不住又说"光阴似箭日月如梭"。他这些日子最爱说这句话，嗟叹自己老去？还是感慨孩子长大？

自老街20世纪90年代改造后，搬到新住宅区的老街坊开始有点不习惯，抬头一片水泥森林，没有了白兰树、四方井，不能像旧日吃饱饭搬张小板凳，在白兰树下"吹水"（闲聊）、"打牙架"（说三道四），心里有点空空落落。

不过，东南西北一片大厦相隔不远，每一大厦两梯间，每层梯口管6个单元。大厦地面层就是草地花圃和环廊，封顶的廊环绕大厦连接着几个电梯口，还延伸至大厦之间的花园，自然而然成了住户们的集结地。不再有乡音袅袅的街坊捧着饭碗打着赤脚四处闲串了，十字街的时代永远过去了。

环廊和廊外小花园，白天老人们陆续进场，有人在花丛边舞剑，有人在大王椰下拉二胡，有人在圆形花岗石广场打太极，还有人在两座大厦之间的风雨阁里打麻将，也偶有人独坐围栏石椅与草木花卉相望。晚饭后，上班一族开始入场，大多独自默默无言，疾走慢走好似要把一天的忙碌走干净；也有结伴而行边走边聊，聊得尽兴时大声笑，甚至高声吼唱一两声。他们与星辰相隔了茫茫的黑夜，眸子却和星光一道闪烁，高冷寂沉的天空也把自己的漠然收敛些许。

天南地北的人都尽力说一口或北或南的普通话，细妹和熙熙在家说粤语，也跟着凤娇妈、六叔公说几句客家话，一出门就像回到学校，进入讲普通话的大圈子。连六叔公这些年岁不小的老街坊都随遇而安了，一出家门就切换语言，说着别有风味的粤版普通话。

六叔公这等祖辈的本地老深圳在此真的不多了。1979年深圳城镇也就几万人，整个宝安县也才30万人，2000年的深圳不算流动人口，只算户籍和非户籍的常住人口就接近450万了，或许1000人里头找不到一个深圳本土人。这片高楼大厦的成千上万住户，除了六叔公这样的原住民拆迁户，更多是购买商品房入住的人家。

以前六叔公上街走一圈都是熟口熟面的人，如今守株待兔一天怕都撞不上熟人，他属千分之一或万分之一？他成了一座活的纪念碑，他的粤味普通话成了特别的"招牌"，常有奇遇或误解。外地人一听说他是本地老深圳都好像发现了出土文物那样诧异，不禁多看几眼，还把他想象成腰缠万贯的富豪……

细妹最喜欢环廊外的花园小广场，广场里有水磨石米桌椅，而六叔公喜欢稳稳坐在那圈既是围坐又是石凳的上头。认识他的人很多，男女老少不论亲疏辈分都跟着叫他"六叔公"。

悠闲自在的人大多出生在20世纪三四十年代，除了本土的广府人、客家人、潮州人、四邑人，还有20世纪60年代来宝安的知青，也有20世纪70年代末至80年代末天南地北来建楼修路闯荡深圳的拓荒者或弄潮儿……

细妹走到六叔公身边，要和六叔公玩"两只小蜜蜂"，不过六叔公和几个60岁上下的人正聊着他们20世纪60年代挑土推石修筑深圳水库的事情。

聊着聊着聊到边城三大建筑："侨社""戏院""新安"，六叔公说是周恩来总理提议建造的。原来的"侨社"职工陈叔却说出另一版本，刘少奇夫人王光美来深圳看到边城设施简陋，立即向中央提议才有了后来。

到底是谁提议？他们各持己见却不争议。

聊到戏院，原来的戏院管理人员林姨和新安酒家的采购员吴伯也聊起来了。

戏院建成后，香港人来深圳看戏，火车就停在当年戏院西边的铁路小站，看完戏就到新安酒家吃饭，或吃宵夜……越聊越贴近，20世纪70年代纪念毛主席畅游长江的日子，他们一起游过深圳河，只是落水地点有小小差别而已。

那时候小城多小，从火车站到汽车站走一圈不用一个小时，他们怎么没有相遇过？偏偏在今天的大深圳，不说罗湖一个区，只在仙湖走一圈都得几小时，逛东门的人多得前胸贴后背……可他们偏偏坐在同一圈石凳围椅上，聊不尽的旧日时光，这是不是缘分？

细妹执拗地等六叔公和自己玩"两只小蜜蜂"，她挤在大人们之间似听非听，没有人留意她，也不知道她听明白了多少。

林姨说起1962年高中毕业后自愿报名下乡，从佛山来到宝安县南头公社新围大队插队，那阵子下乡口号是"建设社会主义新农村"。农村太需要知识青年，他们被分配到生产队当记分员、保管员和会计。

陈叔也说起华侨旅行社，竖起大拇指，来来往往多少华侨和名人，侨社的总统套间住过不少侨领和名人。记得1975年中国最后一批特赦的国民党人员，大约有10人的亲属在台湾，他们到了深圳就住侨社，准备从香港中转去台湾。

吴叔是附城公社人，嘻嘻哈哈说起自己开过手扶拖拉机，挑过基围大石，在上步码头运过砂石，逆过12级台风，后来修深南大道征了田地，洗脚上田不知道干什么好。1983年新安酒家重新装修开业，他都快40岁了干什么？跑采购，就这样干了十多年。

他们突然纳闷了，说苦也是苦，可又不觉得有多辛苦，记忆中快乐比愁苦多但具体又说不出是哪些事。后来他们归结为自己年纪轻身体好的缘故。

石坐圈椅上的人也在听，那个常常独坐无语的北方人突然问：为什么不偷渡到香港？

吴叔也觉得奇怪，送过村里的人去河边，不知道为什么，动过心就是没有去，不论留还是去，人人都为了吃一口饭。

林姨倒是笃定，从来都没有想过，人生好像一场赌，输赢都是命。

六叔公不知道被多少外地人问过这个问题，他说自己什么都见过了，没有比1938年日本仔的飞机炸了一条街更惨，没有比1943年旱年瘟疫饿死病死的更多；跑去香港没有定数，留在深圳还有凉茶铺和祖屋。

不是说十屋九空，都走光了？

林姨也笑，蛇口知青可能走了三分之一，其实过了1981年，走的人少之又少。幸亏没有走，悄悄算过，去"督卒"（偷渡）的99%都没有发达，买得起房和车的就只有一两个人，自己要是走了，也是99%买不起房和车的人……

陈叔说自己守过桥头，丢下枪过河上岸就是对面，也是奇怪，一样米养百样人，有个兄弟走了三次才走成了，前两年肺病回来治疗就不回去了，俗语说风水轮流转。

抬头一座城，低头一个家，光阴默默无言就在闲聊中流逝无踪。

这几天，他们聊得最多的是市话通，家里都有座机，还买什么手机？手机和座机捆绑了互相通话不收费，座机变手机，出门多方便，买菜、炒股、打麻将，误了事赶不回家，有部市话通多方便。买预付费还是买后付费有"着数"（有利）？他们各自认真扳着指头一算，后付费市话通和固话座机捆绑收费，月租26元；预付费市话通用户则不需月租，长途和市话收费只需0.2元/分钟。陈叔已经有手机入了移动网，他说移动新套餐资费便宜过市话通资费，可吴叔和林姨都说"市话通没有月租，预存话费0元购机"。

关于市话通的话题很快有了结果，凤娇妈、六叔公等华龙住宅区的住户，几乎都有了自己的第一部手机"市话通"（小灵通）。这第一代"市话通"手机又轻又薄，通话时间长了机身就发烫，多少年后，手机更新了好几代，才知道这就是当年的"华为"和"中兴"。

陈叔吴叔林姨都喜欢闲聊，不是说一寸光阴一寸金？光阴就这样闲聊去了。

聊着聊着，六叔公又说了一句"光阴似箭日月如梭"。

没想到，一直没有声响的细妹问：太叔公，乜嘢叫做"光阴"？

大家一下子愣住了，这个上学才两天的细妹难倒了他们，连百晓的六叔公也语塞了一会才说：光就是白天，阴就是黑夜，白天和黑夜轮来换去……

细妹仰头看看天空：哦？白天和黑夜就是哥哥和弟弟，你追我追你就是光阴了，光阴的脚在哪里？

大家你眼望我眼，望不出一个所以然，大人们被细妹问住了。

光阴不紧不慢地走了，谁会留意它那一双行走的脚？

走出的这一座巨大得连他们自己都不敢相信的剧变之城，身在剧变却一点也不感觉"变"，就好像台风中无甚风感的风眼。只有看着镜子里的自己，白发和皱纹，老了，退了，不在岗了，终于歇下来了，可以饮茶看报逛公园，可以倚花廊靠背椅，带着无所事事的不习惯进入享福的闲散日子。有了聊不完的柴米油盐，聊不完的城里城外，聊不完的天南海北，除了闲聊还是闲聊，这时候自然而然会想起光阴。

又一天，也是这样闲聊着，有个人走入他们的圈子，冲六叔公叫"老板"。

大家吓了一跳，这一脸愁云的人，手臂被纱布吊在脖子上，受伤了。

细妹认出了，他是个出租车司机。年前，六叔公他们坐的士去世界之窗游玩。

细妹很好奇，妈妈自家的车子，司机位空空荡荡，而这个的士司机位置封上了不锈钢隔条，好像动物园里的笼子。

细妹噗嗤噗嗤笑，凤娇妈捂着她的嘴怕司机听到，没想到司机闷声闷气说出实情，这几年有假装坐车的劫犯抢钱还杀了司机，装个安全笼子保护自己。

熙熙立即接话，说自己家里也安了防盗网……

六叔公和司机聊起这些命案，司机一听六叔公是本地人竟然说了句半咸不淡的粤语"老板"，六叔公也回了句半咸不淡的普通话"老是老，有是老板"。

这下子，困在不锈钢笼子里的司机不聊命案聊当地人了。他说自己是河南人，你们当地人都是走私富起来的，买楼买车。

六叔公摇头，司机一脸知情人的模样，还抖出走私地点沙头角。

六叔公乐了，1980年前后在沙头角购物都有限制，总价500元港币以下，同一类的物件限制五件以内。

凤娇妈的粤式普通话说得不顺可意思清楚，去一趟沙头角就买两条烟几块力士牌香皂，一箱鸡仔面几包丝袜，最多买几件冷衫（毛衣）；走私要有钱，那时候穷，没有钱走私。

她呵呵笑，不敢说自己最多一次穿了四件冷衫，还套了两件化纤织花布料阔大的"阿婆衫"，好像一只粽，热死了，底衫（内衣）都湿透了。

六叔公倒是坦白，说有一两次托自己买西装西裤的人太多，超出五件，只好一口气全部穿在身上。

六叔公的"三文治"粤式普通话越说气越粗，就算走私，边个（谁）有时间一年365天去沙头角？走私走出一套我住的屋？旧祖屋置换电梯高楼，司机大佬，你都去过沙头角买鸡仔面、香皂、丝袜，你开的车是走私走来的？

结果司机一阵放声笑，聊到房子车子就聊开了。河南司机继续叫六叔公"老板"，说自己的车是深业小汽车公司的，来深圳差不多12年了，有时日班有时夜班，搏命挣钱，最好挣的是香港客人的钱，一趟车挣几百元。司机开心得忍不住说自己也在罗湖区买了一套一居两室，实打实靠开出租车挣来的钱。

六叔公说你那套才一厅两房，我的房比你的房大好多，司机不服输说自己又买了一套，上周付了首期。

他们说了一路的普通话，最后得知司机也住在华龙住宅区，只是相隔了好几栋，也算邻居了。

下车时司机扬起手说了一句流行的"拜拜"。

他偶尔也会来闲聊，六叔公和司机大佬都熟识这座城，聊得特别好，好像比赛一样，司机一说今天，六叔公必定知道昨天，这座城的前世今生如同他们的指纹一样熟悉。

这天，大家看着司机大佬受伤的手，问怎么回事？被抢劫了？

他说倒霉，因为停车的事，被那公司的保安打了一顿。

他不服气上人家公司想讨回公道，一进保安值班室看到挂满了许多大幅照片，可能是公司领导和一些大领导的合影，吓得他赶紧自己跑了。

六叔公：乜嘢公司？

司机大佬好像打劫银行的贼压低声音：冠丰华！

吴叔立即龇牙咧嘴：哦！东门大世界……黑社会一样！

司机眉头紧皱：就是！就是！

林姨：我知，几年前为了深南东路人行道的事，冠丰华员工同其他公司员工打了一场，哇！二十几个打仔拿铁棒、水管喊打喊杀……

陈叔：切，前几个月为了乱丢垃圾的小事，冠丰华的五十几个打仔还几次冲击立新花园的保安，好多人受伤……

冠丰华真是人人皆知，闲聊的话题一下子变得诡异。

这天晚饭后，六叔公和凤娇爸坐在客厅聊这事，一直等到杨定国回家，又聊了很久。

…………

几天后，2001年9月12日，星期三，六叔公饮罢早茶，他把《晶报》牢牢抓在手里。这天的深圳《晶报》整整24版全都是关于"9·11"的报道，头版没有文字，一整张飞机插入世贸中心双子大厦的图片。

震惊世界的"9·11"发生了，电视新闻24小时滚动播报，世界各地不分白天黑夜，都得到了这一个消息。

石坐圈椅上的人把这份报纸分拆成一张一张，各自看报的人看完一张就传给下一个人，报纸好像击鼓传球那样传来传去，一点也不像闲聊了。

细妹也看了，横看竖看了一张又一张，眼里有许多迷惑。

后来，很长的一段日子，说的都是本·拉登为首的"基地"组织挟持四架民航客机，其中两架撞塌世界贸易中心双子大厦，一架撞塌华盛顿五角大楼一角，另一架在撞向国会大厦途中因乘客奋起反抗而提前坠毁……画面震撼和恐怖。

细妹问老师：美国在哪里？

老师说美国很远很远，我们东半球白天的时候，他们却在黑夜的西半球。

老师还说地球的所有人都是兄弟姐妹。

细妹不解：为什么要撞大厦？

老师说：那是恐怖分子。

细妹还是不解：为什么要做恐怖分子？

老师试图回答她的问题，只是细妹听不明白。

这事情很深刻。

成年后的细妹连自己也不明白，偶尔一瞥，一张图片、一行毫无相关的文字甚至一片无声落地的树叶，灵魂却自个儿有了呼应；这夏末秋初的事情如深海蛰伏的海星海胆海马，逐一逐一潜出水面。

第二章

玻璃屋华强北『罗宝线』

华强北（殷秀明/摄）

一、零分

细妹的班主任姓"和"，和平鸽的"和"。

和老师带的班级刚毕业就回头带细妹他们一年级了。和老师是20世纪90年代初从武汉招聘来的，已经任教十多年的语文老师。

这天，细妹好像发现了新大陆一样，她对凤娇说：今天我们班发生了一件好笑的事！

"什么事？"

原来有个同学开不了矿泉水瓶，跑到和老师面前说："妈妈，妈妈，帮我开！"结果大家都笑了。和老师说笑什么，老师也是妈妈嘛！

细妹有点疑惑：老师也是妈妈吗？

凤娇：当然，你们班的妈妈。

细妹咯咯笑：那我有两个妈妈了。

从一年级到二年级，几乎天天都有老师"妈妈"的新闻。

"今天谁谁病了，和老师带他去医院看病……"

"今天是六一节，和老师送给我们每人一份小礼物。"

"和老师太搞笑了，她说，你们把一个字分得那样开，中间给谁过？"

细妹绘声绘色的新闻发布会，让家里人都知道这一个班的老师不容易当。

凤娇妈也把三姑六婆的闲聊带回了家，B座六栋的家长中午无法回家照看孩子，和老师连孩子的中午饭也包了；阿勇去参加同学的生日会迟迟不归，家长急了，和老师一家家打电话问情况；和老师想办个寒假补习班，征求家长的意见，家长们自然想到了钱，和老师笑笑说"一分钱也不用"……

他们的结论是碰到好老师了。

终于有一天，细妹和凤娇说悄悄话：妈妈，你知道我心目中，第一的位置是谁？

凤娇：谁？

细妹：不是你，你是第二。

凤娇心中有数却故意问：谁是第一？

"不告诉你，我的秘密……"细妹的神情里有一种不告诉妈妈的骄傲和甜蜜。

不过，细妹把这一个秘密告诉了哥哥熙熙，还要哥哥保证不告诉爸爸和妈妈，她也会保守哥哥的秘密。

细妹也有批评和老师的时候。

和老师这天给同学们上看图作文《苹果上的字》，她把那四幅图颠来倒去说了又说，要认真看图，看图看图，要把图画中发生的事情写得一清二楚。不过，这一堂看图作文课，刚刚放完长假的同学们太闹了，交头接耳的人很多。

和老师慢条斯理地说：谁不按要求写就给谁零分。

看图作文交上来了，她特意在班上读出几篇作文，第一篇就是细妹的。

细妹的看图作文：

小红家的院子里有棵苹果树，树上挂满了青色苹果，妈妈说要等苹果红了才能吃。小红很想吃苹果，她想来想去想到了一个好办法，用美术课的颜料涂红苹果和写字。小红把苹果摘下来了，吃得很香，可是吃着吃着，妈妈突然发现小红的脸红了，为什么？原来小红手上粘了苹果的红颜料，她一擦脸就把红色抹到自己的脸上了。

以前老师在堂上读的都是好作文，细妹走神了，以为自己又写了一篇好作文，自顾自想明天就是星期天，妈妈说带他们去海洋世界。直到老师说这是零分作文时，她还以为自己听错了，没有明白过来。

和老师说：杨芊羽，你得了零分。你怎么听课的？看图作文很简单，要学会观察。

细妹瞪着眼睛总算明白了。

老师让她重写作文。

细妹的眼珠子开始滴溜溜地转，改写也不难。

　　细妹不爱吃苹果，她改写的作文里，小红也是个不爱吃苹果的人：

　　小红最讨厌吃苹果，妈妈从树上摘下苹果让小红吃，说吃苹果聪明，苹果有维生素C，不吃苹果不带你去麦当劳。小红最喜欢去麦当劳，就在苹果上写了个代表麦当劳的M字，又说就吃半个，妈妈说吃一个才能去麦当劳。小红没有办法，一个就一个，好难吃的苹果！为了去麦当劳只好憋住不吐，脸红了。

　　和老师眉头一皱还是说重写！

　　细妹张大嘴，想问什么又没有问，她知道很多同学都要重写。

　　她在家里琢磨这篇作文，半天都没有写出一个字，细妹请哥哥出主意。

　　熙熙最爱吃苹果，说过年时候妈妈买过有"福"字的苹果，他让妹妹改写成这个版本：小红太爱吃苹果了，妈妈让她给树上的苹果写"福"字，她却摘苹果吃，吃了一个又一个，妈妈批评小红，她的脸红了。

　　没想到和老师看了改写的第三遍作文更是连连摇头，让细妹星期天去买几个苹果认真观察和思考，试一下在苹果上写字，重写看图说话……

　　这下，细妹的脸真的红了，从来没有这样难写的看图作文。

这事情对细妹打击有点大，不用买大苹果，家里的冰箱有各种各样的水果。

细妹把几个苹果放在果盘里，果盘上的苹果又红又大，爱吃苹果的哥哥一下子就拿起了苹果，一面吃苹果一面看不爱吃苹果的细妹拿出颜料给苹果写字。

细妹拿起一个苹果，就写妈妈买的过年苹果一样的"福"，可是苹果的表面太光滑了怎么也涂不上去。

细妹看着苹果说：写不上字的。

细妹突然放下手里的苹果，拿起客厅的电话机拨打了一个又一个同学的电话：看图作文出错题了。

班里得零分的同学都住在附近，一个电话全跑到细妹家了。

阿成也买了苹果写作文，苹果吃完了，作文一个字也没有写。他也说，不能在苹果上面写字，老师出错题了。

妞妞和乔乔既没有买苹果也没有改写作文，她们不知道怎么办。

一旁的熙熙抓起一个苹果边吃边嘻嘻哈哈：小红不知道怎么办好，她想来想去，观察来观察去，她好生苹果的气，可是又不敢骂苹果你好窜！真是好无聊。也许太无聊了，她要对苹果说，54088（我是你爸爸），她最后对苹果说，5201314（我爱你一生一世）。

大家笑，熙熙大笑，笑得厉害，裤腰上的第一颗扣子居然笑爆了。

细妹也笑，笑着笑着停下了，大睁着眼睛：哥哥，不能在苹果上写字，那苹果上的"福"字是怎么弄上苹果的？

这一问，熙熙愣了一愣：是喔！

他立即在电脑上搜索，竟然找到了答案。在苹果没有成熟采摘前，将剪好的字或图案贴上去，被贴上的部分未受太阳光照射，就和没有遮盖的部分颜色不同，苹果采摘后就出现字了。

细妹和同学们都高兴坏了，原来苹果上的字是这样来的。

看图作文没有出错题，和老师在教他们学会观察。

…………

这天，新学期开学了，很快就要选班长。

细妹对凤娇说不想当班长。

凤娇眨眨眼睛，学着细妹的口气说：如果当班长只管别人，不用管自己，多好啊！

细妹怒目圆睁：妈妈，你好坏！讽刺我！

凤娇坐到细妹身边：当班长不容易。

细妹的眼睛向上翻了翻：当班长很辛苦，要最后一个走……上课还不能说话。

凤娇：老师怎么说？

细妹：她说当班长就不能犯上课爱说话的毛病了。

凤娇乐了：你太爱说话了，当班长可以改掉你的毛病。

细妹想了好一会才说：别人都爱和我说话，我自己也爱说话，我不想改。

妈妈：不是你想当就能当，同学们也要选，信任你就选你，选上选不上都一样高兴。

……………

没几天，细妹在饭桌上说：我们选班长了，我的票数最多，51票。

凤娇爸乐了：好犀利！

细妹美滋滋的，这是她人生的第一次。

凤娇笑着说：当班长要改掉上课说话的毛病。

细妹看上去很不情愿。

凤娇：现在不当班长还来得及，找老师说不当班长吧。

凤娇妈在旁边听了好久，这下皱起眉头：哎呀，乜嘢班长，算了，你们班的男仔好百厌（调皮），你冇管人哋（你不要管别人）……

凤娇爸：班长要管好自己，当一下有乜嘢唔好（有什么不好）？

六叔公笑：学点规矩，好！

只当过小组长的熙熙大叫大嚷：冇当！好烦！好辛苦！

杨定国笑着说：自己的事自己决定。

细妹犹豫了一阵，看看爸爸又看看妈妈：我当班长。

一个又一个星期过去了，也不知道细妹这个班长当成什么样子了。

这天，她脸红红地说：哇，今天好奇怪，老师讲"吸取"，让我们讲体会。阿勇说上课的时候很想说话，可一看杨芊羽端端正正地坐在椅子上，我从她身上吸取了力量……老师表扬他，说这个学期他进步了，原来是从我身上吸取了力量。

凤娇妈一听哈哈大笑，她知道这个叫阿勇的男孩，就住在对面那栋楼，孩子聪明得很就是没有礼貌，从来不叫人，没想到几天前碰上凤娇妈和几个闲聊的大妈，一个立正给她们敬了个少先队礼，还喊："阿姨好！""奶奶好！"大妈们笑成一片……

凤娇妈：和老师好犀利，阿勇都"转性"了。

二、街霸

学校来了个刚从大学毕业的刘老师，给熙熙他们班上第一堂电脑课就"滑铁卢"了。

他看上去像一个高中生，个子太小，一站在电脑室的大屏幕前就如一个小小的感叹号，谁也没有把他放在眼里。

熙熙们玩电脑游戏的机龄最少也两三年了，还上电脑课？

老师的嗓子都讲哑了，在上头讲什么复制什么存盘什么格式化什么创建目录……

熙熙和几个同学撞了撞眼神：好低B！好无聊！

他们开始叽叽喳喳说这说那，有的干脆玩起电脑里那些低级别的游戏，太简单太不过瘾，哪有网吧里的刺激，这一来更不把老师放在眼里。

刘老师在讲台上已经有点声嘶力竭了，不得不用力拍打讲台，大家如梦中惊醒，有点奇怪有点嘻哈地看着刘老师。

老师问：你们为什么不好好听我说？

绝顶聪明的熙熙眨巴眨巴眼睛，突然用惊雷一样响的声音叫：老师，我听不见你说什么，你的声音为什么比蚊子叫还要小？嘻嘻！

哈哈哈，一片哄堂大笑，轰得小个子老师站不稳似的，或者被气得抖了一抖。

熙熙非常期盼，期盼老师扭头而去或是宣布自由活动，没想到小个子老师并没有按照熙熙预定的路线发展。

刘老师只是收拢了手，一声不吭并低垂着头，这动作，熙熙只在殡仪馆送别七叔公的现场看过。刘老师静默了起码有五分钟，熙熙噗嗤一笑，转而和邻近的同学说，刘老师默哀了，嘻嘻，默哀谁呢？

有个同学在熙熙的耳边悄悄说老师生气了，还有个同学嘻嘻哈哈大声说老师扮哑巴的样子太搞笑了。再有个同学问：老师，你会罚我们吗？

熙熙噗嗤一笑：他默哀我们……我才不怕，他又不是班主任！

这时候，刘老师说话了：你们知道我最讨厌什么？

大家静默无言。

熙熙和大家挤眼睛，一副早就看透的模样，还悄悄说：不就是我们呗？

大家不约而同地静静等待，一旦老师说出讨厌不听课的他们等一类的废话，他们就再报以哄堂大笑。

刘老师笑了笑，说给五分钟让他们猜。

2001年4月美军的高空侦察飞机出现在中国领海，中国空军派出两架战斗机拦截美式侦察机，中国飞行员王伟驾驶的飞机却被美机撞毁，王伟牺牲了。

他们都看过电视上的新闻报道，熙熙立即站起大声说：美军！

这下好了，没等老师回答，他们哗哗啦啦一阵鼓掌。

刘老师也给熙熙鼓了两下掌。

接着，有个同学故意说老师讨厌自己个子不高，还说你可以去跳高或跳绳就行了……

大家一阵讪笑，没想到老师说"谢谢你的建议"。

同学们开始七嘴八舌。

老师，你最讨厌什么？

老师，你快说。

老师清了清嗓子，在大家的期盼中说了——

第一，梅利莎（Melissa）！

大家耳朵一颤，这梅利莎是谁？他们探头探脑却没有人说出那是谁，只有洗耳恭听。

刘老师就是要这种效果。

他侃侃而谈，这是1999年的病毒Melissa，病毒由大卫·史密斯（David L.Smith）制造的病毒，病毒邮件的标题通常为"这是你要的资料，不要让任何人看见（Here is that document you asked for，don't show anyone else）"。一旦收件人打开邮件，病毒就会自我复制，向用户通讯录的前50

位好友发送同样邮件，作为电子邮件的附件继续传播，它发出大量的邮件形成了极大的电子邮件信息流。这种迅速传播的宏病毒，1999年3月26日爆发，感染了15%~20%的商业计算机。

刘老师说自己的电脑就被梅利莎攻击过，他不得不格式化了自己的硬盘，幸好他有复制盘……

刘老师继续说自己的最恨：第二，尼姆达（Nimda）。你们谁知道？

熙熙高举自己的手：这也是一种病毒，2001年出现的，也是传播最快的病毒。

那天，熙熙记得自己要在家里的电脑上玩游戏，妈妈很生气地说电脑被尼姆达攻击了，熙熙一下子就记住了。

刘老师：尼姆达病毒的主要攻击目标是互联网服务器。尼姆达可以通过邮件等多种方式传播，这是它能够迅速大规模爆发的原因。它会在用户的操作系统中建立一个后门程序，使侵入者拥有当前登录账户的权限。尼姆达病毒的传播使得很多网络系统崩溃，服务器资源都被蠕虫占用。

大家很安静，他们多多少少都被病毒攻击过，一肚子的气，可不知道来龙去脉，所以听进去了。

刘老师：第三……

大伙早已经把手掌悬在半空，等待着老师点名应答。

不想小个子老师慢慢吞吞，脸上带笑：这第三种，还没有发展到最后，只是到达了讨厌的边缘，这就是——

大家高举的手正在发痒啊！课堂寂静无声，刘老师又像默哀那样静止不动了。

熙熙焦急了：老师，还有什么病毒？

小个子老师挺挺胸膛，慢条斯理伸手一指：就是你们！

连最灵的熙熙都没反应过来，老师又说：今天我们开始学习网页制作！

这堂课上得好极了，熙熙也老老实实做起了网页。

熙熙还不懂制作网页，上了这堂制作网页的课以后，迷上了。

网上的世界实在太精彩，熙熙的脑壳也很灵。发 e 就不说了，他觉得玩聊天很过瘾，在一个个聊天室老鼠一样乱窜，起了一个又一个很好玩的名字，捉迷藏那样，敲两句就走，总之不说真话，很搞笑也很好玩。

这个星期天，熙熙又上网了，混进了一个聊天室。

凤娇突然出现在他身后：你讲自己18岁？唔好玩得太过分。

熙熙吓了一跳：你偷睇我！我有私隐！

他说着还要把妈妈推出房间。

凤娇哭笑不得举起双手：好好，我以后唔偷睇你，你唔好讲假话。

熙熙脑袋一晃：阿妈！傻！人哋网上冇讲真话（人家网上没有讲真话）！细妹都玩，讲自己19岁，起了个网名"咪咪"，俊杰讲自己大学一年级，网名"扭纹柴"，好搞笑。

凤娇一脸严肃：网上有好多病毒，银行有几十台电脑又中了毒，小心！

熙熙"嘿嘿"地笑：病毒算乜嘢？有黑客呢！

熙熙没有告诉凤娇，同学们差不多都被毒过了，他实在很想病毒。不要以为熙熙说假话，听妈妈说尼姆达，他就想玩玩病毒，看看有多厉害，自从听刘老师说病毒和杀毒软件后就更想玩了。

"不入虎穴焉得虎子"，这是他的真心话。

妈妈终于离开了，细妹却跑进哥哥的屋里要玩游戏。细妹知道他的一个秘密，他不让细妹告诉爸爸和妈妈，所以不能把细妹赶出房间。

这些日子细妹老缠着他玩什么《法老王》，什么《大富翁》，什么《圣诞任务》，熙熙已经不玩这些太低级的游戏了，没有一点刺激，玩这样游戏的不是男生！如今他迷上了《街霸》，偷偷在学校附近的电子游戏机厅玩。

那天，同学俊杰突然做了一个奇怪的威猛姿势，嘴里还噼里啪啦一通叫，他问是霹雳神风？俊杰摇头说班里没有人可以和他"对波"，只有懂《街霸》的人才知道。

熙熙也想懂《街霸》，俊杰带熙熙走进学校附近的电子游戏厅玩起了《街霸》。这个第一次太震撼了，绝对不是《大富翁》里那种兜圈子买房子攒财富的套路，这勇士的格斗太神奇太刺激，熙熙一上去就像被施了魔法，走不脱了。

从此，熙熙和俊杰就在班里"对波"，你双手一合"阿摩根"，我也双手一合"敖有根"，那种感觉太传染人了，渐渐班里的半数男生都懂得"对波"打《街霸》了。

熙熙用自己省下来的钱玩在家里不能玩的游戏，只是有一回，熙熙和俊杰又去电子游戏厅玩《街霸》，过关的时候，游戏机不停显示："GO! GO! GO!"俊杰说熙熙多一条命，要他冲在前面，掩护自己，可熙熙没有听，多吃了一口血，结果俊杰被炸了，脸都气白了。

熙熙说："谁叫你这么笨！"俊杰反击："你这个笨猪！"一来一往，他们从游戏厅吵到街边，你一拳我一脚，最后俊杰被熙熙压在路边的树干上，好像落水的人一阵乱抓，熙熙当然也好不到哪里去，头发没了一撮，鼻子也出血了，真是实打实的"对波"成了真正的街霸。

细妹和一群女生路过时发现了，说要告诉妈妈，他们才住了手。

熙熙说不要告诉妈妈，他会和细妹玩很多电脑游戏，细妹不吃这一套。熙熙突然看到细妹手里那串鱼蛋，他双手抱在胸前说自己也会告诉妈妈细妹的秘密，还说自己早就想说了。

细妹三口两口把鱼蛋吞进肚子，明白了哥哥想说的秘密是什么。妈妈说过无数次，说街边的小吃店不卫生，放学后不能随便买零食，可自己一闻到香喷喷的鱼蛋或鸡翅膀就忍不住了。

熙熙和细妹都有自己的秘密，秘密交换秘密，谁也不准告诉妈妈。

有了互相保守秘密的约定，熙熙在细妹面前就没有秘密了。

熙熙一会进入聊天室，一会收邮件。

细妹问：病毒好玩吗？

熙熙点头又摇头的这一刻，他无意间双击了一个文件，突然屏幕弹出了一个笑眯眯的克林顿头像，带着古怪的墨镜，谁不知道这美国人的总统？克林顿跑出来干什么？熙熙的脑瓜子还在转圈圈，屏幕又弹出了一行字：嘻嘻！不要点克林顿的左眼哦！要不然，你的电脑……哈哈！

熙熙的脑壳一颤，大叫：是病毒？

细妹也动心了：我也要玩！

熙熙有一点惊怕，更多的是激动，病毒终于来了！心跳和手抖，连一双小脚都很想踩一踩，不能点克林顿的左眼！不能点左眼，真的不能点左眼？骗人？

熙熙：不能点左眼？

细妹叫起来：我点！

熙熙看了妹妹一眼，没说话，点还是不点？想起自己在网上起的那些假名字，还有假话。你能说这不是假的！以为大家都怕病毒，故意吓唬人，嘻嘻！你以为我不知道？克林顿的左眼，呵呵！熙熙想到这，特别乐，我不怕你的左眼！这么一想，熙熙就要点那只克林顿的左眼了。

要是真病毒呢？

熙熙的手停在鼠标，一刹那，不点？把它删掉！一个动作就可以删掉。

熙熙呆呆地看着克林顿的左眼，克林顿的左眼也看着他，想病毒想了多少回，终于想到了，又不能点，真惨。

细妹：还不点？

熙熙看着那一行文字："千万不要点我的左眼，否则你会后悔的！"有点遗憾和不舍地点头，不知道是对妹妹还是对自己说：算了……

细妹一下拿起鼠标，熙熙连忙拿开了。

熙熙看来看去，犹疑了又犹疑，到底是真病毒还是假病毒，心里没有底。

鼠标的小箭头已经对准克林顿的左眼，就差一点。

细妹看到哥哥的手移开了，放弃了，她想也不想指头按在哥哥离开的位置上，很期待地用力一点鼠标的左键……

细妹还乐呵呵地嚷嚷：克林顿的左眼！

屏幕一阵闪动：都叫你不要点克林顿的左眼啦！看！

哈哈！你的电脑……

电脑一片黑了，重新开机还是一片黑，完了！碰上了真病毒。

熙熙：真病毒！杨芊羽！你把我搞惨了！

细妹：切，你自己说病毒好玩！这个病毒一点都不好玩。

熙熙在脑袋里搜索刘老师说过的杀毒办法，没有作用，这个病毒Win32 Wantjob73744，通过Outlook进入。这个病毒比尼姆达厉害，扰乱Window，杀毒后也无法恢复Window。

细妹看着哥哥无奈地格式化重装系统软件，该丢失的都丢失了，她有点儿不安，返回自己的房间，搜出几样宝贝，其中有几张哥哥喜欢的新闪卡，准备送给哥哥。

她返回哥哥的房间，看到刚刚结束了第一次病毒危害的哥哥已经活过来了。

他正瞪起眼睛看着电脑屏幕，满怀希望重开了电脑，一脸写满了成就感：不就是病毒吗？没有问老师也没请教爸爸和妈妈，自己搞掂了。

细妹给哥哥鼓了两下手掌。

问题结束了！这时候的熙熙正要给自己叫好，突然定住了，电脑屏幕缓缓显示进入Outlook，他所有的邮箱地址都丢失了！当他看到第一封email的时候，差点高兴得流泪，不过泪还没落下就觉得有点诡异，邮件不慌不忙，好像一个进入客厅的主人。

它在眨动，有点熟识的眨动。

连细妹都感觉到了，浑身颤动大叫着：删，快删，病毒！

病毒的第二次攻击（邮件），来了？是的。

熙熙一脸淡定，想如何不运行它而删除它？

他不断尝试，删除了也白删，且就在删除的时刻，下载也在进行！眼睁睁地看着它，这种感觉好像亲眼看见自己的身体被一颗子弹慢慢穿过，阻止无效！

能够用的办法都失灵了，熙熙瘫倒在床上，想哭，哭出胸膛里的闷气就没有这样憋，他逼着自己挤出了几滴眼泪。

细妹给哥哥递来了一张纸巾，他又一屁股坐起：这个Outlook好蠢！

细妹突然想起什么，笑了：那只左眼好搞笑。

熙熙板着脸不笑。

连中两招的他恨病毒，不过让他最恨的还是Outlook，如果这Outlook能有一点点鉴别能力，这Win32也不至于毒他没商量。

他骂Outlook，看见什么就吃什么！不管三七二十一张开又大又蠢的嘴巴。

细妹：我点的左眼，哥哥，你骂我吧。

他反倒大度了，对妹妹说病毒是讨厌的小偷，杀毒软件是警察，Outlook是看门人，小偷来了，别让它进屋！可它傻傻地笑，还打开大门，露出笑脸欢迎病毒光临。

细妹：哥哥，以后我不点那只左眼了。

熙熙哼了一声：你也Outlook，傻！下一次就不是左眼了！

细妹：哥哥，你好厉害！

熙熙这才想起什么：唉，我也是蠢！

这个病毒摸透了人们的心，真真假假，假作真时真亦假。

大概过了20分钟，很挫败的熙熙终于缓过气来：对付Win32的办法很简单，不用Outlook。我不用它了！

这是细妹第一次见识了熙熙的厉害，学会像哥哥那样骂很蠢的人：你这个Outlook！

第二天，熙熙骄傲地告诉班里的同学们：小心克林顿的左眼！

经过病毒的洗礼，他特别喜欢刘老师了，他说如果刘老师做我们的班主任就好了。

刘老师一听不以为然，冒出一句：宁可做病毒，都不做你们的班主任。

熙熙：我什么病毒都不怕了，不要说克林顿的左眼！两只眼睛我都不怕！

熙熙自从和病毒遭遇后，脑袋也更灵活了，网页做得很好，病毒就是小菜一碟，连走路都模仿刘老师挺起胸膛的模样。

在老师的指导下，熙熙不但安装了杀毒软件还成了班里的电脑通。

不过，他很快被黑客迷住了，竟然偷偷学习当黑客，买了好些书，上了好些网页，自从他黑过一个什么网页后就走火入魔了，一天到晚都和同学们谈他的黑客理想，要成为世界黑客。他已经黑了多少多少人的网页，有人想黑他，反而被他黑了。

有一天，他突然很沮丧，要黑别人，不但没有黑成，反而被黑了，连硬盘都被破坏了。他不再说他的黑客了，更重要的原因是语数英考试三科不及格，加起来一共105分。

妈妈和爸爸很生气，说再当黑客、再去游戏机厅玩游戏就不准熙熙再碰电脑。这几乎成了所有家长的心病，不久后，学校附近的那家游戏机厅关闭了，其他的网吧也要成人身份证才可进入①。

———————————

① 2002年8月14日国务院第62次常务会议通过《互联网上网服务营业场所管理条例》，自2002年11月15日起施行。《互联网上网服务营业场所管理条例》第二十一条规定：互联网上网服务营业场所经营单位不得接纳未成年人进入营业场所。

三、地铁

星期六的清晨，太阳渐渐爬高，从树丛透出的一丝暖阳舔了舔凤娇妈的手臂，她舒服地伸展着自己，两条胳膊一前一后，扭着扭着往前走。这是她在电视上学会的健身操，慢慢扭慢慢走，活到九十九……

凤娇妈和一群人打完一套陈氏太极拳，时间还早便坐在小广场石凳聊天。

话题大多不离衣食住行，可不聊柴米油盐聊什么？老百姓的柴米油盐天天如是，有吃米饭吃烦的人？即使有，肚子也容不得他们胡闹，"吃"的命令一发出谁也抵挡不住。

凤娇妈和林姨喜欢菜市场，吴伯喜欢超市，陈叔兼而喜之。

林姨的道理很简单，老街坊往日住横街窄巷，出门便是十字街街市，如今住上大厦买菜买肉无非多走几步脚，过东门路上天桥就是大江南商场，转入湖贝路拐个弯就是东门肉菜市场。

凤娇妈拼命夸奖这深圳罗湖区最大的街市，新鲜的菜肉海鲜家禽，附近还有日杂百货门店，针头线尾应有尽有，价钱比茂业百货和香港的便宜多了，老街坊们每天必到，谁不知东门市场？深圳的大小酒楼千万家，哪一家不在这里采购美食佳肴？连香港新界上水不少"师奶"（家庭主妇）也探亲访友顺带扫货。

吴伯一句话就说死了：菜市场有乜嘢好？湿湿哒哒（潮湿），一阵鸡屎鸭屎又腥又臭！脏乱差！

陈叔一面点头一面数大小超市，茂业、天虹、华润万家数都数不清，干干净净还有优惠和试吃。

吴伯不愧当过采购，从1996年沃尔玛进入中国深圳说起，亚洲第一家的沃尔玛购物广场和山姆会员店，大批量采购进货，价格当然便宜……食品、玩具、服装、化妆品、家电、日用百货、肉类果菜等应有尽有，价格还便宜，一个月买一两次肉菜就解决问题。

凤娇妈心里却在嘀咕，你吴伯的当家女人得病早早走了，幸好儿子们都有车，踩几下油门就到沃尔玛和山姆，当然说超市好。

吴伯：肉菜要天天买？要冰箱做乜嘢？半个月开车去一次，雪藏冰冻搞掂，美国都冇菜市场！

陈叔还告知凤娇妈，沃尔玛有定点接送顾客的班车！

林姨和凤娇妈也不说话，萝卜青菜各有所好，懒得争。

吴伯还在说吃，自己独个在家干脆就不做饭，通街都是食肆，想吃乜嘢都有，味道好过自己煮。人一世物一世，揾到钱至紧要吃得好（挣到钱最重要是吃得好）！

陈叔一笑：要有好烟好酒！

凤娇妈在心里骂了一句客家话：大食懒（懒人）！

……………

时间到了，"哐当"一下，小区门外的书报亭打开了第一扇活动门板，各种报刊逐个露脸：《证券时报》不再洛阳纸贵，股票过山车一样涨涨跌跌，金融危机的心惊胆战后，少了许多让人梦碎的行情预测；20世纪80年代文学热浪驰骋过了，文学杂志濒临绝迹，卖不出去的压仓货一两本立在架子上高冷且困惑地摆个样子，也比没有好；抢手的是移动和联通的号码，它们安静地躺在貌似书的大本本里任君选号，这和换衣服一样便捷；配套的手机充值卡和上网卡昭示着"大哥大"和"BB机"——永别了……

凤娇妈屁股一抬就说自己去东门菜市场了，人人都知道太早肉贩没分好肉，太晚"腰梅肉"（里脊肉）就没了……

她琢磨天气太热，简简单单煲一锅皮蛋瘦肉粥和炒个豆豉鲮鱼油麦菜，再蒸碟陈村粉。东门老市场那家陈村粉老店，出品的粉皮细嫩爽滑，冇得弹（没说的）！

想着走着直到天桥才发现被木板堵了，要去菜市场得绕到三岔路过城东街，拐一个大弯才到东门菜市场。她想想不如去新园路的天虹商场，开张还没有认真看过，听林姨说那里不但有菜肉超市，还有家面包店，新鲜烤的面包好极了，尤其牛角包酥脆浓香，比香港的还好吃。

走着走着，路怎么变窄了，解放路口新安酒家和戏院（后来的地铁老街站）之间也封了木板。早前听说国贸大厦和人民路那头封路修地铁，如今突然看到面前竖起一块深圳市地铁工程建设指挥部的"地铁施工"牌子，才想起这事，她不禁多看了好几眼，地铁真修到门前了。

一进东方商场她就闻到了面包香，熙熙兄妹都爱吃面包。

她先去吴伯赞不绝口的菜肉超市，确实干净，居然也有陈村粉，价格还比菜市场便宜了1毛钱，眼睛一瞥又看到肉档标明"瘦肉特价"，便宜了接近1元！

她买了瘦肉和陈村粉，却嘀咕没有东门市场的新鲜，也没有"腰梅肉"，一颗心还守护着自己喜爱的老市场。

她在面包店，买了自己爱吃的"菠萝包"（最便宜的1元5角一个）和几款她叫不上名字的西式面包。有个拳头大的五颜六色的蛋糕要7元，她眼皮一跳，比市场的"钵仔糕"大一点，没有下手……

她一回家就兴冲冲和大家报告修地铁的消息，凤娇爸正在看报纸，没有吭声。熙熙第一个蹦起来拿起个牛角包，边吃边说：我早就知道了。

他过去写过一篇深圳修地铁的作文，老师表扬他写得好。

家里数凤娇最早知道修地铁的消息，1998年地铁公司申请银行贷款要进行评估，其实只是深圳地铁与中国国际工程咨询公司签订深圳地铁一期工程施工监理合同。直到1999年深圳地铁获国家批准才开工建设，一期工程包括一号线罗湖至香蜜湖段和四号线皇岗至少年宫段，全长14.825千米，总投资79.85亿元人民币。

去过香港的凤娇妈很高兴，搜出了一个最贴切的形容词，夸奖香港地铁"一尘不染"，别说吃东西，打个喷嚏都不敢。可地铁又冷得不行，不要说短袖衫，长袖衫都会打冷颤，无论如何都要在包里放一件"冷衫"（毛衣）。

凤娇爸放下报纸：几时完工？

凤娇：最快都要两年后吧……

这时候，细妹笑嘻嘻地跑过来了，也拿起了一个"菠萝包"，熙熙突然想起什么事情，凑过来一阵耳语。

细妹大声说：没有，我冇偷！

凤娇愣住了问熙熙什么事情。

熙熙扭头问细妹：我讲？

细妹一脸笃定：好！

原来，昨天熙熙去找妹妹一起回家，七八个小同学告诉熙熙，有个同学在细妹的抽屉里找到自己的笔，这个同学家长说细妹偷了他儿子的笔，还要告诉老师。

凤娇妈一急就说客家话：涯阿妹自家有笔，打鬼鸭（我阿妹自己有笔，胡说）！

凤娇让细妹自己说，细妹说自己没偷同学的铅笔。后来，扫地的同学说以为铅笔是她的，拣进她的书桌里。

凤娇妈心疼地一把搂过细妹：阿妹，有冇叫（有没有哭）？

细妹摇头。

凤娇：怕吗？

细妹一点也没有被别人冤枉有口难言的模样：冇怕，我冇偷。

凤娇妈却气愤极了，一下子切换成普通话：婆婆下次去接你，帮你，教育这一个冤枉人的家长……

细妹不但摇头还连连摆手：我自己处理，他说了对不住！

凤娇：告诉老师了吗？

细妹摇头。

凤娇有点奇怪，她和女儿说过，有什么事情要和老师说。

细妹：爸爸说，自己的事情自己处理……

凤娇爸放下报纸说：细妹，好嘢！你大个咗（长大了）就做深圳市市长。

细妹眼睛一瞪说她不当市长，大家都问她想当什么？医生？老师？工程师？画家？天文学家？

大家越说细妹越犹疑，说还是不说？她皱起眉头看着凤娇：我哋屋企好穷咩（我们家好穷吗）？

凤娇有点诧异地摇头。

凤娇妈抢先说：旧时有点穷……

凤娇爸：今时唔同往日，有鱼有肉，有楼有车，你话穷唔穷？

细妹眼睛一瞪有点生气了：妈妈，你冇比我吃呢个吃嗰个（你不给我吃这个吃那个），我偷偷在学校旁边的小店买香肠吃，你叫我打开嘴，你好厉害一下就闻到我嘴巴的香肠味，说我偷买零食……

凤娇噗嗤一笑：怕你吃垃圾食品！街边小吃店唔干净！

细妹很委屈地摇头：妈妈，我就是好钟意吃（喜欢吃）！

凤娇爸呵呵笑：以后，你想开一家饭店？

细妹还是摇头：我自己偷偷做梦，长大就去麦当劳打工，一日吃10个芝士汉堡包……

一阵大笑后，不知道什么时候坐在一旁的六叔公说话了：衣食住行，民以食为天。

凤娇妈因为修建地铁有了改变，她不再坚持天天跑东门老市场，她已经打听到附近几个菜肉超市的各种优惠折扣日，家里的茶几开始堆满花花绿绿的商场特惠单张。她真的有点贪新了，还好没厌旧，在吴伯他们面前她依旧夸东门老市场好。

很多年后的2019年4月1日，凤娇妈最爱的东门老市场结束营业时，她才突然发现自己大概有个把月没有去老市

场买菜了，70多岁的人心里涌出点儿怪怪的不舍，想找个
人说说。这时，吴伯、林姨都各自搬离了华龙大厦，吴伯
搬到观澜大儿子的别墅，贪图儿子有个种菜的园子，亲手
种了各种蔬菜。林姨也搬到女儿蛇口的住处，住在28楼，2
楼便是大超市，她偶尔会去蛇口码头买点渔民捕捞上来的
活海鲜。

…………

渐渐地，火车站和东门这一带，竖起"地铁施工"
牌子的地段越来越多，越是出行不便越是盼望地铁早日开
通，住宅区小广场简直成了议事厅，地铁成了重点议题。

老街坊讨论的基点十分有趣，没有见过地铁的人问如
何在地下弄出一条铁路？比如铁轨那么长，不能弯曲，如
何弄进地底下？

见过地铁的人说地上走的是轻轨，地下走的才是
地铁。

凤娇妈糊涂了：我去香港坐地铁，记得在地上走……

吴伯看着那个常常独坐一隅不怎么说话的人：常工，
你是专家……

常工不紧不慢放下手里的报纸，缓缓地只说了一句：
很多城市的轻轨和地铁是并存的。

凤娇妈早就听说常工，退休后从北京来深圳儿子家，
工程师就是工程师，一句话就知道人家的本事。

吴伯：有什么区别？

常工：过去以轻轨和重轨划分，但现在轻轨和地铁采用的都是重轨。可以从车型来分，地铁采用的是A和B两种车型，轻轨采用的是C种车型。

凤娇妈和林姨对看了一眼取得共识，鸡同鸭讲，听不明白。

吴伯呵呵笑了：我们不是专家，分不清楚这些ABC。

常工顿住了，地铁长度为200米，轻轨为120米。最大客运量（单向每小时运量）轻轨为1万~3万人，地铁能达到3万~7万人。

普通人听不懂专业术语，可不说这些还可以说什么？

大家静静地等待。

凤娇妈一脸迷惑也一脸毕恭毕敬，粤式普通话更是一字一句：不，不好意思……哪一个铁行得快？

常工恍然：地铁快，最高时速100公里以上，轻轨80公里以下。

常工最终让大家明白现代运输大多为地上、地下、高架组合式发展，地铁和轻轨混合使用，有些城市不再使用"地铁"的字样，改称为轨道交通。

说着说着说到了中国的第一条地铁，1965年北京地铁一期工程动工，1969年10月1日通车试运行。直到1971年年初北京地铁一期工程公主坟站—北京站的线路才开始试运营。1973年这条线路延长至23.6公里，共有17座车站。这条线路是中国最早的地铁线路。

凤娇妈有点吃惊：比香港早？

常工点头：香港是1979年开通，北京比首尔、新加坡、旧金山、华盛顿等城市都早。

最有意思的是1971年1月15日，北京地铁一期工程开始试运营，运行区段由公主坟—北京站，计有10座车站，长度10.7公里，单程票价为1角。当时由于属于战备工程，只有凭工作单位介绍信的人才能参观乘坐。

真是长见识了，常工真的是专家。

这时，有个白白净净的姑娘走过来喊常工：爷爷，回家吃饭了……

姑娘说罢笑眯眯向在座的人点头"阿姨好""伯伯好"，实在讨人喜欢。

爷孙俩走后，大家都夸孩子有家教。

吴伯说：人家常工是知识分子，20世纪50年代有几千名中国学生被送往苏联学习建设地铁，他就是其中一人。

从此，常工成了大家的咨询中心，天天都有人提起地铁新闻，建到哪里了，从哪里到哪里。这成了惯例，直到深圳地铁一号线罗宝线于2004年12月28日开通运营。[①]

---

① 深圳地铁第一条线路于2004年12月28日正式开通运营，深圳成为中国较早拥有地铁系统的城市。

凤娇妈的心思已经落在常工可爱的孙女身上了，打听人家是干什么的，有对象了吗。儿子昌生还没成家，这是她心里的一个疙瘩。

四、"非典"

眨眼就是2003年了。

羊年伊始又是春节，深圳的天气依旧不太冷。2月8日也是旧历大年初八，开年上班头一天，凤娇夫妻都是例行的团拜，凤娇爸和三五好友相约一聚，六叔公依旧老规矩，几个十字街老街坊饮茶"倾计"如常启幕……

还没过元宵节，红包利是没有开拆，这年收了多少钱？熙熙和细妹的兴趣似乎不很大，凤娇说过他们收到多少和她送出的红包基本成正比，她给兄妹俩各自开了一本存折，利是钱如数存入账户。

几年前逛花市的时候，细妹看中了一个花花绿绿的存钱罐，这个貌似箱子的小铁罐打不烂还带了把小锁头。细妹往里头放的不是钱，是她自以为的宝贝，几粒闪光的扣子，几枚发夹和十多根七彩橡皮圈，最古怪的是几十张"大头像"。

近年，她和同学还有香港小亲戚们爱逛迷宫一样的东门老街，买书包文具不说，必定去西华宫宝华楼那投币自动拍贴纸相的机器前拍张大头照①。这些拇指甲大小的照

① 从日本传入的贴纸照相技术。

片里头，留下她们最张扬的姿态，龇牙咧嘴、皱鼻闭眼、张牙舞爪和称之为搞笑的"笑"；连凤娇妈也被熙熙和细妹逼出了一个三人合照，照片上熙熙的拳头和细妹的巴掌好像一对角竖在凤娇妈头上，凤娇妈的笑也这样"搞"出来了。

细妹自己隔三差五打开小铁罐，在沙发上或坐或躺或翻看这些宝贝，看搞出的笑再笑个不停……

这天，仰在沙发上的细妹正在笑，连两条小细腿也乐不可支冲着天空乱晃。凤娇妈禁不住说细妹"得人锡"（让人疼），睡醒了，一睁开眼睛就是笑，天天都像过生日，不像凤娇小时候天天发愁。

凤娇爸却眉头一挑：吃点苦受点难好。

凤娇妈气得斜了凤娇爸一眼：越老越"驾横船"（对着干）。

这老两口越老越爱斗嘴了。

凤娇妈刚晒晾好衣服就接到了林姨的电话，林姨每年春节都返广州、佛山探亲访友。

林姨声音压得很低，一点也不像往日那个开朗的她，连新年都没问候就说自己回深圳了。她说广州、佛山的同学都在传很多地方发现了一种奇怪的病，传染了很多人，一般医生护士接触病人多，抵抗力强不会得病，偏偏好多医生护士都被传染了，这个病好厉害……不要告诉别人，自己知道就好了。

林姨的语气从来没有这样诡异和慌乱。

凤娇妈傻了，一下没反应过来：大件事？

林姨：大件事！

林姨让她马上下楼，和她一起去买板蓝根和醋预防这种病。她刚才去药店和超市都没有板蓝根和醋了，她的女儿说福田区还有货……

凤娇妈急忙穿外套，围巾还没有戴上，林姨电话又来了，说看看家里还有什么人，一起去，她女儿说他们已经排了很长的队伍，按人限购。

就在这时，熙熙和细妹一起跑过来，问婆婆去哪里拜年，他们也要去。

凤娇妈拉起熙熙，说带他去排队买板蓝根和醋，细妹太小了留在家里，一会儿六叔公饮完茶会带烧卖和叉烧酥给细妹。

细妹满脸笑：婆婆，我要去，老师要写日记，我写了3篇都是屋企的，冇嘢写了，我要去买醋……

就这样，凤娇妈带着兄妹俩出发了。

因为修地铁到处封路，大巴改道，他们在路边伸手拦截的士，可车上都有客人。

这时来了一辆破旧小巴,这种14座小巴①算是深圳建市初期的功臣。那阵子人口剧增,一出火车站人山人海难有公共交通,无数单车佬竞相拉客,原本的深圳镇搬运站收购了香港某运输公司的"执二摊"(二手将近报废汽车),纾缓了当时的紧张局面,一直运营到今天。多少年?换过几代的新车也破旧得不成样子,可它太受欢迎了,想想,远近不分站点,上车2元,后来提价也不过3元,价格比出租车便宜许多倍!只要站在路边招手即停,多方便!小巴路线更灵活,司机一看堵塞就随时调整,往通畅的地段开,它个头比大巴小,一般的小堵塞拦不住它,正是老百姓的最爱。

风娇妈抬头一看,里头已经没有空座,上还是不上?

不容风娇妈多想,熙熙第一个挤上去了,林姨和细妹也跟着上了。

车门就要关闭,细妹大喊婆婆,风娇妈一躬身挤上小巴。

"猫低(粤语,即蹲下来的意思)!猫低!快点!快点!"售票员突然冲站在小巴过道上的她们大声吆喝,还

---

① 14座小巴从深圳早期20世纪80年代开始营业,价格便宜,方便快捷,很受乘客欢迎。司机为了多载乘客,车内常连过道都塞满了人,因为超载,每当经过交通岗的时候,司机会大叫无座位的乘客蹲下,以逃避交警的处罚。公共中小巴为当时深圳重要的公交工具,直至2003年3月,深圳市交通局宣布,公共中小巴将逐渐从中心城区退出。2006年6月30日中小巴全线退出深圳中心城区即深圳原二线关内。

从自己座椅下捞出几张两个巴掌大的塑胶小板凳，"呼"的往她们的脚下一送。凤娇妈和林姨上年纪了，手脚慢却是最早蹲下的……细妹和熙熙却不肯蹲，站着随车摇摇晃晃，一副"我不怕颠簸"特别好玩的模样。

突然一个急刹车，细妹先撞林姨再反弹，一屁股落在凤娇妈的腿上。熙熙却撞到前面一个北方大汉的身上，那人起码有一米八，身子胖，脊背就像一堵墙壁。这堵肉墙一回头就骂熙熙"不长眼"，熙熙一缩脑袋坐在小板凳上了。

凤娇妈心里很安慰，没有大巴，没有的士，"好彩"（幸运）有3元坐到终点的小巴。

"有落"（下车）！有个女乘客大叫，但是车子不停。

售票员说新规定要按站停靠，乘客非要停靠不可，她坐了十多年都是说停就停，早知道就坐的士了。

她们吵起来了，两双手指指戳戳在细妹的脑壳上飞来飞去……

司机突然大喝一声，售票员才发现前面就是十字路口。

"猫！猫低！快！猫低！"

一看到红绿灯，售票员的手变成两把铁叉，在空中急促地横来横去，不时指向那些未"猫低"的人。

依旧有人站着，不是小板凳们难于承受屁股的压力，是不够用了。

售票员急得一双手通了电那样猛抖，得赶在交警的眼光扫视前一个不漏"猫低"！

站着的人很不乐意地弓起脊背，或快或慢地弯曲了膝盖，一屁股落下完成了蹲的过程，偶尔或明或暗表达着一点不爽而已。

只有北方大汉站着不蹲，这靠近车头的地方最空阔的，他两手把握在别人的靠椅上，稳稳当当的感觉挺好。他不肯蹲下去还骂骂咧咧"全国都没有这样的破车！""我不猫又咋的？""猫不猫都3元，我就不猫！"

售票员横眉竖眼大吆了几声粤语"痴线"（神经病）、"混吉"（混账），司机也大声叫骂，车上的乘客群起攻之，"落车！""猫低！"在车里头爆炸了。

凤娇妈央求他，"猫"过了交通岗就好！大家都这样"猫"。

当他极其不情愿蹲下时，已经太晚了，交警发现了超载的小巴。

限载14人，坐了20多人，如何惩罚？

交警面对司机抄牌写罚单的时候，赶时间的乘客都气得不行，起码拖延了十多分钟，纷纷说大个子"痴线佬""阻大家的时间"。

大个子一声不吭脸色渐渐青白，紧握拳头一副要揍人的模样。

小巴司机终于跳上车，气冲冲地宣告不但被罚款200元还被吊牌一个月的结果。

小巴上的所有人都沉默了，不少杀人的目光直逼大个子。

大个子动作了，扭动身子挥动拳头挤到门边，正和上车的售票员撞了满怀。

静止的一刻，他突然瓮声瓮气地说"对不起"。

售票员的脸色预示暴风雨的来临，她的粤式普通话堪比闷雷：对不住，一句对不住就搞掂？你出不出200蚊银纸（赔不赔200元）？

大个子低头不语，眼睛一瞥交警还停留在十多米的地方，小巴还在交警视线之内。在和售票员擦肩之时，他一枚炮弹似的把自己轰出了小巴。

愤怒的司机再也无法令其掏腰包补偿吊牌一个月的损失了。

细妹紧贴在凤娇妈的耳朵上想说什么，凤娇妈掐了掐她，不让她说话。

这番折腾后，他们赶到福田林姨女儿家附近的大药店，板蓝根也卖完了，而超市的醋也空了。

白跑了一趟，凤娇妈的执拗劲儿倒上来了，这个病到底是什么病？林姨摇头叹气，人家医生都搞不明白，搞明白了还不告诉你？

这冷水一浇，她回到了找板蓝根和醋的原点，回家就翻她那个自己抄写的电话号码本，那是不知道多少年前儿子昌生没用过的作业本。

她从第一页开始查，也就是从家人的号码开始查。

脑子好像通了电那样，瞬间灵光了，香港！自己的兄妹都在香港！

香港长途电话前面加00852，方便极了，一下就拨通了。她的语气也是林姨的翻版，吓得妹妹以为姐姐已经得了病，弄明白就立即跑到不远的杂货店，买了几瓶醋，板蓝根要过几个街口的药房；既然有醋，明天路过再买也来得及，说好了元宵节就带过深圳。

凤娇妈总算安心了，起码有醋了，林姨说醋要慢慢熏，一屋子都是醋的味道，醋杀毒。凤娇妈没有多问，林姨是"文化大革命"前的高中毕业生，调任戏院管理人员之前在科委工作，划地建科学馆，就是她用皮尺丈量出来的。不过，这丈量土地和这个不明来历的病有什么关系？可凤娇妈就是信林姨，好像林姨说的话也丈量过一样准确。

凤娇妈好像打仗带兵的人，细妹和熙熙是她仅有的兵，他们开始在厨间翻箱倒柜，终于找到以前一个煮煲仔饭的小瓦煲和做菜用的半瓶醋。

醋全部倒进小煲，用最慢的一档火开始熬煮了。

一屋子都是醋味的时候，凤娇妈下意识深深一吸，安心极了。

凤娇妈坐在客厅的沙发上，一眼看到饭厅和厨间才放心，千万不能烧糊了。

凤娇妈在熙熙兄妹面前示范深呼吸，模样真切，一呼一吸那醋必定熏走鼻子里的病菌……

细妹疑惑：婆婆，它会听话吗？

凤娇妈十分肯定地点头。

细妹又问：不听话呢？

凤娇妈也疑惑了。

熙熙突然说：天天吃酸醋猪脚姜！

这是凤娇妈的最爱，这不也是醋吗？她眨了眨眼睛：要听医生的。

这下，她想起了儿子昌生的同学，以前叉仔巷的老街坊"胶己人"叫什么名字？就这么又拿起电话机旁的本子，翻来翻去也没翻到。有点儿累了，她在沙发上躺一躺，闻着醋味儿，心里念叨着不能眯眼，要看着火，千万不能糊了……

不知不觉就偏偏眯眼了，厨间里的炉火不紧不慢，一点一点的烤，烤着烤着就干了……

凤娇妈在熏味中，眼皮子颤动着并没有睡死，有一只手猛推了她一把，睁眼却什么也没有，诧异中，恍恍惚惚细妹和熙熙在厨间里忙碌什么。

一股强烈的烤焦味钻进鼻孔，她急忙翻身坐起，这一刻"嘭"的一声炸裂，厨间里升腾着水汽烟气还有细妹的呀呀大叫和熙熙的手忙脚乱！

凤娇妈跌跌撞撞，完全不知道自己如何冲过去搂着孩子……

凤娇妈看着抚着摸着并老泪纵横着，痛？细妹咧嘴一笑，本要说自己一点事也没有，还伸手擦婆婆的泪，哪想凤娇妈的泪飙得太猛，细妹擦也擦不去；擦着擦着自己的泪倒一下钻出来了，干脆嗷嗷哭了。

熙熙有点儿好奇地站在一旁，其实就是火一直烤，烤干了醋。细妹和熙熙都闻到了焦味跑入厨间，熙熙伸手正要熄火，细妹已经拿起凤娇妈放在案板上的一碗水，学着妈妈和婆婆煮菜放水的样子，"喳！"一碗水急淬火烫透焦的小煲，瞬间炸裂。

凤娇妈确认细妹毫发无损后破涕为笑，把细妹的脑袋按入自己的胸膛说："冇事！冇事！"接着双手合十连声说"天阿公保佑"。

不明因缘的疾病和不明不白的传言，真真假假弄得一片慌张，损烂了一个残旧的小瓦煲，真是万幸。

…………

凤娇一知道情况就问当时的细节，醋烧干，瓦煲烤焦干裂，这时候还有火苗吗？凤娇妈和细妹都回答不上来，熙熙却在思考。

凤娇问凤娇妈还记不记得两年前换炉子的事情。

凤娇妈想起当时这个炉子价钱比其他炉子贵，自己看上另一个几乎一模一样，还便宜几十块的炉子。她记得凤

119

娇要坚持买这个炉子。

凤娇一笑：它有一个特别的安全装置，遇到紧急情况会自动熄灭关闭……

细妹反应特快：我没倒水，它就熄火了？

熙熙：我想关火，一看炉头没有火，还在想的时候细妹就倒水了……

凤娇：烤焦就自动熄火了。

凤娇妈明白了，她反反复复说"一分钱一分货"，这瞬间像脑壳被什么闪电击中了。她的购物圈仅限东门女人街的小摊贩，说出来没人相信，华强北的女人世界，连外地人都知道这中国第一家以女性为主题的品牌商场，她只是在1995年开幕的这天去逛过，价格把她吓得从此不再光顾。那个炸裂的小瓦煲令一向贪图便宜的她，从此成了女人世界的常客，此乃后话。

第二天下午，凤娇爸和六叔公都在看报纸，凤娇妈提着两瓶醋和一个新的小药煲回家了，她兴冲冲加醋添水慢火熏蒸……

满屋醋香的时候，她给这个打电话给那个打电话，交流"醋经"。住宅区不远的小超市有醋卖了，她一看价格，眼珠仔都差点跳出来了，以前最多几元一樽的醋涨到30多元，翻了好几倍。她跑了好几家大超市小杂货店，好几家都有醋了，也各自涨价，最贵的标价100多元，不再价比价了；赶紧回头去小超市，没想到就剩下两瓶醋……她告知亲朋好友"手快有手慢就冇了"。

沙发上看报纸的凤娇爸终于忍不住了，一声吆喝：你自己吓自己就好了，到处搞事，真真假假搞到人心惶惶。

凤娇妈：切，人人都讲……我冇搞事。

六叔公脸色凝重地放下报纸，凤娇爸期待老人训斥凤娇妈大惊小怪，没想到六叔公说自己去市人民医院住医部呼吸科探望急性支气管炎住院的老民警阿九时，看到一队人穿得密密实实，个个包头包脚好像苏联上太空的宇航人加加林。他说重症室大年初一死的那个人不是一般肺炎[①]，现在住进ICU的有几个。

凤娇妈猛然瞪大眼睛：敢大阵仗（这么严重）？六叔，早点讲啦！我买多几樽醋！

凤娇爸：有冇用？

凤娇妈：冇用？冇用有咁多人抢（没用会这么多人抢）？我想打电话问"胶己人"（昌生同学林洁萍，中医院的医生）揾唔到电话……

六叔公笑笑，竟然随口说出林洁萍电话号码的一串数

---

① 深圳市卫生防疫站（市疾控中心）负责医院检测和全面消毒，2003年2月9日正是市疾控中心接到报告第一时间前往市人民医院RICU收取疾病样本。每一份患者标本都分别采用病原学、血清学和分子生物学等方法进行至少20多种检测，同一个检测项目起码都要进行3次实验，这样的排查中，排除了鼠疫、军团菌、炭疽……查验出病原体并非细菌，而是病毒或其他病原体。

字。林洁萍夫妇二人是以前叉仔巷的老街坊，也是昌生的老同学，每次昌生回深圳，他们都请六叔公一起饮茶。六叔公的凉茶铺存留了他们的少年时光，二楼的书架，小感冒时一骨碌吞下的王老吉凉茶……

几年前六叔公小中风住院，林洁萍就在住院部当见习医生，六叔公的中风后遗症就是林洁萍用针灸治好的。后来她在解放路中医院第一门诊部上班。

电视新闻的时间到了，凤娇爸特地提升音量，一家人都盯着屏幕。

凤娇爸语气很重地重复了新闻里的这一句：社会不须恐慌，深圳的供应充足。

他话说得很重还狠狠瞅了凤娇妈一眼。

事实上，谁也不知道"非典型肺炎"的传染性有多厉害，这阵抢购风说来就来了，说不用恐慌的凤娇爸，晚饭后淡定地带着熙熙兄妹上街逛了一圈，竟莫名其妙成了抢购风暴的一员。

他们路过超市门外看到一队长长的人龙，细妹天生好奇要去看看，凤娇爸也没多想，也没想买什么，可进去一看，人人推着超市车子或篮子买米，买油，买盐，买挂面、方便面。

凤娇爸在心里笑，迎头碰上的吴伯脚步匆匆，对他只说了一句话：每人限购一袋米，备一点米也好。

凤娇爸看着匆匆而去的吴伯背影一笑了之，心里嘀咕不用紧张，明明不想买，偏偏迎面而来的人，人人手提一袋5公斤的米，有的连卫生纸也提了好几捆。

熙熙碰上好几个同学也都提着米，他被点了穴似的跟着人家的屁股后面转，兴冲冲也提了一袋米。

麻石板一样坚定的凤娇爸动摇了，天天都要吃饭，别的可以不买，米不能不买，油也限购一瓶，不买白不买，有比没有好，买了也不妨，况且排队限购还多了两个孩子的份儿。

结果，凤娇爸左手一袋米右手一袋米，熙熙左手一袋米，右手两瓶油，连细妹也提了几包盐。

回家路上碰上熟人，凤娇爸也就一句话：每人限购一袋米。

…………

这两天，凤娇妈按着六叔公给的号码打林洁萍的电话，只有一次接通了，没两句就说有病人挂断电话。

第三天，林洁萍亲自来了，说早就想来看看六叔公，春节期间一直值班，太忙了。

医生就是医生，说的就是明白。

第一例病例就是2003年1月26日从福田人民医院转入深圳人民医院留医部呼吸科，病情发展很快，多项抢救无效，大年初一那天去世。第一例病人传染了自己的同事，同事也住进了医院，因为有了经验，病情并没有继续恶化。市里已经决定所有的重症急性呼吸综合征病患者统一在东湖医院救治，疑似病例也在此隔离观察。①

洁萍走后，凤娇妈又逐个打电话告知亲友，还说医生说的"珍珠都冇咁真"（粤语，表示事情的真实性）。

果然，2月11日的电视新闻等媒体公布了正式消息，这个病不是一般常见的肺炎，还不知道病因，称为"非典型肺炎"，2月10日中国政府将该病情况通知了世界卫生组织，提供最初广东省发病状况的数据。截至2月9日广东有6个城市共发现303例病例，这些城市中深圳是其中之一。中国工程院院士、广东的呼吸内科专家钟南山出任广东省"非典"医疗救护专家组组长，他认为"非典"比一般感冒引起的肺炎严重，病情如果得不到控制会迅速恶化……

深圳市也做出了反应，医学专家向市民解释传达"此病可防可控，市民不必恐慌"的正面信息，并开通市民咨询热线；市经贸、工商、物价、药监等部门配合组织货源和药品，制止哄抬物价……

抢购的旋风来得急也去得快，所有物价恢复正常。凤娇妈说起了笑话，有人还买了几千元的醋，愁死了，不知道要吃到何年何月。

细妹说起那天小巴上的事，她当时就想和外婆说不去买醋，可外婆捂着自己的嘴不准自己说话。

凤娇妈不笑了，一脸认真回忆自己是否强行捂住细妹

---

① 东湖医院就是深圳市传染病医院，后变迁更名为深圳市第三人民医院。

的嘴巴：哦哦……

六叔公笑了笑不说话。

凤娇爸笑着摇头：五十步笑一百步。

只有熙熙给凤娇妈出主意：煲猪脚姜。

结果，凤娇妈真的煲了猪脚姜：还在电话里和亲友嘲笑自己：生仔时有吃够姜醋，今时今日补坐月子。

每天新闻都有病患治愈出院，没有听说医护人员感染，大家的心也就更安定了。

读懂故事背后的深圳特区

★听一听和深圳的故事
★原来你是这样的深圳！

微信扫码

五、小鸟

2003年3月初香港报道了一个惊人的新闻：早在2月21日，广州中山大学附属第二医院（孙逸仙纪念医院）退休教授刘剑伦去香港出席亲属婚礼，入住香港京华国际酒店911号房，不想第二天发病求诊住院，3月4日不治去世，他将疾病传染给酒店7名旅客。

凤娇妈再次紧张，整整一个下午都和香港的弟弟妹妹们通电话，看到天色突然阴暗怕要下雨了才急忙带着伞出门去接熙熙兄妹。

没想到，细妹已经回到住宅区，正坐在围坐上和同学玩"两只小蜜蜂"。不知道从什么时候开始，她被这个游戏迷上了，只要有点空闲，她逮到谁就扬起小手模仿蜜蜂翅膀开始扇动，熙熙、凤娇爸妈、凤娇夫妻甚至六叔公都当过她对面的那只小蜜蜂。

凤娇妈一把拉过细妹：哥哥呢？

细妹指指玻璃屋，就是地面层电梯口通道尽头镶嵌玻璃的小屋，它凸出在整栋建筑物之外，十足一颗玲珑浮凸的钻石，四周还有一圈观看外景的连墙椅和几扇推送式的小窗。这里是熙熙的至爱，就像细妹爱玩的"小蜜蜂"。

凤娇妈牵着细妹赶去玻璃屋。

屋子不到10平方米，但妙在透光透亮比花蕾还标致，不管放学后还是寒暑假，学生哥学生妹都迷在这里，手捧《深圳青少年报》，或翻看《红树林》《老夫子》（香港连环图）等各种小人书，多是边看边龇牙咧嘴呵呵大笑。

熙熙挤在围椅上摊开自己一溜的闪卡，咸蛋超人、美少女等五彩幻影的"闪卡"，正准备交换同学那套"三国演义"闪卡……

凤娇妈不由分说拉起熙熙回家。

她说以后一放学就要回家不能乱跑，这个病都传到香港了，死人了。

接着一连串的消息更叫人慌张，他们一家天天准时看新闻。

3月10日，香港沙田威尔斯亲王医院，接连几天有十多名医护人员出现发烧及上呼吸道感染症状，该病具有传染性。

3月12日，世界卫生组织发出了全球警告。3月15日，世界卫生组织正式将该病命名为SARS。

3月13日，香港患此病的医务人员增至115人。

3月20日，香港社区有5名年龄在2到15岁的儿童证实染此病。此后，办公楼、学校、公共场所也有病例，最高峰日增病例60例以上，连香港医管局局长何兆炜也因此病入院。

3月27日，港府宣布中小学及幼儿园停课，禁止探视SARS病人，曾与SARS患者有密切接触人士须于10天内每天向指定的卫生署诊所报到，并在所有入境管制站实施检疫申报措施。

3月31日，香港政府隔离了淘大花园的一幢公寓（E座），该公寓已经有超过100人受到感染。

4月1日，美国政府召回了所有驻香港和广东的非必要外交人员及其家眷，同时警告美国公民，非必要不要到广东或香港访问。这天傍晚，700多名淘大居民被撤出该公寓，转移到西贡和鲤鱼门的度假村暂住。

4月16日，世界卫生组织在日内瓦宣布确认冠状病毒的一个变种是引起非典型肺炎的病原体。

一家人的心都牵挂着香港亲人，尤其凤娇妈七魂掉了三魂，看完新闻除了"天阿公保佑"就摇头叹气，明明好转了，不明白香港怎么会越来越厉害。

熙熙和细妹偷偷嘀咕：香港冇使返学（不用上学）……真好！

他们十分不解，香港和深圳那么近，12级台风来时香港和深圳的学校都不用上学，现在"非典"时期香港停课，深圳还要上学……

他们学校附近的小杂货店，除了卖日用杂货还卖孩子们爱吃的鸡翅膀、香肠、鱼蛋、卤蛋和盐焗鹌鹑蛋。

4月底的一天，小店伙计被确诊为"非典"病人，小店全面消毒停止营业。

和老师在班里调查近期去过小吃店的学生，细妹就是经常光顾的一个，最糟糕的是学校例行检查体温，班里同学都正常，唯有细妹不但咳嗽还发烧38.6℃。

凤娇在国外考察。

杨定国正和重案组的同事分析案情：2003年3月9日中午，有200多个理着小平头的人，统一着装，手持斧头、钢管、长刀兵分几路，冲进宝安区某电子城，吓得正在大堂内搞装修的工作人员四处奔走……重案组分析幕后组织者正是冠丰华，目的收取租金。

这时，杨定国接到和老师的电话。

他赶到医院，医生说得很简单，孩子和确诊的小店"非典"病患有过多次接触，就是有流行病学史加上临床症状发热、咳嗽，胸部X线像有阴影的情况，无法用已知肺炎来解释孩子的病情，初步怀疑为疑似"非典"病患……见惯世面的杨定国，也感到一阵惊寒。

不需要思考，必须立即送到市里指定的东湖医院隔离观察7天以上，统一治疗。

接送车辆已经到达，有一位穿全副防护服戴着眼罩口罩的医护，小小的细妹站在车边，一看到爸爸就雀跃了，两手还像旗帜那样晃动。

爸爸和医生在说什么？细妹不知道，偷偷摸了摸自己的脑门，真的发烧还有咳嗽。小杂货店的"非典"病人真传染自己了？身边穿白色防护服的阿姨和自己说要隔离治疗，万一确诊也不会传染别人。

爸爸向自己走来了，离她还有三四米远的这刻，细妹大大地后退了一步，坚定地说：爸爸，不要过来，会传染的。

爸爸站住了，犹疑片刻才说：这一次住院有规定，不能陪伴。

细妹：唔。

爸爸：不舒服就找医生。

细妹咳了咳：我只有一点点不舒服……

爸爸：你要自己一个人。

细妹眨了一下又一下眼睛，想把眼睛里头的什么东西眨回去：唔……

爸爸：有事情告诉医生。

细妹：好。

爸爸不是个啰里啰嗦的人，"有事情告诉医生"这句话说到第三遍的时候，他突然醒悟到什么，猛然顿住……

细妹：你小时候从北方来深圳读书，自己一个人坐很多很多天火车，也没有爸爸妈妈陪你。

杨定国心中一刺，不再说话大步往前。

细妹大叫：爸爸！不要过来！

爸爸立在一米之外，无语。

细妹：会传染人的！

白色防护服的阿姨：孩子真懂事。

细妹低下头，有点哽住了，很多的愤怒卡在喉咙，声音一戳一戳的：我不去那个小店了！不吃鱼蛋和鸡翅膀！听妈妈的话！

杨定国：不哭！等你回来，我们"二人走世界"。

细妹声音变轻了：不可以了，我太大了，踩上去，你的脚会痛……

杨定国：走真的世界，去北京看你舅舅……

细妹：妈妈、外公、外婆都去？

杨定国：去！

细妹笑了，左右两把小小的"剪刀手"高高地竖过了头顶。

细妹是医院最小的病人，因为没有确诊只能单独住一个病房，没有家人连病友都没有。

当晚她发烧39.5℃，昏昏沉沉睡了又睡，病房里进进出出只有护士，抽血打针吃药量体温，迷迷糊糊的她不知道自己睡了多久，也不知道医生和护士进进出出了多少回。

第三天，她睁开眼睛的时候看见窗外的阳光，还听到"吱吱吱"的声音。听了好一会儿，她确定是小鸟，这才想起自己住在医院。

只有自己一个人，想着看着听着就忍不住悄悄下了床，十分好奇地走到窗前，小鸟在哪里呢？左看右看什么也没有，在她失望的时候，看到一只鸟妈妈叼着虫子飞到空调架子的空隙里，一阵阵叽叽喳喳乱叫，有只鸟窝？她侧了侧脸，真看到了几只吱吱叫的雏鸟颤动着没有毛的身体，一个个小肉团团拼命张开丫形的大嘴，等着妈妈的小虫呢！

细妹乐了，脖子一缩捂着嘴巴轻轻说：好可爱！

门外传来一阵脚步声，她赶紧跑回床上装睡了。

两个穿着严严实实防护服的护士进屋了，闭着眼睛的细妹不知道她们在忙什么。

其中一个护士对另一个护士说，孩子这么小，一个人住院真不简单，不吵不闹。

另一个护士说，病原检测第一次结果出来是阴性，再做一次检查，结果如果是阴性，应该可以解除观察了……

细妹突然睁开了眼睛：真的？

护士笑出了声音：量体温，烧退了就好转了……

细妹在心里琢磨，怎么样才能好得更快？

不一会儿护士姐姐说细妹的体温降到37.6℃了，好好吃饭就能好得快……

这句话，细妹听进心里了，一连几天努力吃饭，吃得一粒也不剩。每一次量体温，都是好消息。

最精神就是看小鸟的这刻，有一次她不小心弄响了窗台，小鸟又好像看到鸟妈妈那样张开大嘴吱吱叫，鸟妈妈并不在啊，小鸟以为自己是它们的妈妈吗？细妹觉得好笑和奇怪，她又碰了碰窗玻璃，小鸟再次大叫，反复几遍。她细细地看细细地想，小鸟的脑袋真大，摇摇晃晃的一坨，眼睛是鼓鼓的一层眼皮，没有一点缝缝，这没有开锁的小鸟眼睛睁不开，所以它们一听到声音就以为妈妈来了……

这小小的发现就像那次观察苹果一样高兴，她一次又一次去装扮小鸟的妈妈，还顽皮地笑和调侃小鸟：妈妈看见你们多高兴啊！

看完小鸟还可以干什么？

除了病床就是一张桌子和一张椅子，再就是自己一个人。

谁也想不到细妹一个人玩起了两个人的游戏。

"两只小蜜蜂啊，飞到花丛中呀，飞呀，piapia，飞呀，piapia。"喊到"飞呀"的时候，应该两人同时出示手形"锤子""剪刀""布"，而接着喊"piapia"时即可根据手势定出胜负，锤子胜剪刀，剪刀胜布，布胜锤子。如此简单的游戏，不就张开巴掌（布）裹住拳头（锤子），或伸出二指（剪刀）一把剪开另一只巴掌（布）上头？

一个人有两只手，她的左手和右手就成了两个人，这回左手赢，下一回是右手赢；不管左手还是右手，每一赢都是她的乐，比世界冠军还高兴。

往日，她可以找到另外一只小蜜蜂，如今在医院里，她找到的另一只小蜜蜂还是自己。她和自己玩两只小蜜蜂，玩得如此自由自在，有一回连护士走进来的脚步声都没听见，结果护士姐姐也被逗乐了，乐不可支地当起另外一只小蜜蜂……

这以后，她就喊护士姐姐"小蜜蜂"姐姐。

护士姐姐特别喜欢她，也不喊她的名字，说她爱笑，喊她"笑娃"。

住院观察的这段日子里，天天吃药做检查，她怕抽血，护士姐姐说闭上眼睛，一点也不痛，就像小蚂蚁爬过一样。

细妹真的闭上眼睛，一直在等小蚂蚁爬过去：爬完了吗？

护士姐姐说：好了。

细妹睁大着眼睛：我还在等小蚂蚁爬呢，还没有爬，就好了？

护士姐姐也睁大着眼罩里的眼睛，还眨了一眨：小蚂蚁回家了……

细妹咯吱咯吱地笑，住院其实没有那么可怕。

唉，想，想家了，想，想上学的日子了，从来没有这样想上学。很想很想的时候，喉咙会哽住，她会猛喝几口水，也会用被子蒙住自己的脑袋，让白天也变成夜晚，睡了就什么也不知道，什么也不想了。

她还向护士姐姐要了纸和笔，画了爸爸妈妈和哥哥，外公外婆和太叔公，家里人全都画上了。她还想起班主任和老师说的观察，画了和老师，又画了在窗台观察的那一窝小鸟。她想起体育课，画了学校的大操场，画了跑步和踢球的同学，画了一张又一张同学们，画了所有想的人和事。画着画着，满床排满了她的"想"，看自己的画，看着看着傻傻地笑，接着和画里的人说话，她笑着说着就在自己的画里面睡着了……

这天，好像听到了什么，她睁开眼睛，护士姐姐笑眯眯地问她想家里人吗？她点头，护士姐姐把她带到窗子前，指了指楼下的铁栅栏之外，她一眼就看到扶着栅栏的是妈妈和外婆还有哥哥……

太高兴了，她在楼上面摇晃自己的双手，他们也在楼下面摇晃着他们的手。很远很远看不清脸，可她知道他们在笑，她也笑，大大地张开着自己的双臂，摇晃着，下面的他们，哥哥、妈妈、爸爸还有外公、外婆……

病原检测第二次结果出来还是阴性，体温也正常，细妹患上的只是重型感冒，终于解除隔离观察治疗。

在医院住了10天的细妹回家了，一切都没有变。

哥哥每天上学，她还得待在家里，兄妹俩互相羡慕。

细妹每天在阳台上呆呆看着哥哥背着书包上学，心里有只小虫子爬来爬去痒痒的……

这天，熙熙告诉细妹自己的新秘密，他已经不玩《街霸》了，以前外婆生病，他想过当医生，现在更想了。因为细妹生病的时候，他和妈妈、外婆想去看她，进不了医院，只能看着救护车呜呜叫着出出进进，抬头看着大楼的许多窗户，很想叫一叫。

熙熙说如果自己是医生就可以一个一个房间去找细妹。

后来通过"胶己人"医生阿姨帮忙，找到她的同学才约好了在大楼下，才知道哪一扇是细妹房间的窗户……

细妹比熙熙懂得更多：护士姐姐说，东湖医院是传染病医院，普通医生也不能进去的。

熙熙想也不想就说自己也当传染病医生，别的医生不能去的地方他也可以去。

细妹羡慕哥哥，盼望着上学的日子。

这天，妈妈说下周一可以上学了。

细妹立即冲到客厅电话机前，给最要好的同学打电话，说自己要上学了。

她通完电话却很纳闷，告诉爸爸妈妈和哥哥，同学很吃惊地问了个奇怪的问题"你会不会传染我们"。还来不及回答，同学已经放下了电话，好像电话也会传染病毒一样。

爸爸：不奇怪。

妈妈搂住她：她误会你，要不和老师说再休息一周才上学？

细妹这才发现自己有多想上学，她推开妈妈：不……

细妹是多么高兴和期盼！

她笑咧咧地站在门边，像往常把书包从肩背放下，不过是低头和抬头的这一刻，叽叽喳喳的课室突然沉寂无声。这时一个同学碰翻了一本书，声音就像炸弹那样砸中课室，接着哗哗啦啦一阵骚动，有挪开身体有搬动自己的桌子椅子。不到一分钟，只有细妹的桌子还在原处，走向自己座位的几米被同学们空了。这一颗"炸弹"，炸出一条隔离带，前后左右的桌子都挤在四周，她成了一座孤岛。

同学们都没有说话，惊慌地看着她，她突然也慌了。不一样的是，她的恐慌和病毒无关，病毒无声无息无影无踪，有医生和护士，她在医院没有这样慌过。

同学们的眼睛里翻腾着恐惧，互相传染的一片乌暗沉落在教室，一只又一只眼睛躲躲闪闪，细妹一下子觉得自己变成魔鬼的那种慌。

课室还是以前的课室，同学还是往日的同学，只是不知道什么东西不见了，细妹不认识自己的同学了。

在病房里只有细妹一个人，她没有孤零零的感觉。

在课室里，有很多很多的人。他们的眼光起先漫无目的地穿来插去，互相飞扑互相乱撞，乱着乱着突然停了，找到了目标，全无忌惮地对准她，她躲避着这些对准她的目光子弹，好想缩成一只谁也不留意的小蚂蚁或尘埃。

她的笑，从出门就挂在脸上的笑，竟然忘记了撤退，久久地冻在那，冻成了霜打的茄子。这冷从脸面爬进肌肤，钻进身体，她很慌，慌得想说点什么，僵硬的咽喉却很不争气，冒出一阵短促的咳嗽，她赶紧抽出藏在抽屉里的手，一把捂住逃出胸膛的它们。

同学们又一次惊慌失措，有的尖叫着从书包掏出口罩，有的憋着气捂着自己的鼻子，有的抱着脑袋跳着脚撞开了围墙似的桌椅，逃出去了。

课室崩溃了，同学们像一个个惊慌失措打翻在地的小脚盆。互相碰撞的混乱里，细妹龟缩在自己的座位上，双脚并排缩在桌子下，双手拢入抽屉里，低着头不敢说话。这一刻，她很想很想，想自己长出一双翅膀，飞！飞回东湖医院。

她不想上学了，站起这一刻，四周又是一阵瑟瑟缩缩准备逃走的身影。

上课铃声响了，班主任和老师进入教室。

教室里乱糟糟，细妹孤独地立在课室中间的空地。

和老师大吃一惊，敲了敲讲台，从来没有这样生气过：你们在干什么？杨芊羽根本不是非典型肺炎，东湖医院开了出院证明，她的留诊观察已经解除，她只是重型感冒，就算是真正的非典型肺炎病患者，治好出院了也不会传染人，身上还有抗体……

课室里没有一个人说话。

和老师：你们谁没有得过感冒的举手！

没有一个人举手。

和老师：你们现在把你们的桌子椅子按照原来的搬回去！

课堂一阵动作后又恢复了平静，只是平静中有点莫名其妙，还有几声窃窃私语。

和老师：你们还有什么问题？

阿勇举手说："非典"病人都住在东湖医院，很多很多的病毒就会传染她，她也会传染我们……

和老师：谁说的？

阿勇：妈妈……还有爷爷……

和老师：还有谁听家里人说过？

几乎一半的孩子都举起了手。

和老师突然笑了：你们知道东湖医院分多少个病区？知道怎样消毒、怎样隔离、怎样治疗的吗？

几乎所有的孩子都摇头。

和老师：东湖医院分三个病区，一病区专门收治确诊的"非典"病人，二病区收治疑似"非典"病人，三、四病区收治医学观察"非典"患者，病区之间严格隔离区分，还有严格的消毒制度，病人也是分类治疗……

绷紧的课室有点松动。

有个孩子说周六那天，他们家去东门广场，妈妈去咨询"非典"讲师团的医生和专家，也是这样说的。

和老师让大家想想：如果我们深圳防疫措施做得不好，可以这样风平浪静，不见人戴口罩，照样上学返工做生意吗？她布置大家写这周的日记，就写经常去的东门广场，那里每周三和周六都有医学专家组成的"非典"讲师团供大家咨询答疑，深圳政府还印制了180万份关于"非典"的资料，不但东门广场，许多公共场所都有宣传资料摆放点，同学们可以让家长去领取。

课室鸦雀无声，和老师轻轻笑了：大家还有问题吗？

这时，有个同学突然说：和老师，我有两排巧克力，可以送一排给杨芊羽吗？

和老师呵呵笑了：可以，还要问问她喜欢不喜欢，不过杨芊羽还有点咳嗽，对了，你要改了嘴馋的毛病，巧克力就下次吧。在这些"非典"的日子里，杨芊羽经历了别人没有经历过的事情，一般生病住院的孩子都有家人陪伴，但是杨芊羽在东湖医院隔离观察住院，她一个人住在隔离病房整整10天。同学们，每个人都会碰到想不到的事情，谁可以告诉我，如果生病或者意外发生在你们身上，也可以像杨芊羽一样勇敢吗？

　　同学们开始窃窃私语，有的说自己住院时，妈妈一直陪着自己。有的说自己害怕一个人住在医院里。这对于他们确实是个问题，生病住院不可以没有家长陪伴自己。

　　和老师让细妹说说住院的日子。

　　细妹说不出半句话，从来没有这样胆怯过，她不再是生病前的她，她竖起身子嗫嚅着，好一会儿说不出话来。

　　和老师启发她说一说印象最深的事情，看到了什么？和谁交了朋友？

　　细妹抬起头。

　　那一窝小鸟，暖暖的感觉就从心底里涌出来了。这一窝小鸟，它们的眼睛还没开锁，光秃秃肉嘟嘟的身子，可鸟妈妈一叼着虫子飞回来，它们就叽叽喳喳乱成一团，尽管没有羽毛没有眼睛，可一窝咧开的嘴巴颤动得好激烈。

　　有多激烈？

　　细妹晃着脑袋抖着身子，模仿着鸟儿张大嘴猛然一口吞吃虫儿的动作。

　　同学们都笑了。

　　细妹解除隔离那天，小鸟的眼睛睁开了，身上也长出细细的羽毛，翅膀软软的还不能飞。

　　她说很想念很想念它们，它们的翅膀长成什么样子了？一定会飞了……

　　这一刻，不知道为什么有一颗泪水滑落她的脸庞，但不是伤心的泪水，暖暖的，僵在脸上的冰冷也悄悄溜走了。

不少同学听进去了，有的说小鸟好可爱，有的说好希望自己家的窗外也有一窝小鸟。

2003年的"非典"，可以说是中国和世界的灾难。[①]

细妹在隔离病房10天和复学的经历，留下了什么？大家怕没有多想，只有凤娇发现女儿似乎一夜之间长大了许多，倒不是说个子，说不出道不明的点点滴滴。细妹看事看人的眼神依旧澄明透亮，脑瓜子却比别的孩子多拐了一个弯。

---

① "非典"时期，中国内地累计病例5327例，死亡349人；中国香港1755例，死亡300人；中国台湾665例，死亡180人；加拿大251例，死亡41人；新加坡238例，死亡33人；越南63例，死亡5人。

第三章

布松草老祖屋『走班制』

从梧桐山眺望深圳（唐桂生/摄）

一、祭祖

·

　　细妹小时候和爸爸、哥哥的"二人走世界"只是闹着玩，现在真正走过"世界"了，走过北京、桂林，也像当年的昌生舅舅，走了香港海洋公园和天文博物馆。小脚板走成了大脚板，个子窜到了爸爸的胸膛，他们的"走世界"也变成了"论世界"，从南斯拉夫到美国，从以色列到巴勒斯坦，从穆罕默德到耶稣……

　　细妹识字也越来越多，常常捧着书捧着报纸；连花花绿绿的广告纸都不放过，总之拿起有字的东西就看，好像要把那一个一个的字吃进肚子似的。接着她就带着一个接一个的为什么去逮答案，逮着字典是字典，逮着人是人，不论哥哥、爸爸、妈妈或是六叔公，她能从饭桌逮到书房逮到大阳台……这执拗劲儿也不讨人嫌，连六叔公都和她一起在书房里的地球仪上指指点点，答案就在上头的一个小岛或一片海。

　　可不是随便一个答案就能满足她，不一会儿她会找出大百科全书反驳爸爸妈妈的错处，或是和哥哥较真激辩一番，逼着你给出新答案。

　　她和早年的熙熙不一样，没有谁强迫没有谁引导，像刚出生要吃奶的孩子，那份饥渴如狼似虎。譬如说报纸，一般人只是看看题目看看开头结尾，她可是一张报纸从头翻到尾，每一个旮旯儿都对她充满诱惑力，用凤娇妈的话就是"蚂蚁搬家鸡打架"都成了细妹的事情。

茶几上的几份报纸，往日是凤娇爸和六叔公的专属，如今多出了细妹，不一样的是，她读着读着就会疑惑满满地放下报纸。

她冷不丁抬头，问大家什么是轮奸？

凤娇妈看了看凤娇爸和六叔公，他们并没有抬起看报的眼睛，他们也读到某地发生轮奸案子这一段，却装着听不见。

凤娇妈神秘兮兮地把细妹拉进卧室，说是一群流氓坏蛋在干坏事，还说细妹年纪小，以后不要问这些乱七八糟的问题。细妹问什么是乱七八糟的问题？凤娇妈答不上来就说客家话"九唔搭八"（不相关），细妹满脸疑惑地重复了几遍客家话"九唔搭八"，更不明白了。

凤娇妈说：读好书听老师话，冇关自家事就冇问（不关自己的事就不问）。

细妹立即用普通话问：干坏事就是不关我的事？如果我碰到了坏蛋呢？

凤娇妈被细妹问得哑口无言，只好说问就问，不过声音要小一点，还要等凤娇回家在房间问。

细妹真的在房间里和凤娇说了来龙去脉：干坏事就是

不关我的事吗？

凤娇解释说："因为你还小，没能力去处理，所以才说和你没有关系……"

细妹用一种刚刚出壳小鸡茸的简单眼神盯着凤娇，嘴里嘟哝着：我就是不知道有没有关系，问明白了才知道有没有关系。

凤娇突然语塞，话儿一下子如海水退潮，没了，想说却说不清自己想说的，或是不肯说明白；说着说着就跌进了自己挖的坑，越说越不知道自己在说什么，逻辑一混乱就越陷越深，这才知道自己掉进了自己的语言陷阱。

凤娇再也不说没有关系了，她问细妹是否记得那本讲身体的书。

小学二年级上学期，凤娇给细妹买了《小学生学自然连环画·生理卫生》，细妹看不懂，问了好些骨骼、关节和肌肉的问题。

凤娇费心思要让细妹走进自己的身体世界，特地和细妹一起沐浴。曲起手臂，不是鼓起了一个小包吗？这就是肌肉。

细妹摸摸凤娇身上光滑的肌肉，很柔软很柔软的，这是什么？凤娇回答：肌肉！肌肉包裹的很硬很硬的就是骨骼。不过也有软骨头哦，看妈妈的大拇指，一下子就可以弯成稻穗那样，爸爸不行，因为妈妈的骨头特别软。还有眼睛鼻子嘴巴，肩膀大腿，脖子腰身，身上的一切……细妹突然笑了。

小学二年级下学期，凤娇又给细妹买了第二本书《少儿科技小百科·生命科学卷》，这本书谈生命的诞生、生命的历史、植物的生殖、动物的生殖等。

这本书上有一章专门谈"认识我们的身体"。

凤娇小时候没有看过这类书，发育阶段充满了疑惑不安和恐惧，也从来没有和家人讨论过身体。

当年，该知道的问题一下横卧眼前还想都没想过。第一次来月经，怕得就像天要塌下来，自己是见不得人的贼。月经是什么？凤娇妈没有告诉凤娇，也没说如何处理，同学们对这个问题都秘而不宣。凤娇获得的一点点启发，竟然是公共水厕蹲坑边上那些血污兮兮的卫生纸，无师自通处理了自己的月经初潮。

她和杨定国说起这些。他离开深圳回北方读书时，住在山沟里的科研单位家属大院，邻居都是非常忙碌的科学家；记得六年级那年，整整一年都没有见过自己的父母，更说不上讨论这些问题，不过书架上有很多书，其中有一本许多人翻过的书，破旧得连页面都卷边的《生理卫生》。

书上说得太简单了，让他渐悟的却是家属大院的小农场，家属大院由一个班的战士负责管理，他们在山下开了一个小小的农场，种菜养鸡鸭，还养猪养羊养牛，他和大院的孩子常常和战士们一起劳动，每个寒暑假都待在那里，看着这些猪牛羊出生长大、交配、怀孕、分娩……完成了他的青春期教育。

凤娇不想孩子像自己的懵懂少年，她和杨定国有个约定，让熙熙和细妹光明正大知道自己的身体，杨定国负责熙熙，凤娇负责细妹。

看到有些在校少女怀孕人流的新闻报道，凤娇可不希望细妹成为少年妈妈，她开始把自己认为不适合细妹看的文章藏起来或者撕掉。

不过，越说不能看，细妹偏偏要看，还说别人的妈妈都喜欢孩子看书！你这个妈妈很奇怪，为什么把书藏起来。

杨定国也说，不看书，能不看电视？电视里的情情爱爱够多了，能遮挡细妹的眼睛？能把家里的报纸杂志都收起来，但没办法把这个世界收起来，唯一的办法还是一起看书报，遇到不懂就大大方方问，大大方方答。

人是因为问题而困扰的，经历过找不到门的困扰年代才知晓埋藏了问题不等于没有问题。

不过，如何讨论呢？细妹似懂非懂的问题实在太多，读报读到处女膜修补的新闻，问什么是处女膜；读到计划生育的报道，问什么叫避孕。

凤娇左思右想，细妹还小，过几年再说也不晚，每当细妹有了疑惑，她找到了说法，等12岁的时候再说，早年是凤娇自己的，如今也该是细妹月经初潮之时……

不久后，何家人按照客家人的习俗，中秋前后回乡祭祖，万万没想到碰上一件事，震惊之后的凤娇不再说过几年也不晚了。

出生在小城的凤娇姐弟，小时候中秋祭祖的记忆模糊如一面大雨磅礴中的车窗玻璃。

那时的市区不是今天覆盖罗湖、福田、南山的市区，离如今东门老街一两公里就是附城公社上步大队，罗湖火车站附近已是新郊和渔民村，深圳中学附近为北郊，如今东门中路地段也属郊外，西边是深圳长途汽车站，东边还没中兴路，有个叫"打靶岭"的小高地后称东郊。最偏远的是属于宝安的大小乡村，当然没有高楼地铁，除了山野就是稻田，何家祖屋在今日深圳东北地区的马峦山下，那阵儿可是遥不可及之地了。

乡间族人每年中秋前后拜祭祖先，山路泥路辗转曲折，从城里回乡车行也得三四个小时，没有私家车，单位的车也寥寥无几，寻车寻司机，几十公里的路程就像上天摘星一样难，相隔几年甚至十几年才回乡祭拜一趟，可想多么不易。

20世纪80年代开始改观，修路不说，重修祠堂和修建"阴城"渐渐成风。

阴城是一幢灰色只及人肩膀高，火柴盒一样方正，只有一两平方米的小屋。往日山野坟头的露天金塔纷纷入住阴城，一瓮瓮黑沉的缸有了遮风挡雨之处，一个个顶口扣着碗盖的缸，里头都躺着祖先们苍白干枯的"骷髅骨"。

六叔公说旧时岁月，不允许女人进入祠堂和坟冢拜祭祖先，20世纪80年代已无忌此等规矩，男女老少可一同焚香烧纸跪拜求祖先护佑。

直到20世纪末，从深圳城区到乡下，不再是凹凸不平的黄泥路，也不再是矮小孤独的阴城，往日的村庄更名街道办，街道的属区大多规划修建规整有序、层叠而上的大墓园，各村各户各阴城里的先人骨骸金塔陆续搬迁至此。各家族墓碑拾级而上，行行列列整然有序，碑上刻记多为方圆之内的故人，往日乡邻再续旧缘。

祭祖方便多了，路途不再颠簸，驾车从城里到墓园几十分钟或一小时足够有余，连散落广州、香港的族人也可以一天来回，每年中秋男女老少的拜山旧俗渐成新规。

祭品也一改单调的米饭果品，不说烧酒、白饭、月饼，白斩鸡和烧乳猪也上场了；烧给先人的除了冥币还有纸手机、大屋、首饰和私家车。这些纸扎品令祭拜仪式充满现实的喜感，眼花缭乱的一堆纸片在火中升腾成灰，风儿一吹上下飘荡，活着的人自话自说"先祖回应"太灵验了。

切祭品乳猪是熙熙和细妹这等孩童的至爱，一块连皮带肉的脆皮乳猪大概就是他们最欣喜的拜山祭祖记忆了……

这天，凤娇他们上路了。

往日山峦凹缝里散落着小村落，一畦一畦的稻田和一丘一丘的矮山，还有一眼望不尽的绵延曲折的不知名山路，几乎被高楼和大路还有工地替代了。

车跑在像蜘蛛网一样纵横交错的水泥路和沥青路上，那个很遥远的"乡下"，如今只需几十分钟，这些路还年年更新。仅隔一年乡间又变了，车子进入一座花园大厦的施工地盘，远处一座在建立交桥正在打基础，凤娇迷路了，找不到入村的路，在村外兜转了几回才在桥下找到入口，觅见何家祠堂……

祭祖的仪式一如往年，香火袅绕之中完成了今人和先人的神交。

他们离开祠堂往大榕树走去，那是两人也抱不过的大榕树，几百年树龄的它郁郁葱葱，荫庇下的近百平方米曾是村里最热闹之地。

凤娇妈说起20世纪70年代末，不说聊天打"六符"（客家纸牌）的闲人，只说客家婆娘，那是她们的厨艺展示场，有捧出盛满艾粄或糍粑的木盘，有拎着豆腐花和凉粉的小桶和半罐糖浆，也有摆出晒干的番薯干、龙眼干、荔枝干。

这些手工制作的客家小吃，婆娘们要价不过一毛几分。

凤娇笑了，眼前就剩下阿妈的唠叨以及一群优哉游哉的鸡鸭们了，往日的人去哪了？老了，被接入城随子孙住高楼了。

经过大榕树，拐一个弯就是何家祖屋。村里大多族人一个接一个弃屋入城，何家族人也不例外，空出的屋子租给了来自他省他乡的打工者，无人光顾的偏远老屋，因为十分低廉的租金吸引了众多打工一族，空屋不空了。

凤娇妈在想收租金的事，20世纪90年代后，每年中秋拜山时节，她都来收一回租金，带独立天井灶间厅堂还有里屋棚顶的一套客家夯土大屋，一年也就100多元。每每看着本来宽敞空荡的东廊，被租户们横七竖八晾晒的杂物占满，凤娇妈压抑了心里那一点不情愿，一句"老屋老舍冇人冇气就会边"（老屋子没有人住就会塌）包容了一切。这样的乡村房源充足，谁曾想到后来，它们越来越稀缺，这是十多二十年后老村拆迁改造的事了。

一路往前。

凤娇妈突然停下，愣看着大榕树旁一群玩耍的孩子，也许是留守户或新租户们的孩子。

这些只有五六七岁的男孩和女孩，正在低矮宽阔的石板凳上面玩"游戏"，毫不顾忌地"玩"，就像凤娇小时候玩过家家一样地玩。可是他们"玩"的不是一般的过家家。

凤娇妈从来没看过色情碟片，一下想起20世纪80年代初工人文化宫门前，大庭广众之下两只表演的猴子，演着演着却搂抱着行繁衍后代之事，大榕树下这群孩子如此这般……

凤娇妈一脑子乱草纠缠，张开嘴咿呀呀连舌头都打了结。

大榕树下的不是猴子是孩子，孩子怎成了猴子？那两只猴子后来被处死了，处死的刑法过重，凤娇妈那群老街坊偶尔说起还同情猴子。这一忽儿孩子好像猴子那样硬生生竖在面前。惊得她，当年是一把捂住看猴子表演的儿子眼睛，如今她一把捂住自己的眼睛。

六叔公当治保主任的时候就知道黄色光碟，黄赌毒都是禁忌。

凤娇爸和凤娇是否知道或看过香港的三级片，不得而知，六叔公、凤娇爸或凤娇，在这之前都没有讨论过这些问题。

这些"游戏"猛地堵在眼前的瞬间，他们都心知肚明遇到了什么，互相不看一眼却一起被打了一枪麻药似的，不说话不动了。

只有细妹蹦着跳着大声问：哇？玩乜嘢游戏？

熙熙一脸笃定：切，黄片！我哋班有几个男生都睇过啦！

此时，六叔公和凤娇爸被打了一拳似的，扭头瞪着熙熙。

凤娇妈更是火烧屁股那样一把扭着熙熙的耳朵：衰仔！睇滴咸湿嘢（看黄色东西）！

熙熙高举双手做投降状：我冇睇，爸爸早就讲过了……

确实，早在熙熙三年级，凤娇爸曾发现熙熙五六个孩子在大厦一楼的玻璃屋吹"气球"（避孕套），这避孕套来自菜市场大门墙上悬挂的计划生育"箱子"，只要投入一元硬币就会掉出一个扁扁的透明塑料小袋子，撕开就可以吹成气球……结果杨定国和熙熙在熙熙房间约谈一晚。

凤娇赶紧一手拉细妹，一手拉熙熙，急急而去。熙熙边走边以小初中生的老到口吻批评小学生的早恋现象。凤娇倒吸了几口冷气。

细妹不停地回头看，看到六叔公拿着代替拐杖的黑布伞，冲着这群孩子不时顿一顿地面，在住宅区的一个墙角有几个孩子撒尿，六叔公也这样顿过。

凤娇爸则一步上前，拧起个子最高男孩的胳膊……

这是什么游戏？细妹还没进入对性爱很朦胧也很渴望的阶段，只是隐隐约约觉得有些不妥，她挣脱了凤娇的手，想回头看看那些孩子到底在干什么。

凤娇紧紧拽住她的手：回家再说。

…………

凤娇的卧室很安静，她正在给细妹讲身体。

女孩子发育的特征，先是很平的胸脯会突起一点点硬硬的小点点，先是小黄豆，再是花生米，会有点疼痛，不要以为是生病了。

细妹两手按在胸膛上：我还没有喔……

凤娇：晚一点没关系。

凤娇又一次翻开那本关于生命的书，书上游动的小蝌蚪就是男性的精子，蛋黄一样的就是女性的卵子。

细妹早就看过那本书：

当我们长大时，我们的身体会发生很大的变化，尤其在9~17岁的阶段……女孩也和男孩一样，身体会开始长出一些毛发，不过脸上不会长胡须。此外，她们会开始有月经周期，大约每隔28天就有一个卵子从它们的卵巢排出，并到达子宫。子宫就像个小袋子，是胎儿成长的地方。假如卵子没有和精子结合，在下一个卵子从卵巢释出前，它就和含多量血液的子宫内膜一起排出。

细妹：子宫？它在哪里？

凤娇按按自己的下腹。

凤娇翻到有许多精子正在游动的一页：精子不停地往前游动，它是在找卵子，终于找到了，精子和卵子就结合了，然后就在子宫里住上10个月再来到这个世界。

细妹瞪大眼睛，两手也按了按自己的肚子：哦，精子就从嘴巴跑进肚子了。

凤娇很惊讶，从嘴巴跑进肚子？

细妹肯定地点点头，她说电视上那些男的和女的抱在一起，亲来亲去就大了肚子，然后去医院生宝宝。

凤娇哈哈大笑：对了一半，女孩子9岁开始发育，大概12岁开始来月经。

细妹突然笑了，她知道月经，自己那年读幼儿园大班，无意间看到来月经的妈妈，也学着在内裤放了一小块卫生纸，说自己来月经了。

她看着长成妈妈样子的绘图，问自己怎么还不来月经。

凤娇说这一天会来的，现在还早。

细妹已经看过很多次书上那些男女生殖器的图解，突然笑了。

她指着图片上和自己不一样的地方，也就是自己将来的模样：我要生一个弟弟还要生一个妹妹，弟弟像爸爸，妹妹就像妈妈……

凤娇没有笑：喂，不是弟弟和妹妹，是儿子和女儿，这是你当妈妈的阶段了。

细妹若有所思睁大眼睛不笑了。

凤娇正在努力往下说，如何说精子和卵子结合的一步？语气要平和，不要鬼鬼祟祟的。她突然发现这样要求自己有一点费力，她把眼光移到细妹的脑壳上方，不让细妹的眼光逮着自己的眼光，不就像喝一杯奶或穿一条裙子，紧张什么？多年前首次遭遇金融风暴都波澜不惊，这一点小事，可她发现自己羞涩暗涌张口难言，面对细妹，一个孩子还是自己的女儿，竟然会不好意思；酝酿出口的话好像擂豆浆一样，在胸腔里黏糊糊磨磨蹭蹭。

往日熙熙大咧咧说过刚上初中那年，他们上生理课，没有老师讲课，只放了一个片子，好古怪的一男一女，坐在公园的椅子上，越坐越靠近，看片子的他们莫名其妙……老师不亲自讲课？

凤娇问过老师，老师说这课太难讲了，此时的凤娇突然理解了。

凤娇正准备进入主题，细妹定眼一看就笑了，说老师生气的时候也是这样，两条眉毛皱在一起。

凤娇存储在胸腔的声音终究平稳落地，说的是阴茎如何进入阴道……

听着听着，细妹止住笑，满脸吃惊和想不通！

她看了凤娇好一会，不相信似的问凤娇：你和爸爸也这样？

凤娇点头，装得像吃饭睡觉一样自然。

细妹：外公外婆也这样？

凤娇：对，这才有了我。

过了一会，细妹怪笑一声：和老师也这样？

凤娇严肃地点头：嗯！每个孩子都有这样的阶段，男女孩子都是一个阶段一个阶段发展的，除了身体长高之外，身体也发生了很大的变化。这个不是游戏，今天，他们在大榕树下玩游戏，如果身体没有发育成熟，特别是女孩子，会带来很大的伤害。

细妹脸上的怪笑退却了：哦，不能玩。

凤娇：这个阶段要保护自己，不要让男性触碰自己的身体，女孩子来了月经就会排卵，精子和卵子结合就会怀孕。你以前问的强奸和轮奸，都是侵犯女童的罪行……

细妹坐起来，两手抱着两腿，下巴搁在膝盖上，眼睛和垫着大枕头半倚在床背上的凤娇眼睛同一高度，这是她们最舒服的姿态。

渐渐放松渐渐恢复以往的不拘一格，想到什么说什么了，一会普通话一会粤语，有时候前半句粤语后半句普通话，自然切换。

细妹说起班上一位小个子圆脑袋男生，前些天样子怪怪地问自己"有没有一条香蕉和两个荔枝"。自己没多想就摇头说没有，他发了疯一样哈哈大笑，不知道他笑什么，笑完又问这个又问那个，一会儿问男同学一会儿问女同学。大家都奇怪，都说没有，他得意地哈哈大笑，现在知道他问什么了。

凤娇：知道了？

细妹眯起眼睛：哼！唔好笑！哼！咸湿话（下流话）……

凤娇问细妹小男生为什么要这样问。

细妹：好无聊！

凤娇摇头：这个年龄，他对自己的身体都充满了好奇。

细妹：我唔问呢个低B问题（我不问这个低级问题）！

凤娇：我们大大方方讨论问题，冇好奇就冇会问。

细妹琢磨了一会，搞不明白小男生为什么要问这无聊问题。

凤娇：可能比他年长也是充满神秘和好奇的发育期孩子，开这些和身体最隐秘部分有关的玩笑。他也好奇敏感，对身体的这个部分特别感兴趣，想知道关于自己身体的一切。他好奇找不到答案，玩笑和骂人的脏话就跑出来了。

细妹点头，听明白了，一连说了几遍"不睬他"。

凤娇平静了：他想知道自己的身体，可又没有找到方法，才会问这样的问题。

细妹一脸认真：打个电话给他的爸爸……

凤娇不禁一愣：这……你把你的书借给他看。

暑假最后的星期天，凤娇妈带着细妹去华强北买衣服和新书包，碰到一个十三四岁的男孩子。他从包里掏出一沓光碟，说是很好看的影碟，那时候家里刚买了放影碟的机子，凤娇妈喜欢听粤剧。男孩说没有粤剧，不过有更好看的，他翻出了几张，还说很多人喜欢看。

凤娇妈看不清楚就往兜里摸老花镜。

细妹拿过光碟，一张一张看，没看几张就皱起眉头，放下光碟拉起正要戴老花镜的凤娇妈：走啦！

凤娇妈很奇怪：冇买？

细妹摇头：黄碟！

凤娇妈一听倒认真架起老花镜细细瞄起封面，没看几眼拉起细妹就走，还连连夸奖细妹醒目女，特意去吃细妹最喜欢的肯德基炸鸡……

不过，几个小时后她们吵了一架。

细妹到客厅喝水，看到外婆独自在客厅看电视，边看边笑，她不禁坐下了。屏幕上的主持人让一些幼儿园的小男孩从对面的小女孩中，挑选出自己喜欢的女孩，献上花再"kiss"一下。

一会儿，观众席和凤娇妈同时爆发大笑。

细妹瞪着眼睛说普通话：一点都不好笑！

凤娇妈吃了一惊，看着皱眉头的细妹。

细妹：大人好多事！

凤娇妈边笑边擦拭眼睛还说客家话：哎呀，涯笑出眼汁（我笑出眼泪）……

细妹拿着遥控器想看另一个卡通片的台：细路仔（小孩子）一点都有想，是大人自己乱想。

凤娇妈一边说好笑一边掰开细妹，不让她转台……不想细妹"啪"的一下就转了。

凤娇妈大吃一惊，拿过遥控器按回原来的频道。

细妹：我要睇卡通片……

凤娇妈：好笑！睇完后面再睇卡通……

细妹：有乜嘢好笑？

倒是把凤娇妈问住了，想了好几个理由都说不出口，终于找到了一个理由，连英文kiss都会说：冇识kiss……哈哈，笑死人！

细妹：哼！婆婆！冇得乱碰女仔身体！乱kiss女仔！

凤娇妈闪闪缩缩地说：开玩笑，啧……细路仔冇懂事，怕乜嘢？

细妹：乱碰女仔身体！犯法！

凤娇妈吃了一惊：边个讲（谁说）？

细妹瞪着眼睛：《青少年报》讲！性教育越早开始越好！中小学生不提倡早恋！

凤娇妈：切，幼儿园啫……

这当儿，细妹已在茶几下的报纸堆里翻出一张《青少年报》，果真是大标题《性教育越早开始越好》。

凤娇妈低头看报。

细妹：幼儿园可以早恋可以学"kiss"咩？

凤娇妈已经有所醒悟。

细妹突然做了个鄙夷的鬼脸，学着那个主持人问男孩的声调：是不是初恋？是你的第几个女朋友啊？

凤娇妈好似被人拍了脑袋，幼儿园可以学"kiss"咩？她开口说"搞——"，那"笑"字没有出口就吞回去了，仿若从梦中惊醒：无聊，好无聊……哎呀！

凤娇妈想起自己看过的搞笑片，包括卡通片：好离谱，有个鼻屎大的细路，一睇到女老师上面就两眼放金光飞出一粒粒粉红色的心……乜嘢都不想，就想追女仔。

细妹皱鼻子挤眼睛：你一面讲无聊，一面睇到好滋味。

凤娇妈摇头了，说自己老了眼花耳聋不够细妹醒目。

这场争吵，偏偏被进屋的凤娇听见了，确实谁都无法圈定一个脱离社会的环境，无法让细妹成为一个玻璃罩子里的人……这是细妹10岁时的2005年。

9月份的一天，细妹又拿起报纸，一下就看到了大标题新闻：深圳冠丰华涉黑案宣判，主犯陈毅锋犯组织、领导黑社会性质组织罪，非法经营罪等，被判处有期徒刑20年。其他24名被告人均受到法律惩处……

她细看一张图片，看着看着，抬头看着杨定国，眯眯眼笑了：爸爸！

图上除了涉案人员还有一排警察，一个不起眼的角落，坐着一个穿便装的人，她认出了自己的爸爸杨定国。

2005年发生了许多事，有不少曾被深圳人关注的，都不知不觉地消失了，比如往日要进入深圳经济特区，除了本人身份证还要有边防证。所谓边防证就是边境管理区通行证，正是这年只需凭身份证即可进入特区了。

不仅边防证成了历史，菜市场那个挂了多年、投币售卖避孕套的箱子先是废残碍眼，不知道哪年哪月突然想起，一看没有了。还有让人又喜欢又厌烦的，细妹和不少人都在上头"猫低"过的小巴渐行渐少，直至一辆也没有了……宝华楼西华宫的壳始终还在，只是里头的商铺不知道来来去去，枯荣了多少茬。

　　这些看似和细妹毫无关联的事物，一不留神甚至打了个喷嚏就没了踪影成了历史。这细妹的拔高年月里，凤娇给她留下了一堆"大头照"那样的小玩意，细妹总有一天会回头看自己。

二、婚宴

这年，细妹刚上六年级。

舅舅昌生终于结婚了，新娘就是常工的孙女常艺宁，她已从医学院毕业，在深圳当儿科医生。凤娇妈还在小常大四那年就思念姑娘当自己的儿媳妇，她让凤娇想想法子，看场电影或去水库公园看菊花展。凤娇说都什么时代了还这么老土。

凤娇妈却瞪着眼睛说：昌生同学豆豉个仔都快上小学，大番薯都结婚两年，昌生八字都冇一撇，唔通（难道）要做孤头佬？莲花山公园几多（很多）父母带相片举牌子同仔女相亲，哎呀，你凤娇都冇关心自己亲细佬（弟弟）……

凤娇愣看着母亲有口难言，她太了解弟弟，昌生小学和中学最要好的同学"大番薯"，音乐学院毕业后创办了自己的工作室，认识的姑娘都是集美貌和多才多艺于一身。凤娇让他给昌生介绍过多个姑娘，所有的姑娘对他都满意，可昌生说找不到"感觉"，一个没感觉不奇怪，个个都没感觉？"大番薯"揶揄昌生此等绝缘体怕是"基佬"。

　　凤娇哪敢告诉妈妈，这些年凤娇妈不论和旧工友煲电话粥，还是和住宅区的三姑六婆家长里短，多是男大当婚女大当嫁之类，什么"基佬"什么"丁克"都听得她汗毛直竖。她认定这些是外国断子绝孙的名堂，赶紧和凤娇说，一定要劝昌生适时当婚当嫁。

　　最终，凤娇妈联合小常妈妈，不知道想了什么法子让儿子昌生和姑娘偶然碰上了，结果成了。

　　这天就是何家和常家联姻宴席，婚宴设在香格里拉酒店，亲朋好友还有叉仔巷和十字街不少老街坊都在婚宴相遇了。

　　多高兴的一天，如果没有后来的事情。

　　熙熙特别开心，舅舅昌生是他的偶像，只是他不能和外公外婆坐在婚宴主席令他有点不爽。

　　客人多得很，最有意思的是那些老街坊，喜欢在一张张桌子串，有几个串到凤娇夫妻和孩子这桌。

　　最有意思的是一个瘦佬，细细长长的身子像一根筷子。他特别喜欢说话，冲凤娇问还认不认得自己？不等凤娇回答就说自己是在叉仔巷住过的知青。

　　凤娇忘记了他的真姓名，可一下说出他的外号"筷子"。

　　"筷子"眼光无意中一扫，落在熙熙身上就不走了，还惊惊乍乍喊了起来：哇！有冇搞错？

　　说着，他伸出手摸了摸熙熙的脑壳：你同你老豆（爸爸）一个饼印……

话音刚落，熙熙就不以为然地扭扭身子，明明自己长得不像爸爸，这条"筷子"却说自己长得像爸爸？熙熙哪里知道旧日时光里的那些事，根本不会想到自己的父亲另有其人。

这个人又伸出手，还没等他的手够上自己的脑袋，熙熙就满脸不屑一扭身子跑到香港舅公们的那一桌去了。

"筷子"和几个老街坊拿着饮料满场子跑，都是熟人，说话吆来喝去一点都不生分。直到婚宴主持人一上场，声响震耳欲聋压倒全场，大屏幕突然播放一个经典画面，美国总统选举结束，美国新总统正在演讲，天啊！美国总统说的是中文，说今天参加何昌生和常艺宁的婚礼，我祝贺他们……

大屏幕里总统字正腔圆的中文祝福，太出人意料了，大家来不及回神就被彻底打垮了，连"筷子"这些自称"刀枪不入"的老油条也惊薰了，不吭不气静静坐着喝饮料吃餐前点心，撑多了自然往卫生间跑。

他们一进卫生间就回归了安静，少了喧哗，竟然有一种怪怪的说话欲望。洁白的尿瓷兜和洗手盆还有一尘不染占据了整面墙的大镜子，甚至空气中一丝丝薰衣草的清香，都激起了他们老旧的记忆，往日的蹲坑、尿桶、木屐、柴火灶、大板车、麻石板路、白兰树上的广播站喇叭和解放路口的工艺品商店，那些离今天十万八千里早已经遗忘的细碎,不商不量硬生生闯回来了……

说着说着,有个白眉老伯慢腾腾地把手放在感应出水的龙头上:几十年了,人哋凤娇一点都冇变,又仔巷风水好……

"筷子"早过了不惑之年,话语里却还缠满了人生的惆怅。他不说已经当上银行行长的凤娇凭的是能力,酸溜溜说她只是"食屎食到黄豆渣"(即好彩或因祸得福的意思);凤娇和四眼仔的婚姻破裂,错在凤娇心胸唔阔,人家四眼仔唔肯离婚,男人有点花心算乜嘢错,有钱有楼有车,想点?凤娇好眉好貌,睇上去软过"糯米糍",其实心硬过铁锤,死逼四眼仔离婚,细蚊仔(小孩)怕冇到一岁,都冇为仔着想,离咗婚揾个公安局老公,切!靠山嘛……吖,撞鬼!细路仔越大越似四眼仔,同亲生老豆一个饼印……

他们尽情数说凤娇薄情寡义,闲话无忌,听者有心。

"砰"的一声,有扇间隔门打开了,走出的正是熙熙,他瞪着眼一下冲着"筷子"面前用粤语大叫:你呢个瘦人!衰人!乱噏(胡说)!

"筷子"一脸疑惑:喂……搞边科(干吗)?

熙熙切换成普通话并咬牙切齿:我爸爸就是我爸爸!

"筷子"龇牙一笑:凤娇有话你知?你有亲生老豆(凤娇没告诉你?你有亲生爸爸)……

"筷子"的话没说完,熙熙已摔门而去。

熙熙冲回自己的座位已经平复不下来了，凤娇看儿子脸色不对，关切地问是否不舒服。

他劈头一句普通话：我爸爸是谁？

他的声音之大，凤娇和杨定国都愣住了。

凤娇用粤语问：熙熙……点解问呢个问题（为什么问这个问题）？

熙熙突地站起依旧说普通话：你骗人，你骗我！

幸亏婚宴上人声嘈杂掩盖了熙熙的愤怒。

凤娇按住熙熙的手：返屋企再讲……

熙熙一把推开凤娇，站起来就往外跑，凤娇追出大门，他们拉拉扯扯的时候，杨定国牵着细妹也赶过来了。

温和的夜晚，轻风携月一泻如银的雾色格外迷人，酒店内外闪烁呼应交叠着如梦如幻的彩灯霓虹，幻境中的熙熙和自己的一腔怒气横冲直撞。他和凤娇在美轮美奂的霓虹夜色里碰撞，他一次又一次挣脱也一次又一次逼问凤娇：我爸爸是谁？

杨定国：上车，回家，不要在这里吵吵闹闹！

……………

一到家，熙熙的普通话更是连珠放炮：我爸爸不想和你离婚，我还不到一岁你就要离婚？你为什么不要我的爸爸？你骗我，我问过你，为什么我姓何？你说我跟妈妈姓，妹妹跟爸爸姓！骗人！大骗子！

凤娇：熙熙……

熙熙：我的亲生爸爸是谁？

杨定国一直没有说话，他突然站起来：熙熙，你和细妹一样，都是我的孩子，不愿意你知道自己的亲生父亲……呃，我怕失去你。

熙熙似乎平静了一些，不看凤娇也不看一直以为是自己亲生父亲的杨定国，似乎坠入自己的想象中，切换回粤语悄声问：做乜嘢要离婚？

凤娇力图令自己的语气平和，好像在谈什么项目，一本正经说起普通话：我和他的感情出现了问题，不得不离婚……

熙熙脑筋一闪，突然劈出了问题的缝隙：哈！感情出现问题，为什么还要把我搞出来？

凤娇一下子顿住了，十多年都不愿意揭开伤疤，连她都没有问过自己这个问题，她惶恐地看着很远的什么地方，不知道说什么好。

熙熙冷冷地用戳穿了什么弥天大谎的眼神看着自己的母亲。

凤娇咳了几声，咽喉如此干涩，杨定国给她倒了一杯水。

凤娇喝了口水找到了话：有些事情很复杂，熙熙，你还小，有些事等你长大后才说吧。

熙熙的脑门子忽地窜出火苗：长大？骗我？我不知

道，你就永远不说！

凤娇心头似乎压着一块大石，重得令她紧皱眉头：因为……我一个人带着你……那年……

自己想说什么？话刚出口就被打了一闷棍似的戛然而止，所有的话都纠结在咽喉里，张开嘴千头万绪找不到一根线头，根本没准备好说什么，说不下去了。

熙熙的火更大了：带着我？我一岁就没有了亲爸爸！十几年才知道！

细妹时而看哥哥时而看爸爸，最后看着妈妈，她要帮妈妈：离婚好惨……

熙熙安静了，默默听细妹说。

她说二年级的时候，有个同学的妈妈问同学，如果爸爸妈妈离婚，她跟谁，她打妈妈，说不准离婚！说两个都要跟。妈妈答应不离婚了。可后来她亲眼看到爸爸和妈妈打架，妈妈哭了一次又一次，她抱住爸爸，不让爸爸打妈妈。她爸爸说最讨厌她，有一次还说要踢死她。她对妈妈说离婚也可以，可离婚了，她还要和爸爸和妈妈住在一起。妈妈答应了，她的爸爸和妈妈真的离了婚。可是爸爸搬了出去，不在一起住了，妈妈骗了她……不过，同学说自己和妈妈一起住比天天看爸爸妈妈打架好多了，所以……

细妹太想替妈妈离婚找理由，她要说"所以离婚也是好的"。

熙熙开始听得很认真，只是细妹的"所以"一出口，他就接上了：所以，人家离婚都问过孩子，你问过我了？

细妹很焦急，她说的话怎么成了哥哥的子弹，她气恼地比画着大拇指和食指，指间距离怕只有一厘米。她把那样的一点点距离举近哥哥的鼻子尖：你这么小！你知道跟爸爸还是跟妈妈？你说！说！说！

熙熙：你就知道帮你妈妈！

细妹大叫：也是你妈妈！

熙熙：她骗人！

细妹瞪着哥哥：你呢？你上网说自己25岁！

熙熙：那是网上！

凤娇：不要吵了……

熙熙一脸倔强，扭头就走。

杨定国：你想干什么？

熙熙声沙力竭：我要找亲生爸爸！他在哪里？

凤娇震惊了，她冲过去一把抓住儿子的手腕：不可以！

熙熙猛然使劲，却抽不出手臂。

从来温和的凤娇变得激烈和坚定，不容置疑两手死死钳住儿子。

熙熙疯了，用尽力气一甩，凤娇"呀"的一声歪倒在地。

杨定国扶起落地的凤娇，顺势掐了掐她的手腕，犀利

171

地盯了凤娇一眼。

这只有半秒的一眼，凤娇愣怔住了。

熙熙已经走到门边，冲口而出去找爸爸出自肺腑，也是对母亲欺瞒自己的报复。他准备好了，双拳紧握，来吧！一旦受到阻止，谁挡他的道就一拳出击。

杨定国急步走到熙熙身边：好，我带你找你的爸爸！走吧。

熙熙完全没想到杨定国如此迅速反应，自己的手被用力拉住这瞬间，反而犹疑了。

细妹飞跑过来：我也去……

杨定国：芊羽，要懂事！照顾妈妈！

熙熙嘴唇嚅动想说什么，可来不及想出要说的话，就被杨定国带出门了。

这是一个不眠的夜晚。

细妹很受落（粤语俚语，表示乐意接受）爸爸"懂事"的那句话。

那年学校运动会，她们班参加了女子4×100米接力赛。第一棒摔倒了，二棒、三棒追得很艰难也没有追平，她是第四棒，一接棒就咬着牙冲，冲到最后和第一名同时压线。四个女孩高兴得又喊又叫，后来四人去拍了大头照，这是奇妙的没有人可以体会的感觉。而今天陪着妈妈，不是妈妈照顾她，而是她照顾妈妈，首次被赋予照顾妈妈的重任，这也是一种奇妙的感觉。不一样的是，赢了400米接力赛是在云端飞翔，而今天却静默无声……

细妹安静地坐在妈妈身边，一如往日凤娇照顾生病时的自己，不时察言观色，模仿凤娇妈和凤娇遇事情都爱说的"冇事"……

不过，凤娇也说自己"冇事"，让细妹睡觉，最后还把细妹赶回房间睡觉了。

细妹终于躺在床上，她觉得妈妈假装镇定，一定要守着妈妈。

她偷偷爬起来。

妈妈和爸爸的卧室门开着，亮着灯，妈妈一定是在等爸爸。

天花板上有一盏吊垂在床头的纸灯，分外柔和的灯光洒在妈妈的身上，她还像往日的习惯，睡前都会看书。细妹看到妈妈靠在高枕上，不过没看书，只是呆呆地握着手机。

夜很静，听不见提醒接收信息的叮叮声，妈妈的眼睛只是盯着手机，并没有动也就是没看什么，久久不动在想什么。

细妹正要走过去，妈妈突然把头仰起向着天花板，又是久久不动。

妈妈终于低下头，这时候，细妹看到了妈妈眼眸晶莹透亮，一层湿润模模糊糊散开在眼眶四周。

妈妈在哭！没有一点声响的哭。

细妹马上回房拿了自己的枕头，不由分说返回爸妈的卧室，连枕头带人滚上床。

凤娇有点吃惊地推了推细妹：返自己……

"房间"二字正要出口，细妹突然藏在她的怀里乱蹭和嗷嗷大哭，软软的小手箍了妈妈的一条胳膊，小时候只要一哭，妈妈就会把她搂进怀里。

果然，凤娇不但搂住细妹还轻轻拍打她的肩膀：做噩梦？

细妹缩成刺猬般的一团卷在妈妈怀里，不哭了。

细妹半秒前眼泪汪汪，半秒后就扭过身子拍打妈妈的肩膀还直呼其名：何凤娇，你唔开心……我都唔开心……

细妹但凡有求妈妈都用这种口吻说话且一定切换成粤语，她偷偷看了妈妈一眼，自己已经抹去了妈妈的眼泪，她很满意自己的成果。

细妹不哭了：你唔开心我都唔开心。嗯，哥哥知道自己有亲生爸爸，你好恼？唉，如果我……都会好伤心。

凤娇默默无言，眼睛盯着天花板。

细妹一把握住凤娇的手，摇晃了几下。

凤娇明白了，抱着细妹的肩膀拍了拍。

这个是细妹和妈妈约定的"和好"动作。

约定如何开始的？细妹记得她和妈妈之间有过激烈的矛盾，先是各不相让，后是互不理睬，两只斗架的公鸡谁也不肯先低下自己高贵的头，明明心里已经缓和了，还是要绷紧一副冷冰冰的脸孔。如同陌路也不容易，好些时候，想说点什么才突然想起还在冷战时期。有一次细妹有整整3个小时没有搭理妈妈。其实心里的气早已经消了，拖出如此漫长的过程，两个人都有了很累很不舒服的感觉。

妈妈先提议不论发生了什么矛盾，都要伸出自己的手"和好"，矛盾就容易解决了，好吗？细妹立即伸出手，好！

有了"和好"约定，细妹还喜滋滋地说：下一回看谁先伸出手啦。

矛盾也真像吃饭睡觉，说来就来。

有一回妈妈先伸出了手，细妹一下抱着妈妈，什么矛盾都化没了。爸爸很奇怪，刚才还在吵，怎么又好啦？

"我们不能和好的吗？"细妹笑眯眯且理直气壮，还不告诉他，心里盼望爸爸刨根问底，没有，杨定国一副可知可不知的模样。

母女对看了一眼，决定不告诉他，于是成了她们的秘密。

伸出手看起来很简单，其实有时候也有点难，特别是气鼓鼓的时候，人人都有自尊心。一个人伸出手，另一个人也伸出了手，这和解的刹那，心里会涌出暖暖的快乐，这是自信也是更高形式的自尊。这些瞬间看上去很简单，和人相处的道理其实不复杂。

细妹这一次紧握妈妈的手：你要同哥哥和好哦！

凤娇没有说话。

细妹摇晃了一下：你要先伸出手！

凤娇还是不吭声。

细妹把一张软绵绵的嘴巴嘟向凤娇，凤娇的脸扭到那里，她的嘴就跟到那里，一遍又一遍往妈妈的脸上乱点，点完还严肃地探究妈妈脸上的内容。

凤娇轻轻叹气：唔知去咗边度啦（不知道去哪里了）……

细妹：哥哥揾亲生老豆……切，亲生？老豆亲生，老妈呢？

凤娇的心已经融化，只是还没行动。

细妹翻身坐起盘着两条腿，摆出一副居高临下的模样：你要先伸出手喔！

凤娇把细妹拉到身边：好！瞓觉（睡觉）啦……

细妹闭上眼睛又睁开了：讲话要算数喔！

话一完眼睛一闭就干脆利落地入睡了。

三、天生

夜色苍茫，层层叠叠黑得不能再黑的漆黑，稀稀落落亮得不能再亮的闪星，星星并没有细想自己因漆黑而更亮，苍穹也不曾留意几颗闪星会令自己黑得更透亮。

一路前行，渐行渐远，从灯火灿烂的市中心至暗淡无光的郊野。车子在走不尽的浓墨中拐来拐去，终于停下了，依稀可见不远处的石柱、栏闸和门亭，他们在一处大门之外。

熙熙没有再开口，甚至车停了也没有问这是哪里，只是偷偷看了杨定国一眼。

杨定国按下车窗，点燃了一根烟，深吸了几口又熄灭了，他答应过凤娇不在孩子面前抽烟。

他问熙熙知道这是哪里吗？熙熙看着一片黑暗，惘然摇头。

他说这是仙湖植物园，熙熙记起了，小学组织春游来过一次，有一年春节全家也来过……不过那是车来车往亮晃晃的白天，他不认识这样的黑夜。

他说熙熙亲生父亲叫王大明，就在里面的弘法寺出家修行，法名：悟觉，字号：无忧。

杨定国打开了车门。

熙熙心中一震，惶恐顿生，把自己丢在这里？

他看了一眼窗子外头，空旷无人的野外，黑沉和寂静掩盖的诡秘中，有针眼或指甲大的闪动荧光，还有不知道隐藏何处，在幽径、草丛、石缝相继发出或长或短或沉闷或尖锐的吱叫……惊怵和不寒而栗坠得空气好像一张沉重阴湿的厚毯子，令熙熙瑟缩了一下。

他屏住呼吸偷眼四看，相似的真实情景只在网络上驰骋过，虚拟一旦从天而降，从肌肤毛孔鼓出的害怕刷刷落地。

就在杨定国一脚踏出车门的时候，熙熙猛地拉车门，不要独自一人留在车里，他弹出车外：去哪里？

杨定国语气平和：你不是要去找亲生爸爸？

熙熙瞄了一眼黑漆漆的入口处：没有开门……

杨定国语气不容置疑：那就等天亮吧。

熙熙：你不要我了？

杨定国：这是个假问题！你知道自己在干什么吗？

自己在干什么？熙熙看着一片黑暗不说话了，其实从一上车他就有点后悔，可他不想说自己错了，他被问住了……真的想去找一个自己不认识的亲生父亲？然后？再然后？他突然发现不知道自己想干什么。

杨定国：你想知道亲生父亲是谁，是个什么样的人，以前怕你年纪小接受不了，想等你十八岁成年时……

熙熙：他很坏吗？

杨定国：他是个聪明人，记忆力很好悟性也很高……

杨定国把王大明办港资厂，在房地产刚刚起步的时候投资房地产，后来炒股做金融的事情简单说了一遍。

熙熙仍然纠结那个问题：妈妈为什么一定要离婚？

杨定国：你到底听到了什么？

熙熙一五一十告知杨定国他在卫生间听到的一切。

杨定国：你相信你妈妈吗？

熙熙：她骗我，从来不和我说……

杨定国想了想：她没有骗你，你突然逼问她，像审查犯人那样，她如何回答你？离婚是她不愿意提起的痛，不是一两句话可以说清楚，但肯定的是，她被伤害了。伤害有多深？独自带着一岁的你有多难？她只说过一句，不要再提那个人。

他们沉默行走了一会，走得很慢，四周群山耸立魅影层叠，在仙湖植物园门外小广场兜圈子的一大一小，融进了脸面依稀的夜幕重重之中。

熙熙突然一面跳脚一面扑打身上不知来历的什么东西，他玩的网络游戏里没有这个设定。

熙熙触碰到什么，先一激灵后杀猪一样大叫"爸爸"，杨定国伸手按住他的衣领，掐住一只什么东西，熙熙只觉得脖子一凉……

毛骨悚然这刻，他哭了。

179

杨定国噗嗤一笑：要哭就大声哭，我也这样哭过，哭完了很舒服……

熙熙果然嗷嗷大哭，哭着哭着漏出一小声：毒蛇？

杨定国微笑：小山蛙！跑了！

熙熙啜泣：它咬我！湿湿的！好恶心！

杨定国：它急了，撒了一泡尿。

熙熙：有毒吗？

杨定国：没毒，很可爱的，我在梧桐山哨所的时候，常常看到它们，趴在壁上，一动不动，两只眼睛鼓鼓的，飞虫一过就闪电出击……

他们又回到了停车的地方。

杨定国说带熙熙去一个地方，车子掉头往城里走，渐渐繁灯闪耀如同白日，路过莲塘、西岭下、罗沙路、黄贝岭、凤凰路、东门、电信大厦、深南东路，上桥下坡拐弯……

车子在地王大厦拐弯进入一个大院并靠在楼边。

熙熙正在疑惑，杨定国问他有印象吗，他说没有。

杨定国说这是深圳大学成人教育中心，有两年，每天周一至周五的晚上，熙熙都跟着妈妈来这里上课。

杨定国：这是你妈妈最艰难的两年。

两年？熙熙拼命在脑子里搜索，两年，不是偶尔路过的车灯，一闪即灭，可似乎空空荡荡不存记忆。

　　杨定国寥寥数语说完了那两年。

　　凤娇离婚前就报读了深圳大学和暨南大学合办的商业会计大专班，离婚后，继续在这里读了两年，学习成绩都在85分以上，每个学期都被评为优秀学员。她原来是会计员，报名参加全国职称考试，考取了助理会计师，第二年又考取了会计师……她没有缺课甚至不曾迟到过，她租了蔡屋围小学附近的房子，也没请保姆，每天去托儿所、幼儿园接送熙熙，下班后还得做饭烧菜，一到钟点就带着熙熙去上课。

　　杨定国：在这里，你跟着妈妈上了两年的课……你们住的房子离这里仅五分钟路程，你太小了，一点印象都没有了？

　　其实，熙熙想起来了，一个很小的房间和一个"士兵"闹钟，闹铃一响，也就是号角"嘀嗒嘀嗒，嘀嗒嘀嗒"的声音，他学着那个士兵的脚一上一下地踏步。妈妈就开始忙，洗米洗菜按电饭锅，她最喜欢做一锅熟的"有味饭"。还有一条小毛巾，是自己从小抱着睡觉的毛巾，很奇怪，不管想睡和不想睡，只要抱着毛巾闻着熟识的味道就会安安静静……这条小毛巾就放在小书包里，妈妈上课的时候，他画画玩机器人，困了，搂着小毛巾趴在桌上就睡了。

　　熙熙：有一次刮台风，外公来幼儿园接我，还骑驳马（小孩骑在大人的肩膀上），那时候我喜欢去外公家……

外婆也让我们去住，妈妈不肯，我问她，外公是坏蛋吗？她说外公脾气倔，是最好最好的好人。

杨定国：他们父女特别像，太倔了，都不肯输一口气，你妈宁可租房住也不回到你外公家住……

熙熙没吭声，心里却一百个赞成。杨定国说得太对了，他偏偏不是自己的亲生爸爸。

杨定国驾车开往东门路、爱国路，路过怡景花园的时候告诉熙熙，熙熙几个月大的时候，曾在这里住过，这是王大明其中一处住所，后来出事了，房子也卖了。

熙熙：出什么事？

杨定国沉思了一会才说：等你和王大明见面后，让他自己说。

熙熙突然有点愤恨：他不找我！我要找他？哼！

杨定国放慢了车速：他是你的亲生父亲。

熙熙冲口而出：我不找他！

杨定国丝毫不惊：熙熙……你张口就是一个决定，一小时前非找亲生父亲不可，一小时后不找了……我看得多了，许多犯案人大多是瞬间的冲动改变一生，后悔就来不及了。

熙熙声音不高却很坚定：我决定不找了，我只是要妈妈亲口告诉我……

杨定国伸手拍了拍熙熙的肩膀：初中生！不是懵懂无知的小孩子，给点时间你妈妈，也给点时间自己，不要轻易决定……

熙熙不自觉地点头，也伸手拍了拍杨定国的肩膀：……你怎么变成了我的爸爸？

杨定国愣了愣，笑了：我是你天生的爸爸！

熙熙露出这天晚上的第一次笑：好狡猾，不是亲生就说是天生！

车子停下了，熙熙认出来了，第一次是昌生舅舅带他来取水，也就是曾经有不少老深圳取水的那个山泉眼。不过，他从来不知道这是一条通向哪里的路。

车子一个拐弯接着一个拐弯，路过一片灯光和建筑时，熙熙记起来了，他们一家不时来游泳的罗湖区体育馆，那时他不会仰泳，偷偷看自由自在浮在水上的妈妈。连细妹也眯着眼一动不动地浮了，自己怎么一浮就沉了？细妹说闭上眼睛，什么也不要想，睡觉一样轻轻躺上去就行了……结果真行了。

突然，他记起这也是往仙湖的方向，还是要去找"那个人"？熙熙的心抽动了一下，语气不容置疑：不去仙湖！不找他！

在一个三岔路口，车子缓缓停下了，路南那片黑咕隆咚野草丛生的山坳，也就是深圳河南岸的香港新界。路北是一片深圳在建的新楼盘，往北前行几百米曾经是武警中队的营房。

杨定国：原因？

熙熙毫不犹疑：我还没想好和他说什么……

杨定国：回家？

熙熙：我……不回家……何凤娇一定很生气……没想好说什么。

杨定国没有再问：嗯，我给她发短信，今晚不回去。你想去哪里？

熙熙的声音有些犹疑：好多次学校组织去水库去仙湖春游，都看到梧桐山……能上去吗？

不想杨定国立即说：好，天刚亮就出发，从山顶看下面，你就知道世界有多大自己有多小，那是一个可以大声叫放声哭的好地方，什么伤心都可以去得干干净净……唔，上梧桐山有两条路，一是盘山公路，开车从沙湾那边上；二是从梧桐山下的村子上，就原来我们武警中队营房后的小村子，从村后的山边小径爬上山脊……

熙熙开始向往了。

杨定国：沿着山脊往上走，走得快，一个来小时就到小梧桐我们哨所，就是山顶电视塔了……不过爬山径比坐车走大路难多了。

杨定国让熙熙选择：不是玩电脑游戏，走小山径很艰难！

熙熙又一次拍打杨定国的肩膀：你走过多少次？

杨定国：十多次，比你网络上的游戏过关难多了，想好了再决定！

熙熙鼻子一耸：你行，我不行？

熙熙的精灵小九九已经满血复活，他心里特坚定，杨定国在，我还怕？

杨定国微笑：也好，山路上有她最喜欢的花……

熙熙知道这个她是谁。

这个夜晚，他们睡在车上。

这些年杨定国公务查案无数，碰上食无定时居无定所，"猫"车为最佳备胎，这只是他无数次的一次，而熙熙却是现实人生的第一次。

山边的夜还不太冷，熙熙感觉和家里的空调温度差别不大。让熙熙开眼界的是放下正副驾驶的椅子当床，车尾箱满满防寒衣物被褥、急救药品工具和瓶装水等，是个小仓库……一切都在准备中。

这一夜和第二天清晨登顶梧桐山，成了他人生无法抹掉的刻度，更是他自以为比同龄人自豪的标杆。

他们是在闲聊中入睡的，好像两个久别重逢的老朋友那样海阔天空无所不谈还斗嘴皮子，像和局里的同事，也像和学校的同学，全程普通话——

"我什么都有，电脑网络、虚拟世界、雪糕、奶茶、大头像、麦当劳、可口可乐……听过没听过的都有！我们班里的几个男生还想组个乐队……"

"还缺什么？你都有了，呵呵，阔得不能再阔，我小时候没有的你从吃奶开始就全都有了。可你不会爬树，不会钓鱼，不会挖老鼠洞，不会捞鱼摸虾，不会采山苍、野桔和万寿果；一天到晚待在空调屋子里，废了春夏秋冬，根本不知道什么叫'汗滴禾下土'；一只甲由爬进蚊帐、一只夜蛾飞进房间，就像世界大战爆发，吓瘫吓尿吓出三魂六魄，软脚蟹！"

"外婆才搞笑，一看见外国人就笑，人家说'Hello'，她就说'Ok'，人家说'Ok'，她还是'Ok'"。

"你，天天挑剔你妈你外公外婆，哪里有十全十美的家人？十全十美只是你的虚拟世界，你一个鼠标乱点星球大战就以为自己成魔成王，不用出手，就一只小山蛙，一泡尿就赢你十万八千里！照照镜子！"

杨定国突然哈哈笑，并冒出一句客家话"像乜介样（像什么样子）"。

熙熙脑袋颤动鼻头一耸抛出个"哼"字。

"杨定国，我看了一篇教育男人当爸爸的，心理专家查找出10句父亲对孩子伤害最深的语言。哼，管教子女不要自以为是，以为自己无所不能，当爸爸的ABC，你要实践……"

"废话，实践正是我唯一不缺的东西，我梧桐山哨所的一帮战友都不是软脚蟹……我没有离开过一年四季，熙熙，你没有空调房就要死要活，没了命，你不补上这一课就没有救了。"

"杨定国，高大健壮的男人有时比女人更脆弱，我知道难过憋在心里很糟糕，女人一遇到困难挫折就大哭大闹……就像外婆，奇怪，没看过何凤娇哭？"

"你妈妈的眼泪即使只有一滴，也只有她自己看得见，你不明白什么叫撑起一片天！本事都是逼出来的，有本事的人不向现实屈服，流血不流泪。"

"同意！记得幼儿园中班，她送我上幼儿园，过马路刚好绿灯灭黄灯亮，下过大雨的路太滑，她抱起我赶在红灯亮前过斑马线，一跑就滑了一跤，爬起来看我有没有受伤，问我痛不痛。我放学时才看到她的手打了石膏，她说'冇事'，她装的……"

"不是装，她是真的冇事。"

"……喂，从来没听你唱歌，会吗？"

"当然！听我唱《东北人》。"

老张开车去东北，撞啦／肇事司机耍流氓，跑啦／多亏一个东北人，送到医院缝五针，好啦／老张请他吃顿饭，喝得少了他不干／他说／俺们这嘎儿都是东北人／俺们这嘎儿特产高丽参／俺们这嘎儿猪肉炖粉条／俺们这嘎儿都是活雷锋／俺们这嘎儿没有这种人／撞车哪有不救人／俺们这嘎儿身上有正根，哪个人不是东北人／翠花，上酸菜

杨定国唱《东北人》的时候，搁在方向盘上的脚丫

还"嘣嘣"敲着节奏，熙熙也叉开两腿打着拍子，晃晃荡荡一副乐不可支的模样……他们想啥说啥，或者就不想了，任由嘴巴自己说，不是喝酒才会醉，说话也会醉。不是说，他们一张嘴成了泉眼，一咕嘟一咕嘟叮叮当当的喷涌，两个泉眼一起从心里往外冒，冒着冒着这两人越来越醉。

渐渐，杨定国不吭声了，睡了？还轻轻打着呼噜。

熙熙一条腿横过去：喂！装睡？亲生算什么？不能挑选不能退货！天生的也要看我愿不愿意，我不喜欢可以不要你！

杨定国惺惺忪忪又睁开眼睛，咕噜了一句：有本事的男人不要轻易决定，一旦决定就一定有始有终，你要像树根，根扎得越深越好。

熙熙突然说：有一本野外求生的书，教你防虫防蛇的，我提醒你……

杨定国：看完这本书，这防备那也防备，保我活一万年了！好了，睡吧。

熙熙挺起身，杨定国一把按下他：睡！明天早起！

力气之大吓住了熙熙，先是有点惊恐继而却欣喜不已，他们不是一个父亲和儿子，而是一个男人和另一个男人。

凤娇收到杨定国的短信后也尽力入睡。见过不少风雨的从容之人，一直很自信，大小客户资料几乎过目不忘，从财务分析到营销技巧，电脑上的业务数据也了如指掌；赶项目连续加班甚至通宵熬夜，第二天洗一把脸喝一杯浓黑如墨的咖啡，推开项目洽谈室大门，一秒钟还原神采飞扬。在外头多么艰难抑或委屈，她咬咬牙都忍受过去了。可如今，她无法放下熙熙，翻来覆去还是半睡半醒，一点儿动静都会惊醒都会匍匐贴耳细听，只是每一次都不是自己渴望的声音，然后再次强迫自己入睡。

细妹睡得极香，临近中午还没醒过来。

阳光剑穿了窗帘的缝隙，弥漫在屋子的每一个角落，迷迷糊糊的细妹突然跳了起来，一看身边没人就冲到卧室里的小书房，乍乍呼呼地叫：返来了，我听到声音啦……

她们一进入客厅就呆住了，一夜无归的父子俩浑身上下都是泥巴，熙熙的裤子被什么扯破了，一条裤腿还开了片，飘荡着。

发生了什么？

不等凤娇发问，杨定国就说"冇事"，一早爬梧桐山了……

两个人都活生生的，优哉游哉地正在插花，还能有什么事？

从来没有这种情调的男人，捧着满怀的花草，就一个单调品种的花草，努力要摆成一个好看的模样，尽显力不从心的笨！还偏偏眯着眼弄出一副特欣赏特陶醉的神情。

凤娇被一种味道袭击了，熟识极了的味道，她不看人去看那捆花草，吃惊了：布松草！

是的，客家人都叫它"布松草"，它的别名多了，扫把枝、松毛枝、香柴草、蛇虫草，凤娇童年时就跟着阿妈上山砍柴草，她最喜欢这种有香味可以扎成扫帚的草。

小小的，只有半个小指甲大的白花，五叶雪白的花瓣围住盛开的嫩黄花蕊，那些花骨朵，从米粒大至绿豆黄豆大，不争不抢随了盛开的花前花后列队含苞待放。最特别的还是绿叶子，比细草还细，和松树的叶针一模一样的粗糙坚硬，可针针冲天似衬托更似支撑着花和花骨朵，更凸显了小白花的精致。客家婆娘们最喜欢的是主枝条，手指或竹竿粗的各有千秋，分叉出的细枝条好像一把把扇的骨架，几把捆在一起，随意一根绳子系好就成扫帚了。

没有适合插这等野外之物的瓶瓶罐罐，父子俩竟然找到了一个大大的藤条粗筐，随意干插也挺拔不蔫，客厅里充满了它的味道。已经陌生和遥远的"布松草"香突然扑面而来，凤娇鼻子痒痒的，贪婪而又好奇地吸入来自山的草香味。

凤娇看着熙熙，他竟慌神了，指着杨定国：他给你的……

杨定国哈哈一笑，晃晃脑袋，一副恨铁不成钢的样子：说你最想说的话。

熙熙低下头，一只手磨蹭自己开了片的裤腿，声音好像蚊子叫：妈妈……

杨定国：声音呢？

站在熙熙后的细妹，挤眼睛皱鼻子，比画着凤娇主动"握手"。

熙熙低着头瓮声说：呃……你一个人带着我，好辛苦……

凤娇内心的委屈和压抑在这一瞬间突然撤离，闷闷的一声好辛苦，硬撑着的心冷不丁缺角了，她站不稳似的摇了摇，鼻子冒出酸水了。

她掩饰着张开手抱一抱熙熙的强烈冲动，张开的手收不回来，结果抱起了一捆"布松草"走到杨定国面前，眼睛相对的这刻，她发现自己并非银行员工们公认的那样坚强。面对过多少委屈和风浪依旧闲庭信步的她，儿子粗糙的一句暖话，竟然成了压死骆驼的那根草……凤娇双唇颤动即将放声大哭。

这瞬间——

杨定国大叫：你去开热水！我们一夜"咸鸭蛋"，一身都臭了。

凤娇来不及回应，杨定国把"布松草"抱过去，还推着她往卫生间走了几步……

凤娇被施了魔法那般，镇定就自己回来了。

她回过头和熙熙一笑，洋溢的泪水在笑中晃荡：锅里有艾粄……你们饿了！

细妹跳着脚叫"握手"，一看无人搭理她，竟然气哼哼地冲过去一把抓过熙熙的手，抓到凤娇面前，一把塞入凤娇的巴掌里：握手……

凤娇缓缓张开手抱住比自己高出一个头的熙熙，熙熙扭动身子，细妹立马张开手紧紧箍着哥哥，不让这个"馅"逃出自己和妈妈的"饺子皮"。

晚饭后，凤娇和熙熙在小书房，从没有过如此正儿八经地说事情。

这些年，曾经的婚姻是凤娇的心病，是不能触碰的坟墓冰窟或深海。

恰恰是熙熙，解封了她内心不准闯入的禁区。

她对熙熙说，见不见亲生父亲，长大后自己做决定……

直到2008年，熙熙考上了医科大学。

大家几乎忘记了他何时想当医生，细妹却记得一清二楚，先是外婆生病，然后自己成为疑似"非典"病人，哥哥都说过要当医生。

熙熙接到录取通知的时候，大家都很高兴，可凤娇妈一看"预防医学系公共卫生专业"却闹了个笑话。

她冷不防皱起眉头冒出粤语：公共卫生？哇，扫马路洗厕所？乜嘢工作？你舅妈做儿科医生几好（很好），你林阿姨做中医医生几好，公共卫生有乜嘢好？

熙熙哈哈大笑，"非典"的时候，芊羽在东湖医院隔离观察期间，他就查到这个专业了。他偏偏要捉弄外婆，苦皱起一张脸：公共卫生，唉！扫马路洗厕所，或者去环卫处……

凤娇妈大吃一惊。

昌生的妻子小常噗嗤笑了：很牛的专业！管天管地还管空气，和人的健康有关的都管……

杨定国也点头：预防传染病的，好专业。

凤娇妈一听这个传染病，一阵不安倏然浮上脸面：好唔好换一个专业？

熙熙给杨定国甩了个眼神，这段日子熙熙碰到难题就给他这种同伙的眼神。

杨定国笑着对凤娇妈说：换专业……也要等上了学，有的不好换，有的好换……

凤娇妈急了，客家话出场了：乜介（什么）专业好换？

杨定国：法医吧……刑事案件，去犯罪现场勘察鉴别尸体，我们太需要……

话没完，凤娇妈就大叫：冤枉！杀人案件……验伤验尸，哎呀……唔好换……

就这样，凤娇妈自己否定了自己。

暑假，细妹看着哥哥问是不是有心事，熙熙摇头。

细妹一副福尔摩斯的探究眼神：想去弘法寺？

熙熙摇头。

细妹一脸笃定说不要骗人。

熙熙反问：你想见边个（你想见谁）？

细妹点头一笑，还告诉哥哥那个谁离开弘法寺去南华寺了。

熙熙吃惊一瞪，这细妹比自己还想见那个谁，立即一脸严肃切换成普通话：你找过他？为什么？

细妹摇头：没有特别找……春游时顺便问了一下，你不想知道他为什么不找自己的儿子吗？

…………

结果，兄妹俩去了南华寺。

在南华寺转了好几圈都碰不上，费了些功夫，熙熙获得允许去跟着走场听经。

天还没有发亮，众多身披袈裟者脚步匆匆沿着经堂转圈，接着诵经者双手合十听经，领诵者和颜善目。不需要基因测试，面貌特征一览无遗，熙熙一眼就看到自己生物学上的父亲。

他也看了看熙熙，皈依佛门者目光并无惊乍，无一言语却已了然。

第二天，熙熙和细妹离去。

细妹连连追问那个问题。

熙熙想了好一会：好奇怪，睇第一眼就乜嘢都唔想去问啦（看第一眼就什么也不想问了）……

四、孖展①

2008年是一个多事的年头。

这个星期天，凤娇妈又劝凤娇爸开功夫班收徒弟。

这事得从一年前说起，凤娇爸退休后担任顾问，一年前才卸下顾问一职，真正退休了。

他和整天闲不住的凤娇妈太不一样了，特别受用卸掉重担逍遥自在的闲人生活，自然入了六叔公他们饮茶"倾计"的老深圳茶客一族；在家里除了看书看报还看影碟，都是细妹听都没有听过的老掉牙电影，什么《李双双》《柳堡的故事》《我们村里的年轻人》《野火春风斗古城》……

凤娇妈和大厦花廊的人们闲聊，吴伯说起老东郊街有个女孩回家，夜晚刚过10点，经过昏暗无人的小街。谁会想到拐弯处的树后隐匿了一个人，女孩身子单薄，肩上还有一个小巧玲珑的包，忽地被一双从背后闪出的手掐着脖

① "孖展"就是杠杆式交易制度，交易商提供若干倍的融资额度供投资者运作。比如，以100元买入某只股，股价后来升至150元，投资回报率50%。但按50%的孖展成数即保证金比率购入该股份，支付50元现金及向经纪行借50元，投资回报率便是投入资金的100%。

子，她瞬间似乎吓昏了，软塌塌好像一坨泥。

脖子上的手松开女孩去拿那只包，不用说是个劫贼。

贼弯腰拿包之时，女孩鲤鱼翻身猛然一挺，不及眨眼贼就被一脚踹出。失声大叫的贼，腰身骤然缩成虾米干样，双手颤抖紧捂胯下。

女孩从容而去。

大家七嘴八舌，有说女孩懂功夫，有说学功夫好，女孩师傅就是凤娇爸的师兄弟，也就是六叔公的徒弟！接着，众人怂恿凤娇妈劝说凤娇爸，闲着不如开个功夫班，学点防身的功夫。

众人说这年头画画、跳舞、弹琴、唱粤剧、学英语、打太极拳、拉二胡、跳广场舞，什么都收费挣钱，有的上半年课就几千元。

凤娇妈说细妹去学游泳10天就五六百元，熙熙去学跆拳道一节课都要近百元……

吴伯说学功夫是真本事，熟人打折扣，一节课最少都要80元。

凤娇妈想都不想就说好，说着说着就把练功地点定在大厦花廊小广场。

她回家就和凤娇爸如此这般一说……一人一节课收80元，十节课800元，十个学生8000元。

凤娇爸摇头闭眼。

凤娇妈：六叔公80岁做指导，你冇到七张野（70

岁），趁行得走得，有人开功夫班，人人都讲抢头啖汤（客家话，抢在别人的前头）……

凤娇爸皱起眉头不说话。

凤娇妈：你教过昌生学功夫，教一个同教十个有乜嘢……

她话没说完，凤娇爸抬起身子一声不吭出了门，懒得看凤娇妈好比熟透扇贝那张闭不上的嘴。

不过，凤娇妈也耐着性子，隔三差五，想起又唠叨几句，年头说到年尾，说足了一年。

这个星期天，凤娇妈终于把看报纸的凤娇爸弄恼了，他们吵起来了。

在自己房间看书的细妹听到吵闹，跑出来一看，外婆和外公的样子好丑。

外公两手叉在沙发边上，忽而腾起半边屁股，忽而眼珠子一瞪客家话一串，数出凤娇妈以往干的傻事蠢事：人蠢冇药医，冇计较就算啦，做乜介搬到大厦住高楼就变精变怪变人王，乜介都爱管（客家话，什么都要管）！

外婆眼睛鼻子紧皱脖子挺直，扭头一看到细妹就认定是同盟军，一会眨眼一会摇头，故意和细妹大声说话，踢踢踏踏在客厅和厨房之间来回走；摆好茶几上的报纸，掂起沙发上的几根毛发，拾起地板上不知道谁丢落的纸屑，气哼哼拿起抹布洗碗，唠叨自己日做夜做冇得闲……

细妹醒觉今天轮到自己洗碗，一把将外婆按在沙发上就要去洗碗，还嘻嘻地笑，说出一串半客半普的专属语：婆婆不要"冇得闲"，日做夜做好似"一只屐"……

外婆瞥了外公一眼：冇得闲好过得把嘴，十足鸭嫲嘎嘎叫。（客家话，不得闲比剩下一张嘴好，像母鸭嘎嘎叫。）

外婆不仅仅说，还张开嘴难看地一张一合，发出嘎嘎嘎的鸭叫声。

细妹噗嗤噗嗤笑：你讽刺公公！

被说穿的外婆来劲了：有钱都冇晓捡，死牛一边颈！（客家话，有钱也不会捡，死牛脖子一样歪！）

细妹再上一句客家话：冇笑阿公死牛啦！

凤娇爸一下子站起：细妹冇咁蠢！细妹冇发钱寒！

凤娇妈双唇抖动：开班学功夫肯定收钱，冇系学雷锋咩？

凤娇爸：一日到暗都打鸭舌，乜介都晓，自家去开班！自家去开打鸭舌班，千人万人听你打鸭舌！（客家话，一天到晚吹牛皮，你什么都行，自己开班得了，自己去开个吹牛皮班，千人万人听你吹牛！）

凤娇妈满肚子的气堵着出不来，颤抖的指头好像一把枪对着凤娇爸却射不出子弹。

凤娇爸：一日到暗发钱寒！乜介人来学功夫？样边知好人坏人吖？（客家话，一天到晚想钱想疯了！谁来学功夫？怎么知道好人还是坏人？）

　　这最后一句倒把凤娇妈问傻了，除了眼睛眨巴几下就动弹不了了。

　　一点预兆都没有，细妹使出了自己的"唐老鸭"绝招。小时候看卡通片，她就爱模仿鸭子走路，脖子和脑袋一伸一缩，肥臀摇摇摆摆，一顿一顿地前进，每当这时，外公外婆总是笑得喘不过气来……

　　结果，凤娇爸笑了。

　　凤娇妈用力忍，忍得实在辛苦的那一声大笑终究喷了出来。

　　她赶紧把笑声缩回肚子里还重重叹气，边叹气边拿包出门，说今日不做饭，她带细妹"去撩去食太餐"（客家话，去玩去吃大餐）。

　　出了门，她才问细妹去哪儿好。

　　最好去香港，深圳户籍的人去香港方便多了，她和细妹早都办了深港半年一次往返的通行证。只是暑假他们刚去香港探望哥嫂们住了7天，要去就得再办证。

　　说到这儿，凤娇妈又开始数落不肯去香港的凤娇爸，嫌香港人住得逼仄，不说大哥二哥住屋村，连有楼有车的三哥也嫌弃，说人家连晒衣服的阳台都冇，客厅不如自家卫生间大。第一次去香港的事讲了几百次，人家三哥好心让出房间不说好，他半夜去洗手间一脚踢到在客厅打地铺的三哥，一晚冇睡好也算落人家头上，真是"好心着雷劈"……

细妹没有附和：阿公冇想烦人家……

凤娇妈想到什么，突然一脸神秘地笑着改说粤语：细妹……阿婆好快会赚大钱！

细妹：真的？

凤娇妈仿照电影明星汪明荃早年卖丝苗米的粤语广告：珍珠都冇咁真！双洋百搭认真好吖！①

凤娇妈看到细妹摇头不信的模样，实在忍不住了：100元当900元使，赚梗啦（赚稳啦）！

细妹还是一脸疑惑。

凤娇妈说到兴奋处，粤语转换成客家话：揾到钱，涯兜齐家去马来西亚撩（我们全家去马来西亚玩），你表姑婆在吉隆坡，涯几十年冇见过……

细妹高兴了：六叔公、阿公都去？

凤娇妈十分肯定地点头，接着掏出手机，美滋滋给香港的三哥三嫂，也就是细妹的三舅公打电话，奇怪，家里和手机都没有人接听。

几个哥哥，也就三哥和她年龄相隔两三年，相知相帮最多，所以特别亲。

她转而给三哥女儿雅文打电话，太巧了，雅文就在罗湖商业城进货，她年龄和凤娇相差两岁，在维多利亚公园附近的大商场租了个铺位卖宝石，三天两头过来罗湖商业

---

① 香港电视的某品牌广告语，大意是双洋百搭珍珠丝苗米好吃。

城拿货。

凤娇妈满脸笑容：走，同你表姨妈饮茶……

凤娇妈带着细妹坐地铁直奔罗湖火车站的大酒楼。

一出地铁口，上了站台就看到罗湖商业城顶空一片片白云悠悠飘荡，隐约里有几许小小的红云，蔚蓝且辽阔的沉稳底色一望无边，这囊括无尽的晴朗一下子撩得凤娇妈无比欣喜，连连说了几声"好兆头"。

这些日子都在盼望晴天。

往日多场大雨，好像近日阴霾重重的金融新闻。

2008年9月7日，美国财政部宣布接管房利美公司和房地美公司；9月15日，美国第四大投资银行雷曼兄弟控股公司申请破产保护；9月15日，美国银行发表声明收购美国第三大投资银行美林公司。华尔街的投资银行接二连三倒下后，9月21日，美联储宣布剩下的高盛集团和摩根士丹利两家投资银行改为商业银行，靠吸收存款渡难关了。股票市场大跌，许多非美元货币也大幅贬值，纽约股市三大股指全面跌入"熊市"。

凤娇妈听不太懂新闻里说的什么投资银行，什么美联储，只知道华尔街投资银行冇了，"冇了？冇就冇，关香港乜嘢事？关深圳乜嘢事？"

不过，一听说香港首富某某的1263亿元（港币）资产，比之前的2496亿元缩水一半，她有点不安了。

2008年10月3日布什政府签署了总额高达7000亿美元的

金融救市方案。

她的疑惑也放大了，美国都要救市？疑惑成了心头的一窝蚂蚁，乱乱的，会影响自己炒孖展？100元可以当900元，三哥不会骗自己。前几天，她和三哥通电话，觉得三哥舌头打了死结，一说话就咳嗽，可能感冒。她把要问的事压下了，安慰三哥好好休息……

她们满心欢喜进入和雅文约好的二楼，凤娇妈站在门边抬头举目，细妹眼睛敏锐，一下就看到不远的卡位，雅文正在招手。

香港的哥哥们的孩子有十几个，凤娇妈最喜欢乖巧的雅文，喜欢她喊自己"姑姐"的声音很软很柔也很脆，叮铃叮铃如风铃飘过无痕无迹，却似蜜糖甜入心头……

她们坐下开始吃和说，凤娇妈吃罢榴莲酥、牛肉肠和韭菜猪红，话真多，一张开嘴跑出来的话比想要说的快，说了后几句也就忘了前几句说什么。这样乐呵呵真好，她和凤娇爸的那场争吵似烟消云散了。

雅文精明，清清楚楚自己说过的话，往日说过如今又说，自己如何去海南岛旅游，碰上卖宝石的小贩，喜欢上就买了；结果一买更迷上了，迷着迷着不如自己也开个小小宝石店铺，就这样一个月也有几万元港币收入……

说着说着说到雅文深圳那套彩世界的物业。

雅文又是一阵风铃般的笑：姑姐，多得姑姐，福星姑姐，我老公讲，香港发梦都发冇到咁靓（这么好）的湖景房！

凤娇妈也笑，2003年"非典"一过，三哥和雅文第一次来深圳看望凤娇，雅文入门就说大房大厅大阳台，好眼红姑姐。她一听就鼓动三哥去彩世界看看，正好堂妹的房子空着，住下来，一看环境二看还有没有"笋盘"（性价比高的楼盘）。

结果，雅文一站在阳台看到碧青的一汪水动了心，第二天清晨拉开窗帘，红彤彤的一轮初日，她更惊呆了，这个"咸鸭蛋"打中了香港密匝匝石屎森林里长大的她。当然打中她的还是比香港便宜多倍的价格，她赶紧到售楼处查询，当天下定金，一周之内办好购房手续。

雅文说这是自己最成功的投资，不忘补上"福星姑姐"这句，这样说着笑着……

酒楼正中央的大屏幕电视机正在播放新闻。

还是金融新闻，雅文不觉定定地看着屏幕：姑姐，好心惊！1998年8月，国际炒家来香港"搞搞震"，港股恒生指数从16000点跌到6600多点……

凤娇妈笑：我知，我日日睇翡翠台新闻，股市差点崩盘，日日都有人跳楼……

雅文：好彩香港金融管理局动用外汇基金入市，国际炒家抛售几多港币就接盘几多，汇率稳定在7.75港币兑1美元的水平，救市成功……险过剃头！

凤娇妈：成日（整天）讲美国雷乜嘢兄弟，山长水远，会整跌香港股市？

雅文摇摇头不知从何说起：姑姐，冇知道咁多啦，越知道越烦，吃烧卖……

新闻不管不顾还在说股市——

9月中旬以来，雷曼兄弟申请破产保护，巴克莱银行以2.5亿美元低价收购雷曼兄弟北美市场的投资银行及资本市场业务；美国保险巨头AIG陷入困境；美林证券被美国银行以503亿美元的价格收购。投资银行高盛和摩根士丹利转变成了银行控股公司。华尔街风光无限的五大独立投行完结，彻底摧毁了全球投资者信心，全球股票市场出现了持续暴跌……

雅文和凤娇妈都不说话了。

电视新闻继续报道，不少中小投资者血本无归走投无路，一对香港的老夫妇昨日驾车到大帽山边，在车里烧炭身亡，留下遗书，死因无可疑。

细妹边看新闻边说：炒股票好大风险，会破产……

凤娇妈：你点知（怎么知道）？

细妹：哦，我睇《子夜》睇到，一个叫吴荪甫的人，想贱买贵卖股票挣大钱，抵押自己的丝厂和公馆，最后破产了，好惨……

雅文瞅瞅细妹：破产算小事，好多人一生积蓄冇晒（全部没有了），死路一条。香港高楼大厦多，跳楼惊吓街坊路人，割腕血淋淋，上几日有个开煤气焗死自己，搞到煤气爆炸屋村火灾，自己开煤气自杀连累街坊财物损伤，阿爸讲"生又累人，死又累街坊，太阴公（作孽），烧炭好……"

当时雅文若知道父亲内心的挣扎，也许会有另一种结局。

新闻终于播完了。

她们说说笑笑也吃得差不多，凤娇妈特意多点了两笼三哥喜欢的叉烧包，雅文说姑姐真有心，凤娇还笑着说你阿妈知道我钟意吃蛋糕，好有心，次次来深圳都带一盒美心蛋糕……

雅文走出酒楼，正要踏上下行扶手梯时，手机响了，雅文哥哥的电话。

雅文接完电话，拿着叉烧包的手松了，打包盒咕噜噜滚进了滑动前行的链带，包子四散。她面色惨白傻傻地站在原地，咽喉堵死了，话儿挤着碰着跌跌撞撞出了唇边就成了啜泣。

凤娇妈明白了，新闻报道的烧炭夫妇就是自己的三哥三嫂。

细妹的脑子不停出现电视新闻的几秒钟镜头：几个穿灰色衣的人抬着扁扁的灰铁色箱子，三舅公、三舅婆烧炭自杀，死了。

凤娇妈失魂落魄，如果没有细妹，糊糊涂涂的她怕不知道如何坐1路大巴回家。

细妹和她并排坐在后厢有挡板的第一排，她的泪水一点点往外钻，后来就好似自来水管爆裂那样汹涌无阻。

车子一路平平稳稳，她的泪却颠簸不停……

细妹不断掏出纸巾，就是擦不净霸占外婆的一脸泪，一包纸巾用完了，凤娇妈的泪似乎流干了，细妹喊了几声都听不见似的，眼光飘忽来飘忽去其实什么也没看。

她急得搂着凤娇妈的身子用力晃用力摇，连声喊"婆婆"，终究把那掉了的魂喊回来了。

她们回家了，凤娇妈眼光定定地看着细妹，满脑子的旧事不停地往外涌现。

那时候凤娇和雅文都很小，几乎每年春节前，三哥都会来深圳见一面，约定地点在罗湖关出站长廊外。

有年冬天特别冷，三哥和雅文兄妹的鼻子都冻红了，他们提着旅行袋，袋子里是限量入关的衣物。

他们一见面，三哥就把手里的两个旅行袋放在凤娇妈跟前，第一句话"挏住"，转身对10岁左右的雅文兄妹说第二句话：除衫（脱衣服）。

凤娇妈连连摆手，三哥连吼带扒，蜕皮一样硬是把雅文兄妹的外套，接着是里头的毛衣、毛背心都扒了，仅剩下一件单衣。凤娇妈落泪了，一把夺过衣服想重新套在冷得瑟瑟发抖的雅文身上，手被三哥按住了，他说凤娇姐弟过年过节要有件像样的"衫"，不等凤娇妈回话又丢下

"赶返香港开工"一句话，拉起雅文兄妹就走了。

凤娇妈一伤心就讲客家话：细妹，想到你三舅公，眼汁咄咄跌（眼泪哗哗流）……

细妹实在忍不住了：唔好烧炭嘛！天跌落来当棉被盖……

凤娇妈叹气：炒孖展蚀大本（炒孖展炒亏了）……

凤娇妈一口气堵在心里，三哥三嫂到底亏了多少？她不敢往下想，可不想又做不到，当初一听1蚊（元）可以当9蚊使，硬要搭三哥顺风车，以为跟着三哥冇错。

最初三哥来深圳开B股账户，讲"头啖汤一定赚"，自己跟着买就赚了五万元……这次三哥说风险大，自己硬把钱偷偷带出香港，还说不怕亏。她心里有个小算盘，自己不开户挂在三哥户头上，三哥不亏自己就不亏……谁想蚀光了连命都赔上。

凤娇妈守在电话机旁，电话响了，凤娇妈犹疑着接还是不接，细妹伸手拿起电话，她却一把将电话抢到手中……雅文的声音不再清脆，嘶哑并带着哭腔。

凤娇妈用剩下的一只手用力摇摆，示意细妹去房间做功课。

……凤娇妈默默无言放下话筒，躺在床上瞪大着的眼睛很想流出些儿泪，只是空空荡荡的，大概连泪都嫌弃了她，更不说一动不动的手和脚，活活的一个"死人"。

细妹给妈妈挂了电话，偷听到外婆和三舅公炒的是雷曼迷你债券，总共亏损五六百万港元……

凤娇亲自给雅文挂了电话，一切皆明。

香港人叫"孖展"就是英文Margin，即保证金。

投入少量保证金，即可操控数十甚至数百倍的资金量进行运作，太诱惑了，难怪凤娇妈说100蚊当900蚊用，三哥说过股价下跌时可能亏蚀100%，连本金都亏光。她一根筋豪气冲天，讲胆搏胆。心里想，三哥冇怕自己怕乜嘢，结果输了个满盘精光。

六叔公、凤娇爸和凤娇夫妻都在客厅里说这事。

凤娇爸说得最起劲和严厉，眼珠乱瞄、嘴角泛沫、鼻孔冒烟，就一挺正在瞄准和寻找射击对象的机关枪：学人炒孖展，有几大本事？冇得食咩？傻夹笨，懵查查冇知道乜嘢叫孖展就炒孖展，冇知道坑有几深就跳，懵到上心口，冇眼睇（没吃的？又傻又笨，不知道什么叫孖展就炒孖展，不知道坑有多深就跳，傻笨，不想理）……

话说得要多难听有多难听，可都不点名。

细妹瞪着妈妈，希望妈妈为外婆说一句好话，外婆一天到晚做事情最多，炒菜你说咸我说淡，外婆苦笑一声，说不好吃的自己全吃了。她最生气也就说做多错多，说要请个保姆，自己做大食懒，说了无数次，结果还是不请。

细妹和妈妈挤眼睛：也不说一句话？外婆想多赚几个钱，全家去马来西亚玩！

细妹开口发声：外婆……

这刻，客厅走廊有了声响。

凤娇妈出来了。她从卧室走出有多久？全听到了大家的说话还是刚出来？谁也不知道。

客厅一下安静了，最奇怪的是凤娇爸拿起杯子喝了几口水，装着什么事也没发生过。

凤娇谁也不看，平静地说今天三舅的事情，她和雅文兄妹处理，以后谁也不要提了。

凤娇妈的眼光没有聚焦，躲躲闪闪慌了一阵终究定住了，想说什么可还没说，眼泪就堵住了喉咙。她放开了原本扶着沙发靠背的手，跪下了。

大家愣住的这一刻，细妹猛扑过去。

瘦小的凤娇妈被个子比自己高的细妹连搀带拽挪到沙发上。

细妹犟着脖子大叫：何凤娇！你冇做过错事咩？

凤娇妈突然手忙脚乱，想捂住了细妹的嘴却碰翻了茶几上的玻璃杯子。一声玻璃碎裂响后的静，所有人都安静了，怕仅有几秒，细妹却觉得比一堂课还长。

杨定国站起来对凤娇妈说：妈……让我做一次大厨，学做客家菜。

夜静了，这本是昌生的卧室，他结婚后搬到自己的新家，凤娇妈嫌弃凤娇爸打呼噜，搬到这房间已经几年了。

细妹抱着自己的枕头非要和外婆睡不可，而且要外婆睡里自己睡外。

那点小心思也太明白了，细妹想解释什么，但外婆听话地把被子拉到脸面之下，闭上眼睡了。

夜深了，凤娇爸抱着自己的枕头也进了屋，还用手势比画，让细妹回自己屋里。

细妹咬外公耳朵：你打呼噜。

凤娇爸决断地把枕头放在一旁的藤木沙发椅上……

细妹一早爬起来看外婆，藤木沙发椅上已经换成了凤娇。

细妹大将军一样稳步上前，搂住凤娇的肩膀晃了一晃，行使那个"和好"的约定。

…………

后来，雅文卖了香港父母的那套房产。接着，凤娇和杨定国卖了福田区那套近100平方米的房子，价格不到60万元人民币，金融风暴后房价都跌得厉害。

很多年后，细妹逼凤娇妈坦白，老人不得不承认，那天确实不想睡，想过死，一了百了冇忧冇愁，想着想着舍不得细妹，也舍不得熙熙。唉，还有死了，谁给那个"暮鼓槌"做饭做菜？

2008年年底，《叶问》在中国香港和内地相继上映，电影太火了，凤娇爸和凤娇妈一起去南国电影城看这部电影，30元一张票。

　　报社不知道从哪里知道他们是"咏春"一派，采访了六叔公和凤娇爸，他们上了报纸。这名气一来，凤娇爸真开班了，进他的班实在太难了，学员就是杨定国领军的重案组那几个年轻人，不收费。

　　凤娇妈没说风凉话。

读懂故事背后的深圳特区
★听一听和深圳的故事
★原来你是这样的深圳！
微信扫码

五、nano

一晃就到了2011年。

细妹收到深圳中学高中部的入学通知书。她不太像许多激动的同学，只是有点特别的小喜悦，终于和外公、妈妈、舅舅和哥哥成了校友，像听到她的宝贝ipodnano（苹果MP3播放器）里一首熟识的歌，有一丝温暖爬上心头。

开学典礼上，校长说深圳中学已经有60多年历史，随着深圳特区崛起，深中也迅速发展，如今有学生3000余人，是广东一流、国内知名的优质高级中学，高考成绩在深圳市和广东省持续领先，而进入清华、北大的学生数也连续多年全省排名第一⋯⋯

校长特别提到被称为QQ之父的深中校友马化腾。

细妹初中就用QQ了，2010年3月5日19时52分58秒，腾讯QQ同时在线用户数突破1亿。人类进入互联网时代以来，全世界首次单一应用同时在线人数突破1亿，细妹并不知道自己就是其中之一。

学生席位上的她耳朵和眼睛都假装在位，其实四处扫描寻觅熟识的脸孔。相隔七八个位置，有一只左眼一闭一开发出电闪波段，细妹即用自己的一只左眼回应着初一的同桌小月，不料紧挨小月，有位"豆芽"般细长的男生误收细妹的眼电波，两眼一挤，嘴巴一咧，送出无声的"嘟嘟"。瞬间激活细妹的记忆，小学三年级她被莫名其妙起了"嘟嘟"的外号，就他的杰作，对了，就是他在班里乱窜问有无"一根香蕉和两粒荔枝"。他五年级转学了……他的真名叫什么？

细妹想起来了，马启明。

在家长席位上的凤娇，听到QQ之父时自个的指头也不禁致敬般停顿了大半秒，她已经不用QQ了，几个月前听客户说微信比QQ好用多了，也就成了第一批也是家里第一个用微信的人；看报表看数据实在太方便了，如果没微信今天就不可能给银行重要客户边发微信边参加开学典礼。

典礼完毕，有记者采访细妹等一群嘻嘻哈哈的小女生，问进入深圳名校，有崇拜的校友吗？她们沉默了，记者再问是否知道2009年7月，腾讯公司授权专利总数突破400项，成为全球互联网拥有专利数量最多的企业之一，和Google、Yahoo、AOL等国际互联网巨头比肩了。

这群都在用QQ的鬼精灵小女生，一阵叽叽喳喳却对不上记者的点，记者逼她们说说"马化腾"……

早就跟着凤娇用上微信的细妹，绕了绕脑袋问：QQ之父？哦哦，微信的阿爷咯！

大家一阵嬉笑，散去。

第一个学期结束，凤娇开完家长会心里就坠了一个大秤砣，倒车都在想这事，结果车屁股撞上塑料雪糕筒墩子了……

细妹被凤娇喊到客厅，她不掩饰"很烦"的模样，直接塞耳机，让她的宝贝苹果nano在她的耳朵开音乐会，我听我歌我行我素。

深中的改革太颠覆了，不再像往年的高中，一个班就是一个班，班主任就是班主任，而是实施"走班"选课制，从高一第二学期开始，学生自主选修各学科不同难度或类别的课程。设主讲教师和助讲教师制，一个导师最多带20个学生，采用学分积点制来评价学生的学业情况。

凤娇如此这般一说，杨定国疑惑了：和大学一样了？

凤娇爸也放下报纸：高中生同大学生一个样？

凤娇妈：得唔得？十几岁就走班？熙熙都冇走班，细妹走班？走班有乜嘢好？细妹，细妹，你讲……

细妹的耳朵明明在开音乐会，竟然可以眼睛一眨一闪回应凤娇妈，还连声说了几个"几好"，不知道如何做到这一心二用。

凤娇：听讲2003年就尝试过走班制，结果好混乱，学生学习和管理的效果差，熙熙上深中好彩（幸亏）取消走班……

80多岁的六叔公听不明白，侧过脸又问细妹：乜嘢走班？听过偷鸡走鸡（粤语，偷懒偷走的意思），冇听过走班喔。

凤娇不由分说摘下细妹的耳机：问你乜嘢叫走班？

细妹被强行拽出音乐会，有点气，不过看到六叔公一脸不解地唠叨"偷鸡走鸡"的可爱模样就笑了：好自由，冇固定课室，自己选课，想听乜嘢课就选乜嘢课，几好！好爽！

凤娇爸一脸疑惑：冇掩（门）鸡笼，自出自入？

杨定国：自己选课？心智不成熟就麻烦，一个学期选错，就是几节课的问题？可以从头再来一个学期？

细妹：使乜惊（慌啥）？我们第一学期就有"生涯规划"课程，学习发现自己潜能和需要，班主任和导师每星期会交流沟通，发现我们出错就纠正，切！就算错，都好难免啦！有的人上了大学都改专业啦！

凤娇：冇惊？老师都承认前几年试行效果唔理想，导师冇经过培训，有老师连作业都冇法布置。你班主任讲改成班主任加导师模式，导师职责明确，经过严格培训和考核，加上智能化平台支撑……口讲就易，攞乜嘢（拿什么）保证老师同学生交流通畅？防止出现混乱情况？

凤娇一眼瞥到细妹又准备开耳朵音乐会：你，我担心你……

细妹忍着笑，做出一副耐心听讲的模样：冇洗（不用）担心！何凤娇！轻松一下啫！

凤娇确实担心，这些日子细妹常常在床上把自己摊开成一个大字，耳机一塞，眼睛一闭，享受至极还会摇头晃脑哼哼一串英文歌儿，哪有刻苦学习的样子！

凤娇看了凤娇妈好几眼，这苹果nano可是凤娇妈托雅文女儿在香港网购的，说奖励细妹考上深中的礼物。凤娇妈太宠细妹了，责怪的话忍了好几忍，突然变成蚂蚱蹦了出来：贪新厌旧，自己那部松下MP3好好的，又买一部苹果……

细妹嘴若莲花飘出嬉笑：旧就要换新，好正常！

凤娇看着母亲说不出话。

雅文来深圳度假，她女儿雪莉戴着耳机听苹果nano播放音乐，细妹第一眼就被那玲珑小巧的机身迷住了，拇指转动点击式转盘（ClickWheel）即找到自己喜欢的音乐，雪莉还说能够存放1000首音乐，戴上耳机就是自己的音乐厅。

雪莉让细妹听了一会，细妹喜欢得不行，两个小女孩嘀嘀咕咕，雪莉说可以在香港帮她在网上代购一部。

凤娇妈一听，她自己也用过小录放机，比这个大也就几十元一部。细妹说放录音带的早没人用了，她的松下MP3都几百元一部，苹果nano肯定更贵……雅文讲苹果nano要1000多元一部，凤娇妈搞不明白，越来越小也越来越贵？雅文解释一分钱一分货。

细妹开始琢磨如何凑这笔钱。外公帮自己开的银行存折是定期，每年的利是钱也是妈妈存银行定期，妈妈给自己买的保险每三年一次返还，不过说好大学毕业自己才能用这笔钱。她想向外婆借1000多元，等过年有了利是才还钱。

凤娇妈自金融风暴打击后就不再碰股票，和凤娇爸旅游了几回，眼界开了，心也放开了，心里嘀咕这么贵，嘴里却说细妹考上深圳最好的中学，那个叫什么里里咯咯的盒仔，她赞助。

此时，细妹塞着耳朵听音乐，一点也不在意凤娇的责怪，还故意把耳塞送进凤娇妈的耳朵里。

凤娇妈看凤娇脸色不对，不顾满耳朵叮叮咚咚，赶紧说：今时冇同旧日，五时花六时变，日日有新花款……好似挖路，一时埋电线一时埋水管，冇两日又讲埋天然气管……

话题一下子被凤娇妈咋咋呼呼岔开了，连凤娇爸也说有条街的酒楼改名了，挂出了红星酒吧的招牌，门边站了红卫兵打扮的服务员：酒吧配红卫兵！冇见过！

凤娇妈摘下耳机，笑着说了一通，红岭路附近新开了一家稻香大食堂，酒家门外竖起一个公社时期某某生产队牌子，生意好"爆棚"。旧日深南路新城酒家的烧鸭吃过返寻味（回头寻找这个味道），她有一天去布心看望老街坊，顺路去逛菜市场，发现熟识的酒家烧鸭师傅自己开店了，最打眼的是墙上挂着他多年的旧奖状"优秀共产党员"……

六叔公也说他们一群老人家去旅游，到处景点都是老街老店老物件，民国的花轿、清朝的官服、皇帝的龙椅，古老当时兴嘛！

细妹的耳朵痒痒的。

凤娇的气憋屈在小小的咽喉间，一眼扫向细妹戴耳机的手就找到出口了：追时髦，自己又有能力又要威，乜嘢都要时髦，贪新厌旧！

贪新厌旧？细妹一把摘下耳机，小嘴巴一震一颤：唔厌倦火水灯（煤油灯）会有电灯？唔厌倦两只脚走路会有高铁会有波音飞机？唔厌倦日晒雨淋天寒地冻会有风扇空调会有冷风机热风机抽湿机增湿器？你唔厌倦QQ会用微信咩？你唔厌倦以前的大水壶（早期手机好比水壶大）会换部折叠手机？切，贪新厌旧！有口讲人冇口讲自己！

细妹说完就一把将耳机塞进渴望许久的耳朵里。

凤娇：拿下！

细妹急了：就买一部苹果nano啫，孤寒鬼，唔系冇钱，又唔系你滴钱（吝啬鬼，不是没钱，也不是用你的钱）！

凤娇：班主任讲你一日到黑笑嘻嘻，好开心，成日同一个女生一个男生，三个人打打闹闹，上语文课，老师都进课室了，你哋（你们）最后一秒冲进来。有一次仲打入女卫生间，被老师撞到了……

大家一脸严峻。

这男生是谁，女生又是谁？

细妹两手交叉在胸前哈哈大笑：男生马启明，女生李小月。马启明一米七几高了，李小月笑"马铃薯"变超级版"豆芽菜"，他就又追又打，哈，以为跑入洗手间会安全，点知（谁知）马启明连女卫生间都敢入……

细妹哈哈笑，好搞笑的事，大家却好像雕塑一样静默。

凤娇更是眉头紧皱了好一会才说：你幼儿园细路仔咩？打进了女卫生间，老师都唔好意思批评你，你冇面红我面红！

凤娇爸声音不高：打打闹闹，影响唔好！

连六叔公都发声了：校有校规、家有家规，有规有矩、有家教有人品……

杨定国的脸也一幕沉色：杨芊羽，17岁了！

细妹一仰头：16岁零6个月！

只有凤娇妈摆着手：冇事冇事……

凤娇爸一如往日，平日说粤语，一激动就说客家话：冇事？宠细妹宠上壁！妹仔人就爱（要）有妹仔样，读书就爱有读书样，三年高中几紧张，考冇到大学，看有事冇事？

凤娇却说普通话：杨芊羽，你太入迷了，要控制自己！三年高中很关键！

细妹：好！

凤娇：好！你那部nano我保管！

"嘭"细妹一下弹起，十足一个小炮仗，她依旧说粤语：有冇搞错？使乜你保管（干吗要你保管）！你更年期啊？乜嘢都要管！冇天天洗头、冇饮珍珠奶茶、冇饮冰冻饮料、冇吃麦提莎朱古力！为我好？你变态！你更年期！

凤娇把升腾的怒火压了又压，开罢家长会就对自己说要和细妹好好谈，淡定平和如银行里大家敬重的何行长，不失态不爆发。

好好谈！脑子命令自己的这刻，抬头看到细妹鼻子一耸，眼睛一瞥，又爆出一声"更年期"，胸腔里腾腾腾往外窜的那堆火裹挟着她走向细妹。她还不失理智暗暗掐了自己一把"好好谈"，不想一个"更年期"的炸弹又砸过来了，脑子瞬间一片空白，巴掌"嗖嗖"抢先出鞘！

这比思考先行百倍的巴掌高高在上，晚了，刹车失灵的她会撞向哪里？

巴掌落下了，落在突然夹在她们之间的凤娇妈肩膀上。

凤娇的脑子似乎回神了，不知所措，沉沉地坠在沙发上了……

这刻的凤娇妈冲细妹晃着手：冇吵冇吵……细妹，给婆婆听下！

她一把将nano的耳机强行塞到自己的耳朵里。她根本听不懂里面唱的是什么，咿咿呀呀唱的不是中国歌，可她像鸡啄米一样点头，让人错觉她听罗文唱歌那种"耳朵都听出油"的好感觉，用力拉着细妹去了。

婆孙俩回到细妹卧室，凤娇妈摘下耳机说了一通客家话：细妹，唔好顶心顶肺（意思是心脏和肺被东西顶着般难受，形容行为让人难受），凤娇日做夜做好辛苦，鸭笼鸡窠，咸鱼豆腐，灰间草屋样样都管，头拉毛（头发）都白了好多。唉，自家阿妈千句万句都想细妹好，细妹唔好乜介都架横船（不要什么都对着干）……

也奇怪，这些老掉牙的客家话，往日最讨厌啰里吧嗦的细妹肯定喷饭，轻声细语的凤娇妈边说边抚着细妹的背，抚着揉着硬是把细妹抚平静了……

凤娇半靠在床上，手里拿着书，眼睛却和胸腔里的那颗心合谋生闷气，生着生着干脆扔了书，扭头问在主卧小书房看书的杨定国：我更年期了吗？

杨定国：你自己感觉呢？

凤娇：半夜出汗，好像有点征兆。

杨定国一笑：细妹青春叛逆期。

凤娇自己摇头苦笑：你想说更年期撞上青春期？

杨定国：火星撞地球，撞上就爆炸。

凤娇：确实，说真的看她的样子，杵心！

杨定国：有时候，人不知道自己在干什么。

凤娇沉默了片刻：我心里很明白不能冲动，好好说，唉！真想有个按钮，一发现失态就按个暂停……

正说着，凤娇妈敲门了。

杨定国知趣地出屋，母女俩要唠叨碎事了。

凤娇妈一说客家话就是说不尽的冬瓜豆腐。

说知道凤娇想细妹好像昌生和熙熙考上好大学，面上有光，说着说着就说"不过"了。不过昌生考到北京，读了又读，离家越来越远：一年见冇到几面，凤娇冇上大学又样边（如何）？留在深圳留在自家身边……俚斗有乜介病痛都冇恐（我们有什么病痛都不怕）！

凤娇不吭声。

凤娇妈又说自己想得好通透：妹仔书读多读少冇紧要，妹仔人至紧要嫁人嫁得好，唔好嫁到天涯海角就得咯……

凤娇依旧不吭气。

平静的日子过了三天。

细妹找不到苹果nano，一次再一次把床铺从里到外抖擞了一遍，连枕头和床头床尾的缝隙都不漏，结果还是一无所有。

她淡定地走到凤娇跟前：你偷咗我的苹果nano！

凤娇皱起眉头：我偷？笑话！

细妹：我分析过……

凤娇：你成日有头冇尾，上深中一个学期冇咗两部手机，第一次讲过东门中童乐天桥被扒手偷咗，第二次呢？手机同样放肩背书包，同样地点同样背包，偷你两次，你有冇脑？揾冇到nano……

细妹：何凤娇，我明白，你要我学会自控，ok，我限自己一天最多听半小时，两天都冇带nano返学校……

凤娇：自己好好揾！

细妹认定nano被凤娇没收，开始想收藏在哪。小时候自己太爱吃巧克力，凤娇就把巧克力放在谁也不会翻找的储物室。她跳起来，翻了一遍里头的几个箱柜，没找到nano却翻出一条灰色、一条蓝色的老围巾，她比画着脑子一闪……

这晚，凤娇临睡前看书，细妹突然进屋，声音连带眼睛鼻子眉毛都散发着不共戴天的阴冷：好，我原谅你了，给个机会你，明天放在我的桌子上……你唔拿出来，会后悔的！

凤娇愣了片刻，终究按捺住要窜出脑门的怒火，再慢慢抬头，细妹已经毫无商量地转身而去。

凤娇心想，真不是一般的叛逆！有多大的事？就一部nano竟然闹成这个样子？她还是压抑自己的怒火，一夜都在想如何和细妹好好说，第二天特别上西饼店买了细妹最爱吃的芝士慕斯蛋糕。

凤娇尽力让脸上露出如沐春风的笑，手里拎着芝士慕斯蛋糕，并准备首先张开双手和细妹来一个海抱。

生活就是这样莫名其妙，最好的预设迎来了最糟糕的结果。

一进屋，迎上了凤娇妈的满脸愁云，细妹收拾了几套冬衣，饭也不吃就走了，借住在儿童公园附近租房的同学住处，临走时说，不还她nano就不回家。

凤娇妈不淡定了：样边好？

凤娇立即拿起手机拨通了班主任的电话，身边的杨定国一下按住了。

凤娇：一点道理都不讲！

杨定国：让她冷几天，我们也冷几天。

……很长时间没进入女儿卧室的杨定国，坐在细妹的书桌前，看着那些凌乱摆在桌面的深中作业本，这些作业本都印刷着深中字样，有好几本崭新无皱褶连一个字都没有。有一本写着一段一段的字，每一段开头都有年月日，上交的作业或是她自己的日记，难于判断。

他第一次翻看女儿的作业或日记。

2012年3月5日

存在

刚刚看到我们的作文话题为"存在"的时候，我真吓了一跳，清楚地知道我不能驾驭这话题。是的，这话题太难以掌握了，谈论存在就像身在庐山中看庐山一样困难。

这是个不折不扣的哲学问题，且困扰了人类千百年的问题：存在从何而来？抑或为什么在者在而无反倒不在？这样的问题真的使人头痛并且心痛，永远也说不完说不清，也无法知道正确答案——有人说答案在上帝那里。

也有人尝试告诉我们答案，光是海德格尔的《存在与时间》就是厚厚的一大本，可也并未说完，况且还有萨特的《存在与虚无》，真是一个让人难以呼吸的话题。我深知自己无能，也同情那张作文纸，担心它无法承受这话题的重量。

外面的世界阳光灿烂，鸟语花香，我却坐在昏暗的房间里思考着，咬着笔尖想老师的作文题，甚至有一种云里飘忽的眩晕感觉，茫然不知道存在指的是什么。

我终于放下笔，走到泻满花香与鸟叫的阳台上，从窒息的感觉中走出来——伏在栏杆上，把头埋在臂弯里。这样能使我舒服些，什么也听不见，可是……我突然听到一个声音似远方又似近处传来，微弱的，但也强劲有力的，它清晰，是心跳声。我仔细地聆听，仿佛聆听天籁之音。

我感觉到了，我的存在。是的，这就是存在。

我睁开眼，以全新的眼光看这个世界：我是存在，那朵微微绽放的玫瑰也是存在，那只可恶的正停留在栏杆上搓手搓脚的苍蝇同样是存在……整个地球是存在，整个宇宙更是一个存在。存在竟是如此简单，更是那么美丽。我发现自己是何等愚昧，竟然想以肉身看清存在，而其实当你存在时，存在自会告诉你什么是存在……我们即是存在，存在即是我们。

人会死去，我会害怕，害怕太叔公、怕外公外婆还有北方的爷爷奶奶会死去。我偷偷想，但不敢问外婆，也不敢问外公。

我八十六岁的太叔公，他那皱褶的皮肤和衰老的面容，看着他，有时候会突然跳出一种恐惧的感觉。我很想知道他对死亡有什么感觉，可为什么难于出口？死确是一个敏感的问题。

我常常会出神地望着他，藏起自己的问题。

有一天，我说起自己很怕死，他呵呵笑问我这个世界上死的人多还是活着的人多，我想说活着的人多却好像不太对。

他说死去的人比活着的人多得多，千年万年，不知道死了多少人，活着，不过为了先头死去的祖先活着；他死了，有外公外婆等为他活着的人，所以他一点也不害怕，就好像睡觉一样，人人都会睡觉。那一年他突然晕倒，醒来已经在医院里，他自己的大哥也是中风就没有醒过来的，可他醒来了，在医院里一点也不知道自己被抢救的过程。

太叔公说，他晕倒如果不醒来就是死了，他一点也不感到难受，回想起来还觉得很舒服。

死了，有活着的人代替他活着。

活着，并不是自己活着，是代表死去的人活着，每一天都有谁和谁死了，你能说这存在不在了吗？

我活着，代表存在着。

2012年3月12日

生命需要痛

小时候，记得有一次妈妈举着鸡毛掸子张牙舞爪威胁着要打我，我笑嘻嘻说不痛的！我知道她只是吓唬我，不过也希望自己是个感觉不到痛的人，那就永远也不怕打。

记不清什么时候，在哪一本书上看到有这样一个人：没有痛觉能力。

因为吃惊所以一直记得，生来就缺乏痛觉能力的人寿命短于正常人一半。当时，我无法理解，心里还是想无痛无觉是最好的。

直到今天我还想象，看着自己的血从指尖淌流出也没有感觉，或是被人拳打脚踢如无事一般。血流干了，人死了，却永远不知痛，明明受着伤害却一无所知，也无法得知痛苦，这是一件好事情？

许多人都像我一样，希望一个没有痛的人生。我们总会不自觉地避痛，逃避，然而没有痛点的人生，一天到晚都享受快乐的人生，真的是一个美丽的人生吗？

如果没有痛楚，我们只会在一条不断伤害自己的路上兴奋地前行，直到血流尽或是力尽而亡。

在人生的道路上，我们常常会犯自己不知道的错误，这就像失去痛感一样，不知道自己正在伤害自己。浑然不

觉地流着血，在不断的错误中自我陶醉，直到终点而无法
止步。

我们要痛楚，因为有错的时候，我们需要有人来喊醒
我们，醒觉了才会痛，才会知悟。痛过才重新调整方向，
再度急行。

一个杰出的人，就在于我们与生俱来的感痛能力，感
受痛并快乐。

这两篇小小的日记，杨定国看了七八遍，他告诉凤
娇，细妹在想我们没有想的问题，他会找细妹谈谈。

这一周里，细妹和小月每晚都一起在学校晚自习，最
惬意的是一路往校外住处走的时刻。那一片在市区已经是
极其少见的平房区，幽静且不见车水马龙，行人道的栏杆
外就是儿童公园。格外温和的奶黄灯光下，三三两两的高
中生几乎都像她和小月一样彻底松散了，散散漫漫或在单
行的车行道勾肩搭背嬉笑怒骂，或在人行道并排而行说着
说不完的悄悄话。

这套一厅三房是三个女孩子AA制合租，细妹说好了
会付一点租金，就睡在小月三个同学共用客厅的沙发上，
肯定不如家好。最最不习惯的是，每天临睡前小月必须和
妈妈通一轮电话，她们是潮州人，说话叽里咕噜好像泰国
人，每一次小月总是提高声调反复说几遍"迈担老"，说

得太多了，连细妹都记住了这"迈担老"，很好奇到底是什么。小月一笑说是"不要说"的意思，她们都发现了共同的秘密，不一样的妈妈却同样这不准那不准，实在是一群变态妈。

不过，这些天被小月妈妈的例行电话弄得细妹挺想念家里的床。

凤娇妈来过好几趟，趟趟都带着在家炖的汤水。她心痛地叹气，一边叹气一边抚着细妹的背，说来说去都是两句客家话，一句"转屋卡"（回家），另一句"两子嫀（母女俩）有隔夜仇"，这令小月捂着嘴巴笑。

没两天，小月的口头禅就变成了客语"转屋卡"和"两子嫀"，细妹的口头禅也成了潮语"冷内（回家）"和"迈担老"……

细妹心里有一点盼望，她拉黑了凤娇的微信，心里想着如果她打来电话，一定要毫不犹疑地挂断，不过这个电话却一直没有来，她好像盼望着什么却也说不清楚。

直到接到父亲电话，她才知道说不清楚的是什么。

一家星巴克咖啡厅，杨定国承诺和女儿喝咖啡的地方。

那时候她听同学说过一杯什么咖啡的价钱几十元，很好奇这是什么滋味的咖啡。直到她已经偷偷和小月及马启明尝试过这种滋味，已经想不起父亲的承诺时，父亲才约她在咖啡店见面，并准确提及星巴克开张那天的承诺，她故意说好贵的！爸爸说他买单，语气中隐藏的少许愧疚让她感触到一丝隐隐的痛，可又带着一点暖暖的痛，诺言还是诺言，不管有多迟到……

杨定国首次进入这种喝一杯咖啡几十元的地方，在一张手绘咖啡世界地图面前停下片刻，在一面悬挂着星巴克经典logo马克杯的墙前再次停下片刻。

一圈围着吧台的高座椅，一列临窗的舒适沙发座，星巴克里头很静，外面看不见里面，里面却可以看见外面，世界隔在一层茶色玻璃之外。

他们似乎没有商量就走到那列临窗位置的最末端，这样可以与别的客人距离更远，这一个边角很安静，是说话的好地方。

他们点了现场烘焗的意式牛肉千层面，还有美味奶油蘑菇汤。这是细妹点的，她知道父亲不喜欢咖啡的味道，劝爸爸最起码要尝尝意大利的味道。

他们看似毫无目的地说着话，说了许多，就是没有说最想说的那个人，似乎这是他们留在最后的甜品。

杨定国拿出了一封信，凤娇写给女儿——

芊羽：

你说得很对，我已经进入了更年期，期盼和焦虑还有身体的不适伴随着我，也许你现在还不能理解，也许当你也成了我这样的年纪才会明白……

心里的所有温情有时候会走样，会变形，就像这些日子，我总想靠近你，可是越靠近距离越远，从你以为我偷了你的"nano"开始。或许更早，从我急迫地希望阻止你的一些小事情，我眼里的不良习惯开始，其实从你的脸上，从你不停耸动的鼻子表示对我的不满和怨恨，我心里都知道，也想和你好好说话……

从你的角度，你生气，我为什么要干涉你，不给你自由，一杯珍珠奶茶都要管。

从我的角度，看到你乱吃东西，我会想起"非典"，看到你迷上nano……我怕你上不了大学。

真希望我们都冷静下来，我们不要指责对方，能够互相理解吗？只要有这样的共识，许多矛盾都会化为乌有。

芊羽，我永远也不愿意对自己的孩子撒谎，这就是刻骨的母爱，请相信我。

妈妈

细妹把信推回爸爸的面前。

杨定国：她不会偷你的nano。

细妹：我要她知道痛！她经常冤枉我！

杨定国：她昨晚失眠了……爬起来写这封信，改了写，写了改。

231

细妹：哼！

杨定国：为什么你不相信她？被人委屈的滋味不痛吗？

后来，父女俩还说了什么，没有人知道。

说着说着，细妹突然起身和父亲对调了位置，这样星巴克的其他客人就只能看见她的后背和后脑勺，因为她的泪水止不住了，她不让他人看到自己泪水滚落的模样，很丑。

杨定国默默无言地喝咖啡。

父女俩一起回家，回到细妹的卧室，杨定国让细妹重新翻找。

结果，拉出书桌的全部抽屉，小小的nano竟然安安静静躺在抽屉最下层的底板里。

细妹突然想起，她把nano放在第二层抽屉，很满很挤差点关不上门，她一急硬是推进去了。

…………

很快，细妹被调到了前排的位置，马启明和李小月依旧在后排，太爱说话的三人组终于有所收敛。

深中每年都举办各种创意比赛。

这次小月和马启明上台表演一个很简单的哑剧，他们两个连头带眼睛包裹着围巾，那是细妹从杂物室翻出来的蓝色和灰色旧围巾，他们相隔几米却互相看不见，手里都拿着一个大篮球，听到哨声就凭感觉推球，力图球在途中相遇。可如此大的球竟然感觉不上，数次不遇，他们最后摘了围巾，眼睛对着眼睛，一次推球便成功相遇。

哑剧是细妹的创意，这小小的哑剧并没能得奖，小月嘀咕"用废旧报纸糊成衣服走秀"凭什么得金奖？马启明却说他们的意蕴太深刻，评委读不懂他们。细妹鼻子一耸，本来就没有想过得什么奖，你装什么深刻，懂又如何不懂又如何？小月嚷嚷细妹"傻"，金奖有几千元喔，马启明说细妹才是"装"，三人三种声音，吵来吵去谁也没有说服谁。

高中的最后冲刺阶段，大家都很紧张，他们不属于拔尖的百分之五，也不属于最后的百分之五，也许还有一个月就高考了，他们似乎断绝了来往。

这天，细妹和李小月在走廊碰上，突然心血来潮，逃课了。一群逃课的人在篮球场玩投篮，玩得尽兴之时，谁一声惊呼"老师来了"……

细妹实在敏捷，几秒之间飞越过围栏，跑了一小段路才发现李小月没跟上来，回头一看，有点胖的小月卡在栏杆上，上不来下不去，急得手舞足蹈。而老师也没有来，那个谎报军情的人正是马启明，他抄着手立在球场边微笑。

他们三人的视线在空中交集，倏然放怀大笑。

第四章

解放路深圳湾灯光秀

深圳湾公园风光（殷秀明/摄）

一、扶贫

2014年，细妹上大学了。

这一年凤娇爸78岁，六叔公89岁，家里老人中最年轻的凤娇妈也70岁了。

早两年，凤娇妈用微信的时候，凤娇爸和六叔公都很不理解赶时髦的凤娇妈。

凤娇爸：屋企有座机，出街有手机，使乜介（干吗用）微信？

凤娇妈眯眯笑：好方便！

凤娇爸摇头：脱裤打屁，多余！

有一天，六叔公的手机不慎和衣服一起丢进了洗衣机，结果报废了。恰好凤娇爸想换手机，他的手机太老了，动不动就死机或自动重启。他们一起去深南东路那家最老的电信营业厅，拿出旧手机想换同款的华为手机，很为难的促销员带他们在手机展区走了一圈，他们的老款式早被淘汰了。凤娇爸一看比老手机配置高许多的比当时老手机价格还低，心动了。他们不傻，嘀咕了一阵，一不做二不休换成智能手机了。

营业厅人员给新手机安装微信功能，凤娇爸摆手说

不要，人家说免费的，试一试，不喜欢可以删掉。可以删
掉？对的，那就要吧。

凤娇爸当日打开手机，叮叮一响就有人要加他为微信
好友，他好奇了，先是自己相熟的医生，接着是两年不见
的中学同学，有点怪有点神奇，本是琢磨删除微信，指头
自己雀跃一点通过了好友！这下微信不客气了，大大方方
闯进了凤娇爸的生活……他一天两天泡在上头，竟然比凤
娇妈更来劲，亲自组了几个群，何家群、中学同学群、工
友群……自然，六叔公也就进入了何家群。

六叔公也玩上了微信，有老友来电话，聊着聊着就问
人有没有微信。没有就怂恿人家换智能手机，去外国旅游
同家里通话都免费，还真人对话。

一旁的凤娇爸纠正：视频通话。

这微信如何虏获了他们？没搞明白，总之2014年的他
们成了热情和坚定的微信拥趸。

这年细妹的高考成绩上了一本。

凤娇正琢磨如何说服细妹报金融或医科时，细妹
丢出顶心顶肺的一句：你唔好叫我报金融亦唔好叫我报
医科……

细妹的高中三年，她和凤娇历经青春期和更年期的磨
磨合合，总算平稳过渡到今天。

曾经火气烧上头的细妹，抬眼看到气得发抖的妈妈一
缕虚弱落在鬓边的白头发，突然放软了，做个鬼脸说自己

开玩笑而已。

就像此刻，她看到妈妈呆鸡的一刻，突然夸张地咧嘴一笑：我好想听听阿妈意见喔。

凤娇珍惜来之不易的和平，轻轻问：你想报乜嘢大学？

凤娇妈却抢先说：深大几好，听讲风景好宿舍靓，四个人一间房，有洗衣房，至紧要近屋企（最重要离家近）……

凤娇爸一笑：读书几远都冇问题啦，今时冇同往日，有微信日日通话日日视频都得啦！

凤娇妈：视频得个（只能）你眼望我眼，深大有大巴有地铁直达，学校伙食冇屋企好，我一煲老火汤或者吃大餐就叫细妹返来……

细妹真填报了二本的深圳大学文学院汉语言文学专业，因为凤娇妈这个理由？不一定。

她偷眼瞥到凤娇眼里走出的一线疑惑，便一手搭在妈妈的肩膀上：你话比我自己做主啵！马化腾都系深大毕业啫……

录取通知书到达的这天，最高兴的是凤娇妈，祖孙俩唠叨了一个夜晚，说的都是旧日凤娇发梦都想读大学的事，还叮嘱细妹的头等大事：睇到合眼缘后生仔就唔好错过，错过就冇得捡，比人捡晒（挑完），剩低（剩下）自己就变成"箩底橙"。

70岁的凤娇妈还掏出自己的手机,她的老友群正在交流后生们的婚姻大事,说的就是"千捡万捡唔好捡个烂灯盏"。

细妹乐呵呵地点头,凤娇妈以为她听入耳了。其实,细妹心里偷着乐,很想告诉凤娇妈一个秘密,自己的爸妈可不这样想,他们说报什么学校和专业自己定,可大学期间要专心学业不要谈恋爱!听谁不听谁?肯定都没进细妹的脑子。

2014年,完成五年医大学业的熙熙,如愿受聘毕业前投报简历的深圳市F区疾病预防控制中心。第二年,熙熙请缨赴河源省定贫困村精准扶贫,驻任二一村扶贫工作队队长,一晃就是两年多,也就是2018年。

2018年1月,深圳把"二线关"的名字也去了,永远成了历史……

2018年,细妹大学毕业,毕业后就业还是读研?她选择了Gap Year(间隔年),选择什么不一样的体验?她琢磨再琢磨,这天她在微信问哥哥熙熙"去西藏还是去欧洲好"。

熙熙在微信一连打出三遍:来二一村!

她也打出三遍:Why?

熙熙也打出:你不是说要不可复制的人生?一窝蜂去西藏去欧洲就不独特了,二一村绝对妙,认识自己接纳自己最好的Gap!没有之一!

她又打了三遍：Why？

熙熙打出：我2年多的收获相当于或更胜于大学的5年，一个真实的世界不容许纸上谈兵，悟出的不是读几本书就能够悟出的道理。这是我的第一手人生体验……

细妹打出了惊讶的符号和粗体字"第一手"。

熙熙接着用语音说了一段"不过……唔好以为是来吃农家菜"。

细妹从哥哥的"不过"里听到了丝丝轻蔑，立马被"不过"打击了，内心涌动出一股不能被哥哥看轻看扁的情绪。

而且，这个贫困村子的古怪名字反复敲打着她的脑壳。二一村，连村名的笔画都如此贫乏，从没听过这种村名，这让她想起鲁迅作品里"九斤"这人名，"九斤"乃孩子生下来用秤称轻重，斤数便成小名。

细妹也用语音：喂，二一村穷到乜嘢程度先叫"二一"？哦，我去住几日，有冇热水冲凉……

细妹迅速在网络地图上搜索凸镇二一村，一无所获。已经没有更穷的？没房子？没收入？或者忧虑满满，吃不好饭睡不好觉，做每一件事情都无法安心？还是觉得活够了，得了忧虑症，人如行尸走肉，唯一的念想就是死去……

毫无所知的二一村，却被她自己堆满了想象中的定义。

细妹转而搜索哥哥的名字"何熙"，这下跳出一串"何熙"也连带着二一村的新闻。

哥哥成了人物，修河道开茶道改善了二一村的贫困面貌，二一村被定为广东省乡村卫生站的示范点。

他的工作队被河源市授予"2016—2018年精准扶贫精准脱贫突出贡献工作队"称号；他本人被评为"广东省2016—2018年精准扶贫精准脱贫突出贡献先进个人"。

…………

开往河源的长途汽车一下高速路就放慢了车速，一路都在扩修，两车道扩成四车道或六车道，迎面闪烁着缓行灯和大肚子的混凝土工程车，车减速至龟行如波浪中的慢船。这正合细妹的心意，一览路边错落有致的楼房或远山，琢磨那缓缓而去的河是不是东江河。

车里的人大多昏昏欲睡，车前悬挂的电视屏幕播放着不知名的电影，大概司机也觉得这样的电影不会有人看，所以声音也调至静音。

终于，车速加快，掠过一片一片枝叶茂盛的樟树林或桉树林，连绵不断的远山越靠越近；那些点缀在野草波浪中的墨点点靠近了，原来是一群黄牛；荒地的上空盘旋着一只慢悠悠的展翅大鸟，是老鹰吗？

到了，她的直觉得到证实。

车子果真停在一个简陋的水泥站牌旁，上头写着两个粗糙的大字"凸镇"，她看到大字的一刻也看到了哥哥和他身边的车……车边有个四五十岁的妇女正在往车尾箱堆东西，果秧、菜秧、牛绳、牛鼻圈和一堆快递纸箱。

妇女笑着帮细妹把行李箱提上去。

突然，冲过来一个火急火燎一颠一簸、戴着草帽挑着空箩筐的跛脚瘦小男人，一到车跟前就脱下草帽，把箩筐里的百香果全部塞进帽子捧给细妹，还大大咧咧满口夹带客家话的普通话，说不是卖剩的。他挑出最香甜的给何队长"老妹"，城市冇咁样（没这样）新鲜的百香果。

穿过整个凸镇，车子用了两三分钟，这个镇其实就是一只大肚瓶，圩市就是这只瓶。圩市上午就散了，瓶子空空除了肉档馊味和"三鸟"档粪味，就是一地来不及清扫的烂菜叶、乱麻草和大小纸屑，还有一个戴着客家凉帽清扫的妇人。

车子进山了，跛子能说会道，那妇女笑他是二一村的"赵本山"。果然，一路上从他的腿得过小儿麻痹症说到种百香果，说自己到深圳打过三年工，在山坳里偷偷养猪，每天拉一车城里酒楼的剩饭菜，最远去过龙岗老板住的住宅区32层楼下，给老板送刚杀的半边猪。后来被发现了，三个打工仔跑了两个，抓了他这个跛脚佬，要罚款。他说钱没有，老板还欠自己几个月工钱，罚一条腿好不好，反正都是跛的，说着他挽起裤腿让民警们看他的残腿，结果不但放了他，还给他发了回家的路费。他说到何队长，称队长人好，好讲话，会思量人，连带骂那养猪老板"哥么绝代"和"剁杀"；上个月又叫他养鸡，他叫老板自己去"养畲箕"……

说着笑着，车子进入蜿蜒起伏狭窄得只能通过一车的山道，且三五分钟就一个180度急拐弯，一边峭壁一边深谷。车子没开空调，惊怵的山风劈入半开的车窗，咋咋呼呼打在人脸上，微微的刺痛和一个接一个S形状的诡异弯道互相召唤，车子在峭壁和深谷之间颠簸摇摆，细妹的眼睛死死盯着车前……一个急转许是碰上了山崖掉落的石头，突如其来的一下蹦起和抛离，细妹硬把一声喊叫按在齿缝后，可见她的牙关咬得多紧实。

可猝不及防的下半秒，她的脑袋撞到车门框，歪斜的瞬间，不说失声惊叫连一颗心都彻底抛出去了，坠落山谷的恐慌令她汗毛直竖并闭上了眼睛！

车子稳了。

她怯怯地恳求哥哥：开慢点！

后座的村民丝毫不惊，女村民的手再次伸过前座拍打细妹的肩膀，用那种一听就知道是客家人的普通话说：阿妹，冇有怕（别怕）……

细妹硬是摇着头表示自己不怕，此时，最气愤的是哥哥竟咧嘴一笑，还装出一脸懵懂和不解的样子，当着两个陌生人的面说她小时候坐过山车，冲上来冲下去，坐一次又一次还不肯下来，拐这几个小弯就和过山车一样嘛，叫得好似杀猪一样……

车上要是没有别人，她会像在家里那样瞪眼大叫：不一样，就不一样，完全不一样……

这样上山下山，一山过一山，终于赶在太阳下山前来到二一村。

一到哥哥住地，她吃了一惊，这就是哥哥发在家族群的图片？一片郁郁葱葱裹着的那座瓦顶土房？令她想象每一天鸟语花香的世外桃源。

是这个山窝。

眼前真真切切的泥砖屋，残旧不堪的下半墙青苔石块和上半墙土黄泥砖，无任何涂抹批荡的"裸"，石缝隙还挤出几株弱塌塌的线草，泥砖凹凸表层布满怪异的针孔小洞。

她一脚踏入院门外还算干净的小道，滑溜溜的绿苔却令她打了个趔趄，刚稳住脚步就看到屋檐下的蜘蛛网，一只硕大的长腿蜘蛛令她立即联想起"黑寡妇"的残忍故事……

打开院门，一条黑狗、一条白狗欢叫着围着哥哥的脚边，用力摇动尾巴。

哥哥变魔术似的拿着一个喂鸡糠饭的桶，还"咯咯咯"叫着打开后院的铁网篱笆门，一群鸡争先恐后咯咯咯叫着奔到他们脚下。冲进鼻孔的臭味令细妹低头一看，一坨浓浓的茸鸡屎被自己踩瘪了，恶心至极！她差点吐的这刻，鸡们欢天喜地啄食……哥哥笑吟吟让细妹看鸡窝里的五六个鸡蛋，说自己每天起码吃一只自己的蛋。

细妹故意揪着哥哥的口误：你下的？我敢吃？

熙熙一阵摇头，打嘴皮子仗，他从来都是细妹的手下败将……

细妹收拾好自己的床铺，特意在屋子各处检察官一样巡视了一圈。

不想哥哥竟然弄好了饭菜，哥哥在家里大都是伸手派，最多就是煮一碗"公仔面"，如今竟弄出两菜一汤。第一次尝试哥哥的厨艺，她心里的气自然下去大半，不过一张嘴还是居高临下发点评。

厨艺麻麻（一般），外婆先煎好荷包蛋再烧汤放番茄，汤就同牛奶一样，好睇好味道……

熙熙很老实地点头。

细妹大四那年在报社当了大半年实习记者，吃着吃着吃出了采访的习惯。

扶贫队都住得咁差（这么差）？连食堂都冇？

有的队住村委有食堂，不过，冇亦有冇的妙处，逼自己做饭，想吃乜嘢做乜嘢……

呵呵，扶贫工作队队长，你有几个兵？

深圳队，就我一个孤头佬……

细妹一阵唏嘘：惨！

几好。

你一个人住？

河源亦有一个扶贫干部，屋企有急事休假了。

二一村，好古怪，地图上都揾唔到？

哈哈，可能原来属凹镇，后来凹镇和凸镇合并为凸镇，也可能二一村离镇有十几公里，全镇有6个省定的贫困村，二一村最边远……

细妹来前就要哥哥保证有热水洗澡，哥哥说没问题。她刚才在屋里走了一圈，确定屋里不但通自来水还安装了热水器。她噗嗤一笑，揶揄哥哥"旧房装新酒"……

说着，细妹不知不觉切换成普通话，好像这真是采访现场。

二一村各村各户都通上自来水？如何做到？

我来的那年，各家各户打井抽水自供自给。我就筹划全村集中供水，引山泉和山溪水，安装管道，几个月前自来水通各家各户了。

你怎么想到在二一村建卫生站？

我是学流行病学专业的，职业敏感性，一来就带着简单的医疗设备，为二一村设立临时卫生站，但从专业的角度要有长期考虑，村里的老幼病残要有所养有所医有所乐，我想要建立规范的卫生站并配村医，建立健康档案等。

村卫生站有多大？多少医生护士？

建筑面积120平方米，广东示范村卫生站的面积，诊室、药房、观察室、治疗室、公卫室设置齐全。没设护士及其他人员，诊疗开药和输液就一个乡医包打天下。乡医业务由镇卫生院和县卫健局管理，二一村请了经过卫校培训的乡医，他平时靠看病挣收入，还有县发的乡医补助。

什么叫公卫室？

公共卫生，如健康档案、打预防针、慢性病管理等。

细妹停顿了，还有什么问题？她在想。

哥哥说出了她想说的：我找时间带你看看。

说到熙熙回深圳的日子，明年立春会有新的驻村工作队长进村，他会帮带一两个月再离开……

兄妹俩吃着说着就很温暖了，饭吃完了，细妹也恢复了元气，不再评头论足和刨根问底，还说老屋有点老但米饭好软绵好吃，鸡蛋也很香……

天黑了，上床睡觉，细妹不像往日一张煎饼翻来覆去睡不了，车途奔波大半天的累，洗了一个山泉热水澡的舒服，累和舒服的奇妙结合，一倒头就呼呼入睡了。

漆黑一片适合做一个好梦，被惊醒时她真以为是梦，听到用力拍打门和急迫的喊叫：何队长！

细妹搞不清楚梦里梦外，纳闷"何队长"是谁。直到哥哥和几个男女在讨论什么，还有女人呜咽着求何队长救救二嫂……细妹立即醒觉不是梦，她一骨碌爬起，出房门碰到拿着车钥匙往外走的哥哥，要立即送村里一个难产的孕妇去县城医院……

车轮子远去的声音带走一切了，天还是本来的天，只是在这样的空寂时刻，才知道天如何黑，一种睁开眼却不知道眼睛睁着，闭着眼也感到心上沉甸甸的黑。心里先是钻出一点怕，她似乎想阻止，爬起来开了灯又钻回蚊帐里，不料想亮晃晃之下也还是黑，这黑不是别的，是她心中疯狂生长的一茬茬害怕。

空寂中的远处，响起闷闷的雷声。

她眼睁睁不知道熬了多久，依旧无法入睡，去厨间喝杯水，厨间灯亮的第一眼，几十只大大小小的甲由俯身灶台案板墙壁以及竖起的砧板上，它们正在开嘉年华大会……惊愕中，忽然有一只展翅呼呼扑来，她慌不择路，一甩手连杯子也扔了，幸好是塑料杯子，没有落地开花。

小小的甲由天马行空，吓得体积比它大千万倍的细妹东闪西躲呼呼大叫，难怪它有个别名叫"小强"。

末了，"小强"悠悠落在她的小腿上。

一如开水烫脚，她跳着跺着就是要甩掉这黑色的"口香糖"，除了惊呼就是手脚一阵乱舞乱跺，惊慌失措的心也狂跳着要飙出来助阵。退无可退，怕到了极限，不知道如何是好的右手竟然"狗急跳墙"，勇猛得连她也不认识自己的手如何挥起落下，直到"小强"落地急窜，她才醒悟一脚踩去，结局了。

她长这么大，首次把一只蟑螂踩在脚下……奇怪，心里储满的惊恐悄悄画了句号。

天边突然电闪雷鸣，狗吠声大作，她看了看时钟，已近第二天的黎明，天更黑，接着下了一场大暴雨，天还是那一个天，夜晚还是那一个夜晚，她睡了。

这场雨从黎明下到了中午，也就是哥哥回来的这刻，她煮好了饭。

吃饭时，哥哥疲惫而高兴地说，难产的孕妇幸运地生下了一对双胞胎。

她也忍不住告诉哥哥，那是自己有生以来战胜的第一只蟑螂。

哥哥差点把一口饭喷了出来。

她瞪着哥哥：这是我人生最艰难的时刻。

哥哥沉吟：以后一定会遇到更多这样的艰难。

第三天，雨稀稀落落，哥哥开车领细妹兜了一圈……

他说往年村里几乎一下大雨，溪水就漫过水田和低洼农户，农作物和家庭财物都会受损。

细妹摇下车窗，不知道那一畦一畦似镜子样波光闪烁的是什么，也不知道露出水面足足有五六厘米高的是什么"草"，微风细雨润物，碧翠嫩绿养人，举目烟火人间，抬头蓬莱仙境。她不觉哼着一首想不起名字的曲调，哼着想着，词也忆起了——

长亭外，古道边，芳草碧连天。晚风拂柳笛声残，夕阳山外山。

天之涯，地之角，知交半零落。一壶浊酒尽余欢，今宵别梦寒。

长亭外，古道边，芳草碧连天。问君此去几时来，来时莫徘徊。

……

中文系的学生哪有不知道这曲这词的？李叔同的《送别》，有人说这是李叔同弃世出家的"前奏曲"。

细妹哼不出别离哀伤的味儿，越哼越有种仙境落在人间的乐，她还指着那一汪汪水和草：乜嘢草？好靓！

熙熙笑了：草？刚莳完田的晚造秧苗……

细妹惊诧：稻谷？米？

熙熙：哼哼，哦，城市妹！好香好吃的饭就是你的草……哈！今年好收成，早造刚割完禾。

细妹闭着眼都能看出哥哥毫不掩饰的嘲讽：讽刺我？你刚来的时候……

熙熙一下子好像按了个记忆的钮，说自己刚来的第一天也下了一场大雨，如今站脚的低洼地和前面这莳好的晚造田，都淹了，水有一米多深……村民们一脸惘然毫无表情，年年都看天吃饭，已经不会哭了。

"水利是农业的命脉。"这话从熙熙嘴里出来，干巴巴的真没有多少诗意。可他说起这些的时候却满脸"诗"

一样的笑容，陶醉在自己让村民领着去看河道的过程：如何发现多年淤泥厚积还堵塞大量树木、竹枝、杂草；如何申请扶贫治理拨款；如何组织各小村包干清淤。第二年的6月，河源地区连场暴雨，多县发生重大水灾，二一村因河道通畅化险为夷⋯⋯

这一刻，细妹想起了熙熙说的第一手人生体验。

车子开往茶道黄牛场和百香果基地。

国家贫困标准是农村人均纯收入在2300元以下，广东的贫困线是人均年可支配收入低于4000元。一路上都是细妹的问题，比如全村多少户，如何扶贫，二一村申请了多少政府扶贫专项资金。

二一村有6个自然村，约500户1600人，熙熙说去年底，全村建档立卡的贫困户52户130人全部实现"八有一超"①目标，达到省脱贫标准。区政府到村的专项资金有400万元，省到村的贫困户产业帮扶金有80多万元，省新农村建设专项资金有1000多万元。协助熙熙开展扶贫的，除了河源派出一位扶贫干部，还有村委干部5人。

细妹在哥哥的脸上捕捉到过去没有的可又说不出是什么，类似"骄傲"但被掩饰的神态。

———————

①　"八有"即有稳固住房、有饮用水、有电用、有路通自然村、有义务教育保障、有医疗保障、有电视看、有收入来源或最低生活保障，"一超"即家庭人均纯收入超过国家扶贫标准。

道路硬底化和疏通河道的这些事都刻在村文化广场的石碑上。

细妹有点不以为然：切！不应该常态吗？还刻在碑上！

熙熙摇头：你太不了解……

细妹当然体验不出"村道破损、狭窄"，"田埂失修，大水一冲就坏了"，"没有路灯、没有休闲广场"，村集体收入低，无钱改造或修建村里公共设施的种种味道。

不过，沿路而上的百香果、高山油茶、散养鸡、散养猪和牛等，倒是让她开了眼界。"发挥二一村优势，开展特色产业帮扶，贫困户入股专业合作社养牛等项目"不再是碑上刻的文字，她想说哥哥厉害，可就是不肯冒出嘴。

哥哥说：全部28户在家有劳动力的贫困户均参与产业项目，参与率达100%。全村贫困户产业项目个数共64个，投入资金90.4万元。

这些数字看上去没有打动细妹。

…………

细妹还是按照计划几天后回深圳，准备欧洲旅行，闲着也是闲着，说自己义务帮哥哥干些事。

哥哥说那就帮忙计算村民百香果种植土地面积的相应补助。

这晚，她发现哥哥的模样有点古怪，拿着手机在屋子的四个角走来走去，一会自言自语一会记下什么，最后握拳说成功了。

哥哥发现种植百香果的村民，有些人为了获得更多补助，自报的面积数目远超实际数，补助款项不能虚报，该多少就多少，他下载了一个丈量土地面积的软件保证实报。

第二天，他们逐家核实种植地面积，细妹拿着一个写着各家自行报数字的小本子，哥哥拿着手机从这头走到那头大声报出数字，细妹记下数字，一致就打钩，有差别就用计算器算出和自报数的差别数。

村民们有说有笑围着记录数字的细妹。

她认出那坐哥哥车回村，给了自己一草帽百香果的瘦小村民"赵本山"，哦，大家喊他"石皮"。他不时脱下帽子用力扇风，又开始大大咧咧地说何队长人好，好讲话，天下第一好！他还跟着哥哥跑上跑下，一副鞍前马后的模样。

细妹偷眼看看哥哥，医院里那些一本正经的医生大多都这样笃定。

量到"石皮"的自家地，细妹看到哥哥的本子上记录的人名：林石仁。

细妹一下就算出差距，别的报大数者也就多三五分地，可这个"石皮"自报七八亩，哥哥丈量数仅三亩，足足多出四五亩。

"石皮"一路跟着哥哥走，上下嘴皮也动了一路，动的幅度也越来越大，哥哥始终不吭不气。

"石皮"看上去恼了，一瘸一拐丢下哥哥，跑到细妹前面指着自己的名字和哥哥核实的数字，一字一顿地说客家版本的普通话：加一亩……

细妹摇头：你多报了四五亩……

他一点也没有不好意思或者被揭穿的尴尬，一脸多报了四四五亩又咋的，好吧，就退一步：就加一亩。

细妹摇头：按手机测算……

他理直气壮，补助款也能像菜市场那样讲价：齐家退一步！

细妹被这气势压住了，没见过如此阵势的她急急向哥哥招手。

他更急，一根指头"笃笃笃"在小本子上戳来戳去，不管不顾夺过细妹的笔就在小本本上面改数字。

幸好何熙赶到了，一把抢过"石皮"的笔。

"石皮"眼一撑，瞪出牛般直憨的大眼，不再说结结巴巴的普通话，一口客家话比一梭射出的子弹更快更炸：国家出钱冇蚀底，冇使何队长自家拿半分钱，狂乜介（怕啥）？一亩有几多？就一滴仔嘛，加一滴仔都冇得？都冇得讲？国家都思量都扶贫涯（我），何队长做乜介冇滴思量偓（何队长干吗不体谅我）？

何熙举起手机晃了晃，客家话说得还流利：冇得讲！

人人都按手机测量……

"石皮"呼呼出气：冇得讲？

何熙用普通话笑着说：按我的手机算，走一圈就知道多大面积，公示出来，多少就是多少。

"石皮"上嘴皮和下嘴皮打了一阵子架，先骂何熙"乜介身世萝卜皮（客家话，大意是算老几）"，后一连串骂"铁算盘"，接着粗话大炮轰，祖宗十八代都敢骂，骂着骂着还四处看，指指这个指指那个，吆喝和他一起骂。

大多默不作声，情形僵持。

这时，急匆匆跑来一个上了年纪的婆婆，有几人想笑也赶紧捂住嘴巴。原来是"石皮"阿妈，她正在烧火做饭，一听说就拿着个吹火筒赶来揍"石皮"，不料"石皮"一看阿妈就指着何队长大叫：涯阿妈也姓何，一笔难写两只"何"，冇想到何队长文化"水冇平"……

有人噗嗤笑着更正：文化水平低！

他更气壮了：文化"水冇平"，人家一盆炭火好暖身，样边知一滴"火屎"都冇映到自家人（怎知一粒火炭星都照不到自己人）！

阿妈一边骂儿子"烂泥糊唔上壁"，一边用吹火筒抽打"石皮"的小腿，本来就瘸了一条腿，拼命跳脚的"石皮"嗷嗷叫，何熙赶来拿去阿婆的吹火筒。

阿婆没了吹火筒就一巴掌一巴掌往"石皮"身上劈，"石皮"好像一只气急的猴子跳个不停，跳着跳着突然气急败坏地哇哇叫，说自己一亩地也不加了，说自己才是文化"水右平"，说自己才是铁算盘……

"轰"的一声，众人不禁大笑。

何熙也笑了：涯就系铁算盘……

回到住处，细妹想了好一会才说：二一村的确有意思……嗯，你是被迫来的?

熙熙：当然，搞流行病学的人都知道乡村很重要，有呢个机会当然冇错过……的确，我是被迫来的，逼我的就是我自己……不过，"功成不必在我"。

这天夜晚，兄妹俩说了很多话。

第二天，说好就回深圳的细妹告诉哥哥，间隔年的上半年，她决定留在二一村，2019年立春时才和哥哥一起回深圳。

熙熙问为什么，她想了好一会儿，说也不知道为什么。

到底为了什么?满场跑的狗和树上喳喳叫的鸟?菜地里的虫子?不小心就会踩上的茸鸡屎?还是让自己惊奇了好几天的那群鸡?她发现哥哥养的鸡是世界上最幸福的鸡，鸡们特爱刨，刨出小虫，刨出一个能把自己藏进去的沙土坑，鸡就在里头磨着蹭着还忽而四脚八叉翻一个滚。

她关注上了那只公鸡，城里根本没公鸡，只有城里人爱吃的小母鸡，它们全蹲在菜市场鸡笼里，缩头缩脑，无精打采。

这只公鸡不是网络上看到的经过美颜处理的鸡，它霸气地站在树桩上直着脖子高叫，她也两手合成喇叭状，喔喔喔，人一声鸡一声。

细妹做出一副沉思的模样，她想什么了？

似乎什么都没有想，这里的黑夜就是黑，和城里不一样的黑，屋里和村里的每一盏灯都打开，也比不上城里的亮，窗外什么都不存在，实实在在就一个黑。纯粹的夜晚，空空荡荡的寂静中，土地时时会冒出一串"唧唧咕咕"的虫鸣，山野深处长长的几声怪叫和呼啸……

她老实说自己晚上有点怕黑，问哥哥，晚上是否怕黑？

熙熙笑着说：我学医的，乜嘢都见过……初来二一村有些少唔习惯（刚来有点不习惯），住几个月就冇怕了。

也许细妹想自己住几个月也不怕黑了？怕和不怕真只有发丝那点距离，心有即有心无即无，天地在心顿悟一瞬间。其实细妹还没琢磨出这些道道，或许就因为没找到，还在找，所以她留下了。

二、穷游

几个月后就是立春了。

细妹年初投递的香港读研申请，立春后就接到了录取通知，她按照计划返回深圳。余下的间隔年时间就是她筹划许久的"欧洲游"。

她和父亲从小就在阳台和客厅之间"二人走世界"，这茶杯掀起的"走世界"波涛直到2019年才有了她自己走世界的浪花。出生的第二年，凤娇给她买了"美满人生"保险，说好了细妹大学毕业后可以自主使用。三年一返的保险金已累计几万元，加上平日每年大约有2000元的利是钱，她的个人存款共有六七万元，她决定取出一半去欧洲自助游。

凤娇爸和六叔公都问：得唔得？钱够唔够？安全唔安全？

她笑笑：我有几个高中同学都去过欧洲……冇怕！

凤娇爸：注意安全，保证9月前赶回香港城大读研喔。

她点头：使乜讲（还用说）！

凤娇爸早年当印刷厂厂长时去过欧洲，说欧洲的酒店太昂贵，细妹的几万元怕冇够。

细妹故意学着凤娇爸的口气"冇怕，天跌落来当棉被盖"，还嘻嘻一笑说就是喜欢穷游，好多同学一毕业就去做"背包客"，住国际青年旅馆好便宜。

六叔公找出不知道放在抽屉多少年的200多美元，让细妹带在身上。

凤娇妈溜入细妹卧室，她一紧张就悄悄说客家话：妹仔人家……自家一只（个）人，有乜介事情样边好（怎么办）？

细妹心想自己都说了几遍和表姨雅文女儿雪莉一起去，有几个高中同学也在欧洲留学，外婆还唠叨"一只人"，她撒娇那样摇晃着外婆的肩膀：冇事！

突然，凤娇妈眼睛一亮，突发奇想自己和细妹一起去欧洲，还说跟国旅的团最安全。

细妹一听就甩手和扭头，连声说：跟团有乜嘢好？分分钟被人"赶鸭仔"……

凤娇妈满脸的皱纹开始打架，连嘴唇都包入上下齿之间，忧愁成一只咸橄榄了。

细妹调皮地伸手抹开外婆的脸皮，硬扯出一个"笑"：人家做得涯做乜介唔得？（客家话，别人行我为什么不行？）

可凤娇妈一思考又把嘴唇折叠起来了，好一会才说去外国"有乜介好撩（有啥好玩）"。

细妹搂着外婆去看自己电脑上的欧洲地图。

凤娇妈依旧摇头，说出国"鸡同鸭讲"。这算什么难题？不说细妹的英语已经过了六级，她的英语听力是从听nano开始的，自己还选修意大利语，而雪莉修的是法语。

细妹还说出凤娇妈常常说的"在家靠父母，出门靠朋友"。

凤娇妈叹气：外国，你有乜嘢朋友？

细妹说高中同学马启明在德国留学，还叫自己一定要去德国。

凤娇妈眼睛一亮知道这是谁了，几个孩子打打闹闹打进了女卫生间，太深刻了。后来，那高瘦白净的叫"豆芽"的男生和小月来过家里几回，还喜欢吃自己做的客家酿豆腐。

凤娇妈的脑子慢腾腾拐了一个大弯，笑眯眯地说：小月大学一毕业就结婚了，你呢？唉，千捡万捡……冇点声气？

细妹：婆婆！我冇捡！

凤娇妈：我睇，嗰个（那个）马乜嘢都几好……我记得好有礼貌，高中毕业几年了，去咗德国都挂住你，睇得出对你有意思……

细妹的眉头挤迫成两竖：好多同学都一样……

凤娇妈：你一定要去德国，不过，留完学就返中国。

细妹无话可说，不知道哪一处短路了。

凤娇妈嘟嘟哝哝，最后硬把腰包里早就备好的500美金塞给了细妹。

　　细妹和雪莉出发欧洲前早就计划好了。欧洲主要分拉丁（罗曼）、日耳曼和斯拉夫三大文化区，拉丁区，即法国、意大利、西班牙等罗曼语族国家；次选日耳曼区，即德国、荷兰、英国和北欧四国等日耳曼语族国家；再选斯拉夫区，即捷克、波兰、俄罗斯等斯拉夫语族国家。能去多少去多少。

　　不过她们想得最多的还是穷游的种种省钱方案。飞机提前预订便宜许多不说，最省钱的交通要算在淘宝网，购买一张几百欧元的"欧洲火车通票"，在规定的期限内多次往返，当然不能乘坐头等舱和高速列车。

　　吃呢？就吃最便宜的，超市和麦当劳有的是三文治和汉堡包。

　　两个背包女孩太有趣了，每晚的酒店将是她们最昂贵的支出。她们就在这最要命的支出上做文章，想象出如此天衣无缝的妙招：少住酒店，挑选列车到达目的地的时间为晚上，就睡在火车站，一个睡袋可以省了多少酒店的钱。听说火车站的小偷很多，没有关系，轮流睡觉。只是省钱有个致命短板，她们天天要"冲凉"绝对不能省，委屈一下，三天内两天或一天住酒店，能省一天就一天……绝妙，她们为自己击掌和点了无数赞。

　　意大利威尼斯为她们的最梦幻之地，一切都按计划行事，梦幻轻轻落地就把她们无与伦比的美妙想象粉碎了。

　　晚间如期到达这个世界闻名的亚得里亚海西北岸的水

城，她们在火车上几乎翻烂了地图，想着那118个小岛，那400多座桥梁连成一体，以舟相通的"百岛城""桥城"，兴奋得就好像过敏的荨麻疹不可抑制了。

她们在看中的候车室长椅上遇到了小小挫折，穿着制服的威尼斯火车站清洁大妈把她们请出去并关上了站门。

没有关系，车站大门外的地板很光滑，门楼外的灯光也亮着，不远也有几个背包客，她们摊开垫布和睡袋，细妹先睡上半夜，雪莉睡下半夜。

这是细妹有生以来最努力睡觉的一晚，激动的"荨麻疹"太汹涌了，她偷眼四看稀稀落落的"地板人"，心想这妙招不属于原创。幸好，同在威尼斯火车站门外，有灯有人还有威尼斯特有海味儿。这海味儿令她想深圳了，企望像深圳火车站等公共场所设有监控摄像头保护自己。她开始张望，希望找到"安全"的蛛丝马迹，找着想着也困着就闭上了眼睛，似乎要进入梦乡的时候，一个意大利人走过来和雪莉搭讪。

细妹累眼一瞅，亮了，是个帅哥，眼睛鼻子有点像尼奥（电影《黑客帝国》里的主角），雪莉也是尼奥迷，躺着的细妹和坐着的雪莉都来了小激动，威尼斯首日送来的"厚礼"。

"厚礼"说很重意大利口音的英语，一脸微笑地和雪莉聊七聊八。

细妹的脑袋离雪莉不到10厘米，不需要高超的偷听技巧就听得一清二楚，聊着聊着不对劲了，他直接进入那个敏感的话题。异性相吸不奇怪，可他的需求竟然是正常人想象不出的，细妹和雪莉不约而同都惊吓住了……天！这是什么情况。

雪莉礼貌已到达底线，小小的慌张在胸腔中折腾成愤怒，一如洪水奔袭前的势头。细妹故意在睡袋里翻了翻身体，让人知道她睡得很醒，若有特别情况会弹起大喊，不远处那一对情侣、靠近大门处的几个背包客应该不会袖手旁观。

雪莉拉上了嘴巴的闸门，沉默是金。

火车站门外，"厚礼"的脑袋好像点头鸡那般一会在左一会在右，不停地说服雪莉，脸部的微笑逐渐僵硬，他不耐烦了。

静静的两个女孩，躺着的一个也缓缓坐起。细妹那年跟凤娇爸学功夫，保证过不随便惹事，如今板直胸膛，准备出手时的第一招。

两女孩并肩，身上长出看不见却感觉到的刺猬之刺……"厚礼"呼哧呼哧的嘴巴冲出一句"粗话"，中指还竖了竖，可能自感狗咬龟无从下手，无趣离去了。

两个女孩大大松了好几口气，可这一晚也完了，想象中没有这份"厚礼"，她们再也不敢闭眼，互相靠在一起，除了火车站大门外的那盏灯还有手机陪伴着女孩，真想家了。细妹向所有家人报一切平安，雪莉用语音嗲嗲地把"厚礼"的事告诉了香港的男朋友……

天一亮就去找酒店，原本计划乘坐价格不菲的贡多拉小船的资金，替换为住酒店的钱了。

睡足了，两个女孩一身轻松在威尼斯主岛水道胡同之间散漫而行，一边各种各样的楼屋，一边独一无二的弯弯小河，迎面出现的桥、台阶和石化木桩，被如此柔软碧绿的水裹着泡着滋养着……

只有魔幻的贡多拉小船一点也不安静，月牙一样细长和两头高高翘起的身子顽皮地在水面蹦跶，还装出喝醉酒那样清醒地摇晃开了河道。

被贡多拉甩在后头的她们又想象了，坐上它们的感觉有多飘逸和如入仙境。唉，让一个粗鄙的"厚礼"粉碎了。

细妹一脸鄙夷：切，贡多拉都是金属和合成材料制作的，我钟意以前木制的贡多拉。

雪莉也鼻子一皱嘟嘟哝哝：好鬼贵（很贵）！贡多拉，好鬼识斩人（粤语，表示很会敲竹杠），斩你一颈血，坐船仔游船荷，香港大把啦！使乜嘢咁贵……

此时，远处贡多拉飘来的船夫之歌也一浮一沉，贡多拉和歌声逐波递进，海水有点迷幻有点哀痛地拍打着河道边的石化木桩，还打着小圈圈溅起几朵迷人的水珠碎花花。这些水飘着荡着游离着似乎倾尽了所有力气告诉你，它是一座迟早要沉没的城，不，不是迟早，是正在一点点消失。这一刻，两个女孩的内心涌出莫名其妙的怜悯和情愫，火车站的一晚不满实在不足挂齿了。

　　她们的脚步轻盈得好像踩在一张纸上，在无数的小广场和教堂之间闲逛，不记那些古怪的名字，只留下它们真实的样子，一叶一叶的贡多拉踢踏着河水的节拍，簇拥着穿插着从叹息桥（Ponte dei Sospiri）下通过。

　　细妹不理会那个传说，反正她还没一个爱她和她爱的人，不需要在夕阳下坐贡多拉通过叹息桥去保证永远的爱情。

　　雪莉羡慕那些通过的情侣，她特意拍下了图片传给男朋友，幻想着和他一起通过桥的美妙时刻。

　　沿着那个穿越威尼斯城的大S形河道和小水巷穿来穿去，她们也累了，静看窄窄的水道中一舟一舟不知疲累的贡多拉，唱着歌去寻找挤迫中的缝隙……

　　她们快乐得有点迷醉了。

　　这一站是巴黎，女孩们特地去看建于1163年到1345年间的巴黎圣母院，也就是已经不存在的它。"整个法兰西民族的灾难"发生在几个月前，2019年4月15日下午的一场大火烧毁了巴黎圣母院，报道说起于阁楼的火蔓延速度极快，从报告起火到火焰窜上房顶仅仅用了一两分钟时间……

　　巴黎圣母院就这样走了。

　　她们默哀一样竖立在远远的那一堆"焦黑"面前，新闻说修复至少需要8—10年，细妹却说一旦失去就是永远，修复的已经不是它了……

她们一起同行前往的地方还很多，下一站去哪？这里那里，她们在地图上指点着。

细妹绝对想不到半小时后，现实又再次粉碎了想象，还和"厚礼"有关。

…………

雪莉接了个国际长途，她一看号码知道是男朋友的就特意开了免提。

雪莉和细妹说过，雪莉男朋友的家算得上香港的体面人，有两家药店。他父母本来就不太满意雪莉的家庭，2008年金融风暴，雪莉的外公外婆烧炭自杀，放在哪里都是晦气。

不过男朋友是中六（香港中学六年级，相当于内地高三）就好上的，性格很"man"说一不二，很少迁就人。雪莉出游前，男朋友的父亲住院了，母亲希望雪莉去药店帮忙，可雪莉不愿意，机票都订好了。男朋友却站在雪莉的立场，说他妈妈人手不够可以请人，真懂得宠雪莉，一路上雪莉说了好几回，满脸幸福。

电话里轮番出现的声音，细妹从雪莉的脸色和语音推断是雪莉的男朋友和他母亲。

那把还算斯文的男声反复问威尼斯酒店很多，为什么偏偏睡火车站。

雪莉嘻嘻哈哈就一句"钟意"还是"钟意"，一副撒娇的模样，还说了一串巴黎的趣事。

电话里的人有点急了，打断她，重复问为什么要睡火车站的问题。

雪莉答非所问，俏皮地反问：都到巴黎了，一滴事都冇，有乜嘢好担心（啥事都没有，有啥好担心）？

电话奇怪地顿了顿，接着出现了好像香港电台那样的粤语女声，声音很刺耳，问雪莉是不是一个正经女仔。

雪莉脸色骤变，还被点了穴那样一动不动，也不敢吱声。

手机里的声音不大但尖刻：瞓火车站瞓街边，衰过做"鸡"（妓女），"鸡"至多企街边，都冇瞓街边（睡火车站睡大街，糟过妓女，妓女只是站大街，也不会睡大街）……

雪莉终于想到了一句：Aunt（阿姨）……

不想电话好像被毒蛇咬了一口，飙出一轮港骂，其中有"臭坑出臭草"还波及一起欧洲游的细妹。

雪莉哭了：Aunt……

男朋友的声音再次出现，也是斩钉截铁，让雪莉立即回港，不回港只有分手。

雪莉啜泣不停，对着话筒拼命摇头而无法言语。

一个小时后，雪莉镇静下来了说要立即回香港，问细妹是否一起回去。

细妹用力摇头。

三、独行

  细妹就这样开始了欧洲独自行……独行的日子再也没有睡火车站的计划了。

  欧洲的国际青年旅馆，男女混合是最便宜的，单一女孩子的较贵，很多时候选择混合型是因为别无选择。

  她一路走一路比较，自觉不自觉地和北京比。

  她曾在北京呆了足足一个寒假，住在舅舅昌生租住的四合院里，她问过学建筑的舅舅为什么不住高楼大厦，要住在这样的北京旧房子，舅舅嘿嘿笑着说太像自己小时候住的叉仔巷……

  四合院挺大，装修成多个出租单间，院门总有一群坐在小木凳上聊天的北京大妈，院门挂了一块小黑板，有位北京大爷每天在小黑板上写"天气预报"，公历年月日，农历年月日，"晴""阴"或"下雪"，温度多少至多少，风级多少，空气指数"优""中""差"，最后一行是车尾号限行单个数字。四合院一楼平房都安装了防盗网，铁栅栏上随意挂了好些块白色牌子，大爷一笔一画写着黑色的工整大楷："酒后开车危险大，心情不好也出岔"，或"与时俱进往前进，不能抱着老黄历"，或"汽车不是小仓库，请您不要存贵物"，还有"院里没有清洁工，打扫卫生学雷锋"……一进四合院就看到大爷这些书法展览，细妹曾经把大爷的书法展发到朋友圈，收获无数赞。

最有意思的是大爷每天都打扫院子落叶，赫然一个雷锋式清洁工。大爷也爱捧着一个老式的有耳朵的搪瓷茶缸不时呷两口，细妹多看了那茶缸几眼，有几处掉了搪瓷露出黑色。这样的茶缸，她的外公也有一个，上面有一个大大的"奖"字，还不舍得丢，放满了旧时用的一毛两毛硬币。

大爷认出所有租客，她每次回来，他会笑着说"小姑娘""好咧"。

去天坛、长城、颐和园、紫禁城、雍和宫等就不说了，舅舅没空管她，她自己的背包里有地图，不过大爷是更活的地图，告诉她北京哪儿的小吃地道，坐什么车去哪最便捷。她就这样在胡同里乱窜，吃遍高档餐桌吃不上的烤红薯、冰糖葫芦、"褡裢火烧"、"驴打滚"……骑着一辆自行车逛北京逛到迷路再掏出地图问路。

北京这样的一个老城，就算它竖立起成千上万的"鸟巢"，还是那个有人爱她，有人恨她，有人爱她又恨她的，连骨头化了灰都重得飘不起的又老又倔的城。

细妹觉得巴黎和北京比就放纵多了，地下丝绒乐队和Nico唱过的"Femme Fatale"，法语翻译起来叫"蛇蝎美人"，听了便觉得是巴黎。

罗马嘛，学识渊博，就一个性格自傲的老爷子，脾气也意料之中的臭。想到这，细妹会噗嗤笑，个中体会只有她知晓。

柏林呢？细妹有几个去过柏林的朋友都说它中性。

她正在国际长途大巴上，从比利时布鲁塞尔往柏林的路上。挺糟糕的是，上车前5分钟才知道欧洲的长途大巴和中国不一样，没有卧铺，坐即睡，睡即坐，整整9个小时。

清晨8点，司机朗朗宣布柏林到了。

省了一晚的酒店钱，代价是人还没醒就腰酸背痛地下了车，一口甜甜的带着丁点冷飕的柏林空气直窜进鼻孔。

"在路上"了，手中的柏林地图伴她前行。

细妹一次又一次看到这些数字：柏林墙总长超过140公里，建立于1961年，拆毁于1989年。今天那些断裂的"柏林墙"，一段一段的残余卧躺着，来往的人都可以驻足墙下对视和发问，时间这把锋利的手术刀不断横竖切入，过去、现在和未来都会持续解剖这些曾经的"墙"。

细妹很难想象几十年前自己还不在这个世界的日子，墙如何隔绝城的两边，那么轻易就分隔了曾经同在一城的人，坚持你我的不同。

的确，"你"和"我"不同，每个人都不一样，也不需要一样，可不需要一道墙来分隔你和我。柏林墙的建立是两个体制对立的开始。柏林墙的拆毁，是一个体制理想的破灭。

历史已经过去，即使定论也难辨人性之对错之境遇中"二元对立"或"二律背反"的复杂，一堵墙的两边合拢回本来的那座城，难怪就有了朋友看到的"中性"。

柏林随处可见历史回忆，关于战争，关于人性，一次又一次地重复着这些躲不开的沉重的博物馆纪念碑。

她索性打开地图沿着一段残缺的柏林墙走，往北去Friedrichstraβe（弗里德里希大街），会经过Checkpoint Charlie（查理检查站）。往西拐，能走到Niederkirchnerstraβe（尼德尔克尔新纳大街）的Topography of Terror（恐怖地形图，德语：Topographie des Terrors）——这里原本是纳粹德国时期（1933—1945年）盖世太保和党卫军的总部，1945年遭到盟军的猛烈轰炸被夷为平地。2007年在这个遗址上建成了一座永久性的"恐怖地形图博物馆"，常年展示纳粹德国时期盖世太保的罪恶行径。博物馆的另一部分描述纽伦堡审判[①]。

细妹先被博物馆里的德国恐怖记忆的图片打击了，而更打击她的是柏林犹太博物馆。

---

① 欧洲国际军事法庭，又称纽伦堡审判，英语：Nuremberg Trials，德语：Nürnberger Prozesse。这是1945年11月21日至1946年10月1日间，由第二次世界大战战胜国对欧洲轴心国的军事、政治和经济领袖进行数十次军事审判。由于审判主要在德国纽伦堡进行，故总称为纽伦堡审判。

一座解构主义的代表性建筑。

她第一次见到一座如此触目惊心完全封闭没有入口的建筑。

她站在它面前的开初还很淡定，一堆胡乱摆放的灰色巨型积木，外墙被镀锌的灰色铁皮包裹着，镀锌铁皮上横七竖八尖利交叉着一把把锋利长剑？补丁？裂缝？伤口？最形似的怕是伤口。

她进入后，疑惑才有了答案。

所有参观者要走邻近的建于1735年的德国历史博物馆的地下通道——踏入阴冷昏暗的狭长空廊，一团沉暗无比的饼状灯光和音响骤急地从天而降，细妹觉得身后似有一片散乱的脚步和哀伤追逼，血色的混光有点阴冷，它们闪闪缩缩爬上了她的肩膀。她惊怵中想抓住一丝亮时，倏然归暗至灭了……重复再重复。

细妹屏住呼吸来到廊的尽头，就是三条通往不同场所的岔口。

最初的犹太人，也面临这样前途未卜的选择，通往死难、逃亡或者艰难共存的场所？

细妹选择了一道沉重的金属门，打开后是一个黑暗的、有回声的空间，这是博物馆三轴之一的"死亡之轴"。

她跌进一个扭曲和跌宕的时空，不得不掐了自己一下，不让黑暗和冰冷浸到心上；抬眼看这墙内的点面、空间、阶梯、层次和天花板，毫无规则可言的一切，无序、破碎、折叠、令人失重的晕眩，唯一的光亮从墙上带有棱角的缝隙坠落……

细妹突然明白，光就是从外墙横七竖八的锋利伤口透入，隔着缝隙样玻璃的光在昭示着什么？墙上的每个橱窗都放置了大屠杀中受难犹太家庭的遗物，日记、明信片、手帕、照片等，落寞无声地仰望着墙缝外的光，而那些光斜斜的好像一双够不着的手，再怎么努力和伸展都无法抚摸受难者的伤痛。

不论清醒还是迷糊，自觉或不自觉，她都进入了压抑的曲折过道中，被一个个犹太人的苦难经历携行，走投无路的失重和没有方向的晕眩不时撞击着细妹。

此时此地，她明明身上没有伤口却被像什么击中或割裂了，感受到切骨的疼痛，以及一种思考的下坠力度。

细妹被恐怖的思绪攥住了，与希特勒本身的恐怖相比，更加可怕的是德国人当年接受希特勒"日耳曼民族必须浴血保卫自己并发动战争"的极端理论。

究竟是什么，让人完全失去判断能力去信奉希特勒？族群之间的仇恨又如何被极度扩大？对犹太人如此屠杀，要有多恨才下得了手？

这种仇恨由来已久，博物馆关于犹太人2000年历史记载得很清楚。

13世纪，天主教修士和地方僧侣开始在基督受难剧中大肆宣扬犹太人杀害了耶稣这一情节——犹太人是耶稣的背叛者犹大的后裔——犹太人是异教徒，所以他们不洁而且可恶。这种判定，普通人不再需要理由就可以恐惧和仇恨犹太人。每每灾难发生，人们无法加以解释，犹太人就成了祸首。

细妹边走边停边看边想，压抑而哀伤的感觉时淡时重，当最后走进"死亡之轴"的"浩劫塔"（设计师丹尼尔·里伯斯金为塔取名"浩劫塔"，以纪念成千上万被屠杀的人）。

那三堵高耸的墙压下来，逼仄中的压抑和窒息，塔内唯一的光线依旧来自塔顶的裂缝，遥不可及——希望就是这不可以触及的光。

塔里的参观人群静默着，无法打破哀伤。

走出博物馆，恰好阳光明媚，细妹心一松。

她这才明白入口处里伯斯金的一句话："What is important is the experience you get from it. The interpretation is open."——"重要的是你身处其中的体验。（对建筑的）解读是没有限制的。"

这座像一道"之"字闪电的博物馆确实让人体验了犹太人当年的苦难。

然而，体验的痛苦就完全是当年的痛苦？能体验百分之多少？然后不再循环往复因为宗教因为种族因为观念而互相残杀？细妹回头凝望这柏林城中的痛苦伤痕。

事实上，人类发展史上无休止的战争，一个世纪又一个世纪，最痛苦的回忆就是战争和杀戮，在绝望与无助的深渊里挣扎。漫长的岁月里，和平的脚步声不但姗姗来迟，还不断被劫持和化作碎梦。

这个柏林实在太过沉重……

想到柏林的墙，不知怎的就想到深圳的河。她上小学那年第一次去香港，外婆说一过罗湖桥就是香港，桥下就是深圳河，这河也流过人民桥。她每天都走过这桥才到达幼儿园，六叔公和外公都说过，河的两边本来都属宝安县。

细妹2017年看过纪念香港回归20周年的专辑，记得100多年前英国人占了港岛，1897年又强租新界划河为界，深圳和香港就有了一河之隔。如今不存在墙阻隔的柏林，有一个西柏林墙博物馆，还有一个东柏林墙博物馆。

那曾经分割深圳和香港的深圳河，也该有个北岸博物馆和一个南岸博物馆……这是不是细妹的胡思乱想？

走着走着又到了麦当劳餐厅，她的省钱妙招依旧，麦当劳里最便宜的汉堡包，有几回还在超市买一盒小番茄，这也是最便宜的水果。

吃了一个最便宜的汉堡，她上了微信群，打出"已到柏林"。

…………

德国猪手很出名，尝了吗？

家族里的人都以为好吃的细妹吃遍了欧洲，这时候的她看了一眼桌上空空的包裹汉堡的纸，笑了，打出：尝了。

好玩吗？钱够吗？

好玩。够钱。

外公和外婆不会打字，总是大拇指和一朵花，绝对不会想到她如何学会了节省每一欧元。

六叔公从来不发东西，可她知道他一定会看。

她接着发了一段语音，每次都重复自己很好，去了很多地方，吃了很多好东西，钱够用。两天后去汉堡，接着去挪威、丹麦、瑞士，再去荷兰阿姆斯特丹，7月底的回程机票就是荷兰直飞香港。

雅文表姨打出几枝欢迎的小红花和一双蓝色的手合十祈祷。

细妹也打出了双手合十的祈祷手势。

她不会也不能让家里人担心，总之就是好！只有和哥哥才会说真话，哥哥把几个同学的联系方法都给了她，说是预防万一。一路上，她还没有使用过一次。

想着走着，不知不觉走到了一个广场。细妹呆住了，一进广场就看到一个个设计精美的前卫马桶，整齐排列如接受检阅的士兵，原来是卫浴展。

此时恍觉回到深圳。

她在报社实习时，要不去国土局了解拆除重建类的城市更新项目，调查深圳城市建设的存量发展情况；要不跑市场超市，调查海鲜或猪肉价格的涨涨跌跌。

最有意思的是，有一次采访智能家居建筑博览展，一进大门就被镇住了，沐浴的不说，那一个个精美的马桶列队待售，马桶不但美丽还配置了变频即热、虹吸、除臭等智能功用。

如今，在地球另一边看到一模一样的美丽马桶……

广场走过来一个埃及女孩，进行调查问卷，问细妹提起埃及的第一时间会想到什么。她对埃及了解甚浅，于是努力想要答得有深度，眼睛眨巴眨巴了好几回，还是脱口而出"法老王"和"金字塔"。

接着，另外一个女孩也凑上来问关于阿尔及利亚能想到些什么，脑中就一片空白了。她连"Algeria"是哪个国家都没有反应过来。

她突然无法说这世界是大还是小，但确定的是柏林就是一个大型博物馆，或者可以比喻为一面历史的大魔镜，站在它的面前，无法不对人类对战争进行彻底反思，无法不思考人本身的问题。如果说人是理性的，为什么无休止的残酷战争和巨大灾难频频降临？人在极度危险境地中的种种荒诞言行也不断复制，而许多反人性的开端恰恰打着人性的旗帜……

再往前走就到了Brandenburg Gate（勃兰登堡门）。

人们说它是柏林的象征，德国的国家标志。

几乎到柏林的人都来过这里，细妹在网络上知道这一座有历史的门，可追溯至1753年。初时仅为两根巨大石柱支撑的简陋石门，以普鲁士国王家族发祥地勃兰登堡命名。1788年，普鲁士国王腓特烈·威廉二世为纪念普鲁士在七年战争取得的胜利，下令重建勃兰登堡门。1945年5月苏联红军正是穿过此门攻入柏林，攻克希特勒的地堡和国会大厦，宣告第三帝国的灭亡。1961年8月，民主德国政府封锁了勃兰登堡门，并在门后划了一道弧形并向左右延伸，围绕西柏林修筑了德国分裂的标志"柏林墙"，1989年柏林墙倒塌后又成了两德统一的象征。

最引人注目的是门顶端的青铜雕像，四匹飞驰骏马拉着一辆双轮战车，一女神背插双翅一手执杖一手提辔挺立车上，她手执的月桂花环权杖上立着一只展翅欲飞的普鲁士鹰。

门曾被命名为"和平之门"，战车上的女神先称"和平女神"，后称"胜利女神"，曾被拿破仑作为战利品运回巴黎，至拿破仑战败索回重新安放，再被盟军炸毁。直至1989年12月31日，两德统一前夕，勃兰登堡门才重新开放。

1992年，车马铜像维修后重新安放在门上……通过门的人只有片刻，这门之坎坷曲折，200多年的沉浮迁变是否让世界清醒？

如今勃兰登堡门下人来人往，显现出柏林的嘈杂。连在德国多年的马启明也不知道"静寂的房间"，细妹又是如何知道北侧门下隐藏着这个"静寂的房间"？果然，小心翼翼才没有漏过这个沉默的小房间。

推门进房，恍然间一片静寂。不大的房间只设置了几把椅子，大概知道进入的人不会很多；点着蜡烛，能执意找到并进入房间里的人们静坐默思；面对的墙壁上挂了几幅暗色调的现代画，仿佛与人一起喃喃低语。进房的人蹑足屏息，出房的人也蹑足屏息，没有人愿意打破这种安静。

细妹坐下了，处于静寂之中，卸下身处世界的所有沉重。

走出"静寂的房间"，又淹没于嘈杂之间。

细妹读过一份关于"静寂的房间"介绍，据说受到在纽约联合国大厦，由瑞士籍的前联合国秘书长达格·哈马舍尔德设立"冥想室"的启发，设立这"静寂的房间"给人们提供一个可以不分宗教信仰去思考自身问题的静思之地。

无论历史如何，一个城市，一个国家，也终会再次前进，毕竟，所有的可能性在未来，而不在历史。

余下的旅途，细妹一路独行，想过联系马启明，最后觉得不需要了，并没有求助的"万一"发生。

四、相遇

2019年7月底，细妹欧洲游即将结束。早前预订的飞机票是2019年7月24日阿姆斯特丹国际机场至香港启德机场，也就是这几天了。

深圳和香港不过一河之隔，这几十年的来来往往用六叔公的话说已经"易过借火"。细妹就要去香港读研了，大家都希望顺利……

这天，家族大群竖起一连串"赞"的大拇指，点赞凤娇爸转发的帖：往日深圳65周岁以上，有深圳户籍的老人家坐地铁、公交车全部免费，现在要升级了，只要60岁以上也可以免费乘坐地铁和公交，还有很多公共场所或优惠或免费，甚至去老年饭堂吃饭还优惠……包括内地和港澳来深圳的老人。

有说比香港半价的老人八达通卡好多了。

凤娇妈先点赞后发语音：涯买过香港老人八达通卡，以为便宜一半好着数，去香港7日，涯就退卡，原来三个月之内退卡规定扣7块钱，唉，偷鸡唔到蚀抓米（偷不到鸡亏了一把米）……

家族群不见雅文和凤娇冒头，她们在私聊。

俗语说"一样米养百样人""知人知面不知心"，雅文心里焦躁却不敢在族人微信群多言，她忧心忡忡地和凤娇视频说真话。雪莉从欧洲回来后就和雅文大吵了一架，干脆不回家了，可能和男朋友住在一起了，开始不接他们夫妻的电话，后来连她哥哥的电话也不接了。

凤娇安慰雅文，说听细妹讲雪莉回香港后就联系不上时，心里就打起一阵小鼓。

家族微信群，这一说又回到香港，大家想起要去香港读研的细妹，突然记得细妹说过今天从荷兰回来。

细妹那些表舅表姨，不论深圳还是香港的，都是诸葛亮，连万一都想到了，一个接一个给细妹出主意。群姨2003年中了六合彩三奖①，奖金近万元，一心想博头奖连续买了十多年六合彩，岂料每次都是梦碎结局，投进六合彩的钱起码有好几个三等奖了。她对六合彩已经从爱到恨了，讲的是反话：如果有万一，你就当中六合彩头奖啦！

二表舅开过货车，他说出闸口就乘巴士或七座车直接去皇岗口岸或深圳湾口岸，如下午2时后到，机场路可能堵塞；不如直接去香港机场码头乘船，直达蛇口客运码头，就妥妥到深圳了。

众人七嘴八舌却许久不见细妹回复，大家纳闷了一会就糊涂了，转而问凤娇，细妹到底是哪一天上飞机。已经

---

① 六合彩（Mark Six）为香港唯一的合法彩票，香港政府准许合法进行的少数赌博之一。

上了飞机？

奇怪了，也久久不见凤娇回应。

凤娇正在不停看微信，细妹乘坐丹麦哥本哈根的航班抵达荷兰阿姆斯特丹时，昨天报了平安，预定当天飞香港，说好一确定登机就告知，一天过去却音信全无，滞留机场了？到底发生什么情况？她比谁都焦急，担忧，一会语音，一会问号，一会一大段文字："芊羽，妈妈担心"，全压在细妹的微信上。

细妹肯定看到这些翻不过来的微信，回复一个字就这么难？

细妹没看微信。

阿姆斯特丹机场通告，飞机加油系统出了问题，延迟飞行。下午飞不了，晚间飞？她心里还有点小窃喜，本以为和阿姆斯特丹机场里的博物馆擦肩而过，不想上天送给她一份时间大礼，如愿看罢的博物馆有点失望，几十平方米的一个小画廊。

她开始购买纪念品小礼物，从六叔公到李小月都想到了，给妈妈买了一支唇膏，最后是爸爸。没有东西合适爸爸，有了，她看到了一瓶某个岛国出产的辣椒酱，爸爸喜欢吃辣说可以醒神。呵呵，别国的辣椒和中国辣椒是否一样醒神？让爸爸品尝鉴别。细挑一样样小东西，真费了不少心思，更要命的是她脚下好像踩着时间的飞轮，生怕突然被告知飞机已经加油即将起飞，如果她知道后来就不会把自己折腾成这等精疲力尽。

世界就是捉弄人，当她得知飞机不但晚上不能飞，第二天是否能飞还是问题的时候，她的双肩包鼓鼓囊囊，累成一头恨不能趴倒的疲惫骆驼，只能睡机场了。几乎所有的飞机都停飞，可想而知睡机场的人有多少，她嘲笑睡袋终于有了显身手的一晚……她还没皈依上帝，也不禁默默祈祷明早航班顺利，再不飞就必定在最不想的时间抵达香港机场了。

她蜷缩在睡袋里，天真地以为会马上进入睡眠，不料一会儿侧身一会儿平躺都睡不着，爬起来看妈妈那一串微信。她一下敲出"不要担心我"，想想再敲出六叔公常说的"车到山前必有路，船到桥头必然直"，接着又钻入睡袋，不想明天了，可还能想什么呢？想点开心的，不知道为什么干脆把一路来的博物馆、纪念碑都串想起来了，心里有了不少暖意……

渐渐，从小到大的记忆，连幼儿园旁边的深圳河也都在脑子里悄悄流淌。这一路几乎所有的城都有母亲河，而伴随自己童年，弯弯曲曲闯出深圳湾的小河也该是母亲河，它一定不能臭且黑，要清澈流畅。

这样想着想着，身子变得十分轻盈如看不见的风儿那样飘荡，也如机场大厅弥散灯光那样迷糊，算入睡了吧？

第二天，细妹从睡袋伸出惺忪的脑袋就发现前后左右都空了，掏出手机一看：凌晨5点。

机场柜台前已经排了一列长长的改签长龙，有多长？前头的人大概通宵没有合眼，凌晨5点起来的细妹，一直到傍晚6点才轮到她办理改签手续，后头的人龙依旧看不到尽头。

这是阿姆斯特丹机场的艰难时刻，细妹收获了许多"相遇"。

先是排在她后头的持阿根廷护照的华人母亲，带着一对儿女，只会说阿根廷语和普通话，细妹和她细说了改签等事宜，此后13小时的唯一歇腿就是和这个家庭的互相轮换吃饭。后来在细妹协助下，这个家庭也在柜台提出合理要求，和细妹一样获得了机场免费提供的酒店和晚餐服务。

接着一个60多岁的老人拿着保加利亚护照，怕是看细妹一张华人脸孔寻来了，一脸焦灼，开口哗啦啦说了几分钟。细妹一句也听不懂，轮换说英语、意大利语、普通话、客家话、白话，老人都一脸惘然。

细妹试着说了几句李小月教自己的潮州话，估计老人有点懂，叽里咕噜说了一轮，口音像福建一带的华侨，她领着老人去找不远处的旅行团队伍……

接着又接着，这样的相遇不再是偶然，素不认识的华人如何寻来？接力者不得而知，最多时竟然有二三十人围着细妹抱团相助。

背着双肩包站了长达近13小时的结果，改签至广州白云机场落地，避开了香港，也正是"车到山前必有路"。

细妹刚到二一村的那天夜晚，在暴雨前夕独自呆在山间老屋，有生以来战胜了第一只蟑螂，当时她说"这是我人生最艰难的时刻"，哥哥回答她以后一定会遇到更多。

细妹改签后，她在心里说了同样的话，并自己回答了自己。

她匆匆在家族群里报了第二天飞抵广州白云机场的消息，帮助后面那些身处艰难时刻的人们。

相遇的华人们，或许不知道互相的来历、宗教、信仰、政见，只知道是华人，都是因各种事宜要赶回中国的人，都得面对突如其来的同一困境。这些人里大多除了能说当地语言和家乡语言，连英语都不懂，许是多少代的华侨后裔？许是移居不久的华人？同在一个机场互相扶持相助……这里并没有一个"静寂的房间"去冥想反思，恰恰是这一个没有，触发了一个深不可测不知道隐藏何处的按钮，令人性回归本真，其实"寂静的房间"无所不在。

回到机场安排的酒店，她一双腿很麻木，沐浴时候发现自己的身体累得要罢工了，沐浴明明正在进行，眼睛竟然眯上了，不是差点是真的睡了一小会儿……

细妹回深圳了。

自2019年6月以来香港就不太平静，凤娇妈说这帮人又打又砸，发癫了……细妹纠结9月是否赴港读研。

2019年8月7日，国务院港澳办和中央政府驻港联络办在深圳共同举办香港局势座谈会。中央高度关注当前香港局势，并从战略和全局高度作出研判和部署。香港正面临回归以来最严峻的局面，当前最急迫和压倒一切的任务，就是止暴制乱，恢复秩序，共同守护我们的家园，阻止香港滑向沉沦的深渊。

新华网、中新网、央广网等各大小媒体都在第一时间报道了这一新闻，"止暴制乱，恢复秩序"的消息好比定海神针，细妹8月28日如期赴港就读香港城市大学。

香港城市大学校内宿舍数量有限，本科生申请宿舍也要抽签排队，硕士生更要自行解决，她和一位广州的、两位江浙的室友在沙田合租一套居室，租金分摊，她每个月付出4200元港币租金（人民币大概3500元）。

这天，她们四个女生在闲聊。

江浙室友们最早到，遇过些事情就特敏感，特怕被歧视，若有本地生抛出一个奇怪的眼神也会忐忑不安，最怕别人知道自己是内地的，问怎么办？

细妹心想自己和广州室友好办，可江浙室友一开口只有说普通话，能伪装吗？装哑巴？

这很不现实，大家一致认同。江浙室友早想选修学校的粤语课，没有学分，只要pass（通过）就可以，学费一个学期几百元港币，真是良心价格，可选课晚了，没抢到手。

细妹建议不如每天听粤语广播，平日不时教她们几句……

江浙室友有点委屈，急于表白自己很现实，拿到硕士学位就回内地就业，不会和香港再有牵连，不会抢本地生最介意的就业资源。

广州室友十分同意"只要不影响毕业，我一概不理睬"。

门铃响了，香港房东和他的夫人来探望女孩子们。房东送来四张美心月饼的兑换券，还用蹩脚的普通话祝愿她们在香港过好第一个中秋。这是比月饼更好的中秋节礼物，她们感到很温暖。

这些温暖也撩拨起细妹自己的香港记忆：似乎从10岁开始，自己也背着个小小的双肩包，跟妈妈或外婆来香港玩，第一次过罗湖桥，第一次和外婆、妈妈、哥哥坐缆车上山顶，第一次雅文表姨带自己和雪莉、哥哥去海洋公园……想到自己第一次坐海盗船吓哭的情景，她噗嗤一笑。

除了这些好玩还有些不太好玩的，比如去看一些要叫太舅公、太舅婆或姨婆、姨公、表姨、表舅的人，叫罢便给自己一个港币小红包，叫了一个又一个，记都记不住是"群"是"萍"还是"芳"，或是"五"还是"三"。外婆偷偷说"一代亲二代表三代嘴渺渺"，这些族谱上粘连着的，不知三代后还是五代后，都是以后细妹出嫁摆酒要发请帖的人。

室友们说起为什么选城大读研。

细妹偷偷叹了一口气，没告诉室友，在城大读本科的雪莉和自己合得来，说城大的网红教学楼如何好，就这样1月初提交申请，2月底收到offer（录取通知）。没想世事难料，真到了秋季上学，雪莉却和自己断了联系。

住处在沙田新城市广场附近，可坐两站地铁就到学校，每一个来回都必须经过新城市广场。城市大学晚课10点下课，细妹从九龙塘坐地铁抵达沙田新城市广场大概10点30分，从沙田地铁站一出来便是新城市广场伟华中心。每晚经过这里，她有一种奇怪的感觉，往日闹事之地成了自己每天进入的现场，禁不住会警觉地多看几眼。

几天下来，她觉得城大是一座神奇的迷宫，建筑之间互相连接显得那般有趣和神秘。读研主修中文专业的细妹，一下就想到《阿房宫赋》："廊腰缦回，檐牙高啄；各抱地势，钩心斗角。"不也一样吗?

她喜欢走着走着就到了购物商场，而"又一城"的二楼真的有电梯可以直接通学校。上课没几天，她已经驾轻就熟，走哪一段廊桥都不会误入哪一栋楼。她偷偷想每天毫不费力地逛一通街，不买什么东西也值了……如果在九龙塘站下车后进入又一城前的那个弯曲走廊，不再飘悬着冥纸一般令人生怕的黄黑海报，墙上地上不再贴着许多乱糟糟的纸片就完美了。

　　有人说城市大学很小，5分钟就走到尽头，也有人说它很大，兜兜转转自以为身处校外，其实还没出校门。她最喜欢城大无障碍的设施齐备，不时遇见坐轮椅来听课的残疾人，来去自如和平常人无异。

　　细妹毫无忌讳地乱闯乱逛，探究到底有多大到底有什么，一如以往的"穷游"。

　　这天，她被学校最后面的小山坡吸引，那是创意媒体学院。她边走边看边想，越走越近的那一座建筑，乍眼看去怎么会有一种和老朋友相遇的迷惑？她的目光在晶亮层叠歪斜而上的不规则几何方块上散开了，怦然心动的瞬间，这建筑？记忆中的夸张、倾斜、错落、失衡、畸变……难道？那是柏林犹太博物馆的闪电疤痕！

　　细妹的感觉没错，这香港城市大学创意媒体学院的大楼，同是著名解构主义建筑师丹尼尔·里伯斯金的设计作品。

　　他的风格在香港城市大学再次震撼了细妹的眼球，细妹呆呆地看着大楼空间内的三角形、尖屋顶和尖锐破碎的窗以及散落的灯，这些坐落在柏林企图解构世界唤醒良知的符号元素，在城大和细妹重逢……细妹眯着眼看了再看，没有人知道她在想什么。

　　她在惊叹世界的微小还是世界的雷同？

　　不过，最让她惊讶的还是与城大建筑楼里的一面墙相遇，一面看上去极其普通的墙。

这天，她获得了一张音乐剧的赠票，欣赏音乐剧的地点在学校的主礼堂"黄翔罗许月伉俪讲堂"（演讲厅）。

眼光落在地址的第一眼，视神经被轻轻一揪，又是似曾相识，黄翔罗许月？同名同姓？可能？

有了疑惑，她特别留意了。

主礼堂的一侧有面刻满字的石墙，看不出它是大理石还是花岗石，灯光落在上头，棕底金色，走近它却是黑底白色，这幻影似的石墙上刻满了字，左英文右中文。她的目光落在第一行，像看到丹尼尔·里伯斯金的建筑风格那般愣呆呆的，并非这一面墙的风格而是墙上的内容，准确地说是这些名字：黄翔罗许月伉俪世居香港，于香港第二次世界大战日军侵港期间，与亲弟黄敏、罗雨中、罗汝澄、罗欧锋……黄翔罗许月？排头的名字让细妹疑惑了，是同名同姓？不可能夫妇俩同名同姓。

她一直往下看，大体明白了。

黄和罗两族十数人在日军侵略香港期间，先后加入了广东人民抗日游击队东江纵队港九大队。自1941年冬开始，港九大队就在香港市区和日军作战数十场。在香港沦陷的3年零8个月，参与了闻名中外营救文化人的"大营救"等行动……

为了纪念港九大队以及黄罗两族的爱国和人道精神，香港城市大学将演讲厅命名为"黄翔罗许月伉俪讲堂"。

这时候的她已经断定自己认识墙上的黄翔、罗许月，只是还有点儿犹疑，"月姐"夫妇怎么会在这里？

墙上明示：以答谢黄翔罗许月伉俪的幼子黄俊康先生对大学之慷慨捐馈。

细妹愣神了好一会儿，来城大之前最想碰上的雪莉毫无踪影，却碰到一面这样的墙，这一对土生土长老深圳人无人不知的"月姐"夫妇。

她凭什么认定罗许月和黄翔就是深圳的"月姐"夫妇？

她小时候和那些父母太忙只有跟着老人的孩子一样，六叔公带过她和哥哥去"月姐"家串门，去参加东纵老战士联谊会的小组聚会。细妹记不起自己如何会跟着六叔公喊"月姐"，不仅仅细妹，或老或少都这样喊。也像六叔公，不论辈分大小都叫六叔公，这已经成了他们的标志。

依稀里跳出一簇自己被大人强行剪指甲的怕疼记忆，她也在"月姐"家里看到被剪指甲的老"月姐"。"月姐"没有喊疼，她的脚平放在沙发上，也很老的黄伯伯小心地掰着一只脚指头，用点力的一咔嚓，停顿着看看有没有"痛"的动静，把指甲钳往茶几上的日历纸顿一顿；去了一条儿甲屑，又掰着一只脚指头再用力一咔嚓，又一条儿甲屑……"月姐"一动不动。

"月姐"为什么不疼？六叔公哈哈笑，不动就不疼了。

后来细妹剪指甲也不疼了。

细妹上小学三年级的时候，和老师组织她们几个小记者采访东纵老战士，采访刊登在《青少年报》上。她看了无数遍自己采访"东纵老战士黄翔和罗许月"的文章，那是她的文字第一次见报，连自己小小心脏"砰砰"的声音都听见了。

细妹知道"月姐"是谁。

…………

雅文表姨国庆节前也来看细妹。

表姨暴瘦了十多斤，说7月初去城大找雪莉回家，没有找到只有让同学托话，当天雪莉就打电话回家，说自己超过18岁了，不要到学校找她，不要干涉她的自由。电话旁明显有她男朋友的声音……

表姨"唉"了又"唉"才说话：吃饭"冇味道"，晚晚"瞓唔着"（失眠）。

她求细妹若碰上雪莉也劝她回家，"两母女冇隔夜仇……走佬先算（脱身再说）"。

雅文的话令细妹很难过。

十月国庆节即将到来，城大不时突发停课，老师多以恳切语句安抚同学们：是情非得已，情况特殊，请体谅。

细妹反复念叨"读研"二字，来香港只是读研，苟有向学之心，何处不是学问。最安慰的是老师们的态度很好，细妹不但没有感到自己被歧视，还隐隐感到理解和安抚。尤其国庆节这天，这些年在内地过国庆日高高兴兴乐一天不奇怪，可不约而同开启电脑上的视频还真的没有过。

近200人的沙田上学群，在这天或更早的时刻，就被一张很喜感的请柬刷屏了。

大红底色请柬的中央有烫金的美术大字"70"，"0"中是一个中国国徽，国徽下依次三行金字"中华人民共和国成立70周年观看大阅兵请柬"，请柬下方留白处一行小字让大家会心一乐"自家客厅沙发前1排1号座，每券一人请勿转让"，另标有时间"2019年10月1日上午10时"。

10月1日的上午，中央电视台直播北京天安门广场庆祝中华人民共和国成立70周年大会。不但细妹和室友们在住处候着那一刻，在港自组的研究生微信群也传染着这样的情绪，指头会有一股点击链接的冲动，若有区别就是各自链接的视频因网络关系有先有后，先睹为快的赶紧截屏上微信分享。她们都坐在自己的1排1号前，如此独自并非独自的情感，在内地无法体验。

看着看着，心情舒展的细妹不禁拉开了多日闭紧的窗帘，豁然一片明媚的阳光，从眼前暗红色的围墙一直延伸至远处的高楼群；多看了几眼围墙就看到边上有一丛闹市中极其珍稀的树木，初秋还不见落叶，叶子的绿色已经隐退成藕黄，一片一片瑟瑟着准备落大地的叶子们也欢快地摇曳着，好像也成了大阅兵的一队列……

10月1日的暖日过去了。

11月10日，细妹的学系还组织活动，教授带他们去西贡玩，仅仅因为这个周日的车行一路顺利就特别开心，都以为阳光会一直灿烂下去。

不想过了两天，11月12日下午2点多，细妹室友四人在星巴克写论文……情况变得微妙和紧张，路上有风险也比留在香港安全。微信群里爆出郭校长的办公室被毁了，校友开始互相联系一起离开。四点多先是广州室友十分不安，她的家人看到新闻后，要她不管多少车费立即回广州。各自的微信群全是拼车离开的人，室友们在次日凌晨2点拼到了车。

她们说，还是一起走吧。细妹想了想，淡定地说自己还有事情要办。

兜兜转转的司机压低声音骂那群打砸的"扑街"有病，害得想工作的人冇法子好好工作，终于赶到，已经接近凌晨4点了。

两个女孩上车前和细妹拥抱道别，说万一路上有什么事情，请细妹通知学校和她们父母。细妹鼻子酸酸的。

如今的住处只有细妹一人和静谧的凌晨。

她一直拿着手机和两个离开的室友保持联系，知道她们躲开一些路段，虽然不顺可还是到了落马洲，也就是福田皇岗口岸。

这时候天亮了，室友一出福田口岸就看到一面巨幅的五星红旗。

室友在微信发图和文：我们从来没有见过这么大的五星红旗，很有安全感，很感动。

室友们坐上了首班往广州的和谐号，她们分享说深圳的太阳还没有完全升起，乘客们似乎还睡意沉沉，然而一夜不曾合眼依旧不想合眼，看不够橙色的初阳和黛色的晨雾在远远的天边嬉戏，没有警报声的清晨美得真想落泪……

看到室友们的感慨，细妹鼻子酸酸地笑了。

她为什么要留在香港？确实她心里有种莫名其妙的暗暗涌动，像在二一村也像在欧洲独行，连她自己也说不清。正是说不清却努力探究什么，如一股从石缝里头冒出来的泉不知道后来成了溪水或河流或并入大海，就开始汩汩而去，不知道要流往何方，却七拐八拐在一缝一隙中前行。

自从细妹把城大主礼堂这一面墙的照片发在了家族群里，六叔公和外公外婆这些认识"月姐"夫妇的人都点了赞。

六叔公不但把照片发到了他的深圳老友记群，还把细妹也拉入了群。

细妹发的"一面墙"，那上头黄翔和罗许月的名字撞开了一扇接一扇记忆的门。

他们时而语音时而几行文字，这些散乱无章没有时间次序和文采的你说我说，偏偏吸引了细妹。

她有许多疑惑。

黄翔在深圳干什么？

阿九的语音来了，说自己当过"翔哥"的通信员，50年代初"翔哥"就是深圳镇的镇长，月姐带着几个孩子在南头宝安县城住，他一个人住在镇府。

阿九的语音一开头，别的老友记的语音也来了。

这个说小镇最显目的是香港开过来的列车，铁路从南面的香港至罗湖再往北面布吉至广州终点，那时深圳除了设在罗湖的大站外，还有一个设在铁路闸口的小站，1949年，中国人民解放军粤赣湘边纵队就是坐火车在这个小站下车，进入深圳镇。

那个说20世纪60年代，香港人多在小站下车来深圳戏院看戏。

阿九说，1953年，宝安县政府从"老县城"南头迁至深圳镇。县委、县政府就在铁路闸口小站的西面蔡屋围附近，铁路东面就是深圳镇的中心，镇子里众多左穿右插的街巷，有一座中山公园（后更名工人文化宫）。

95岁的六叔公记忆力有所消退，可偏偏记得镇里的小街不宽阔，许多商家最感不便的是深圳圩内街巷狭窄，最宽也就能过大板车。他们提议扩宽道路，镇政府采纳了意见，20世纪50年代中期把东面的东门街（东新街）、西面的西和街和当时深圳最宽的谷行街，合三街巷扩成可通汽车的解放路……

阿九说：解放路南边的新安酒家，酒家对面的深圳戏院，原来火车罗湖大站西边的华侨旅行社，还有供水到香港的深圳水库都是20世纪60年代建成的。

老友记们一个接一个打出，修水库修戏院，不知道干了多少"义务劳动"。

有人发上1979年深圳成立市，黄翔任城建局局长时和他的合照。他说"翔叔"后来调任统战部副部长直到离休，当年和华侨们来来往往，自己和"翔叔"接待过多少多少华侨……

"月姐"为什么叫"月姐"？许多人不知道她的真实名字，但一说"月姐"谁都知道。

六叔公知道，1942年年初她在香港跟随几个抗日的弟弟加入港九大队。她的弟弟罗汝澄、罗欧锋，早在1941年就返回宝安参加曾生领导的抗日游击队，1941年日军一进攻香港，游击队派遣他们先后返回家乡，从此南涌罗家老屋就成了游击队进入新界的首个立脚点。他们组织抗日的护乡队，之后懂英文的罗雨中、罗汝澄打入了日军扶持的乡府。

在这些弟弟们中，罗许月自然而然是队伍里的"月姐"。

她是港九大队交通总站的女站长，手下掌管着上百名交通员的她名声太大，被日军和汉奸列入黑名单，多次悬赏抓捕却未得逞。

说着"月姐"更避不开深圳,她也当过深圳镇委副书记。

有人问县图书馆和文化馆又是何时建成的?如果黄翔、"月姐"活着就说得清楚了……

老友记们说的点点滴滴都和黄翔、罗许月还有他们自己相关。

细妹仅仅知道今日已经成为步行街的解放路,重建的新安酒家和深圳戏院,老友记们的七嘴八舌在细妹的脑子里悄悄重组了旧日的画面。

而城大"以答谢黄翔罗许月伉俪的幼子黄俊康先生对大学之慷慨捐馈"的那一面墙不时闯进细妹的脑子里。

她追寻着"月姐"夫妇,奇怪的是,她自己记忆中的一扇门也被撞开了:自己的太公(曾祖父)……

她和爸爸微信语音,家门上烈属牌匾的来历,她小时候听过,不知道如何忘记了,就好像不知道如何突然记起一样。

这个本来就有的答案回来了,曾祖父也是香港人,在香港当老师,为了替穷苦学生交学费,把曾祖母唯一的金戒指典当了。日军登陆大亚湾攻占广东,他领着学生筹款抗日,日军攻占香港前,他把妻子和只有3岁的儿子(细妹的祖父)送到乡下,自己带着5个学生回深圳加入了抗日游击队。

在梧桐山的战斗，他被日军活捉了，审问时说要去请他的妻子和5岁的儿子过来，他答应带路找游击队，路过悬崖时一头跳落百米深谷，牺牲了。他不让日军用母子生命威胁自己，这也是保护母子的唯一办法。游击队把他的妻子和儿子送到六叔公的凉茶铺，他的妻子在1943年的大饥荒中得瘟疫去世，他的儿子也就是细妹的祖父是六叔公抚养长大的……

爸爸还告诉细妹，曾祖母和"月姐"都是沙头角南涌人。

爸爸也认识月姐的小儿子黄俊康先生，还知道他们家族为保留这段历史，兄弟姐妹们捐出沙头角的祖屋以设立抗战纪念馆，并筹划开发香港抗战文物径，希望留给年轻人知往鉴今的实物，知道自己的根在哪里。

这真的叫盘根交错，从相遇城大的"黄翔罗许月伉俪讲堂"开始，她一直在寻找什么，确实找到了，逐一解开了一些迷惑，找回了一些记忆。最没想到的是，从来没有见过面的曾祖父曾祖母竟然是土生土长的香港人，不对，六叔公说祖籍宝安，这个宝安是指香港被迫割让和租借前的宝安，也就是后来的香港。

历史真不是一个片段就可以读懂的，一个族群的根更不是想有就有、想去就去的一件衣服，恐怕就是外公喜欢说的"切肉不离皮"吧。

她悄悄地想，六叔公喜欢说的"天掉落来当棉被盖"，不但外公外婆、爸爸妈妈，现在连熙熙哥哥也爱说了，这品格、本性和强大的内心，总是在"艰难时刻"长出自己的翅膀。

留在香港的日子，她天天上网课，游刃有余。

最令她高兴的新闻无疑是外交部部长王毅2019年11月25日在东京，就日本媒体的询问表示："不管香港局势如何变化，有一点非常清楚，那就是香港是中国领土的一部分，是中国的一个特别行政区，任何企图搞乱香港、损害香港稳定繁荣的企图都不可能得逞。"

最不留遗憾的是，表舅开车领她去看罗屋村的罗家祖屋，也就是抗战纪念馆，还在建设中。

最遗憾的是细妹始终没有碰上雪莉。

她想碰上雪莉，想亲人的那一种想，小时候和哥哥斗嘴吵架后也会在一分钟后笑逐颜开。她真的在梦里碰上了，小小的雪莉，穿一对红色的靴子，手里拿着一沓红色的利是封，是某年春节大家聚会拜年的模样，也是她和雪莉的第一次见面。

五、疫情

2020年如期而至，一场惊世疫情悄然登场。

1月初，香港沙田细妹她们的租居恢复生气勃勃，去年11月返回内地的室友们，终于回香港复课了，一起上图书馆一起去星巴克，连抢着上洗手间也乐不可支的日子又回来了。眨眼过了十多天，1月20日（农历大年廿六），离春节大年初一只有五天，细妹想到回家过春节就心潮澎湃，禁不住在微信上打出连串笑脸。

1月20日这天是周一，细妹记得很清楚上的是诗歌创作课。白天自己还在图书馆学写诗，接着在微信群里看到一些关于疫情的消息。

中午，细妹想起一周前在微信询问在深圳F区疾病预防控制中心的哥哥是不是"非典"又来了，至今不见回复，太不正常了。她立即和在深圳港大医院工作的李小月私信，小月简单回复深圳有确诊新冠肺炎病人，让她看新闻报道。细妹直觉大事不妙，新冠肺炎？

她晚上一下课又和哥哥语音，连着几次都没接听，都快11点了，早就下班了，难道哥哥在开紧急会议？

室友们讨论有没可能重演"非典"时，她迅速搜索各种传言和新闻：1月18日钟南山院士夜驰武汉，1月19日在武汉研讨疫情和走访金银潭医院，晚上10时到达北京赶去国家卫健委开会。1月20日的今天，钟南山连线中央电视台，一锤定音"病毒可人传人"。

这时，哥哥转来新华社深圳1月20日的消息：深圳市卫健委20日向媒体公开发布新冠肺炎疫情防控工作情况通报，介绍深圳首例输入性新型冠状病毒感染肺炎确诊病例的具体情况，并称另有8例观察病例在定点医院隔离治疗，追踪调查和医学观察正在进行中。

室友们不讨论了，都给家里狂打电话让赶紧买口罩。

第二天，她中午去一家精品店，有几拨人在满架子口罩前来来回回看，不知道买哪一种口罩有效。她早做了各种口罩功能的网上功课，当机立断买了酒精，还选了48元50个一盒和68元50个一盒的口罩，各买数盒，总价675元。

隔天22日大年廿八，她准备23日一早回深圳，中午饭后赶去再买一批，整个架子售空，别说口罩连酒精洗手液都没了。

23日上午10点，细妹赶到深圳罗湖口岸，连空气都开始变得紧迫不安了。相隔一天，有人在微信晒出她那种68元一盒50个的口罩，涨价到200元一盒了。

"武汉封城通告"刷屏了，2020年1月23日凌晨2点，武汉通告自10时起，全市城市公交、地铁、轮渡、长途客运暂停运营，无特殊原因，市民不要离开武汉；机场、火车站离汉通道暂时关闭，恢复日期另行通告。

何时解封？微信有人说1000万人的城市，极限就72小时……这一封几近3个月，直到2020年4月8日零时起，武汉市才解除离汉通道管控措施，有序恢复铁路、民航、水运、公路、城市公交运行。各类人员凭湖北健康码"绿码"安全有序流动。

也是1月23日这天，广东将防控升级到了重大突发公共卫生事件一级响应。

她回家刚坐下，还来不及放行李。

去南北药行买口罩的凤娇妈回来了，一脸愁云地说还想再买点口罩，却没口罩卖啦！

细妹调皮地抹开外婆脸上那坨"恼苦"，开了自己的32寸行李箱，除了一套衣服、几本书，其余全是口罩。

她终于把哥哥等回家了。

细妹脸上堆积着多日的不满，哥哥一笑，说知道细妹回家特地和同事调班赶回来，边说边伸手想摸摸妹妹的脑门顶，细妹瞪着眼闪开了：咁多日就发过一条信息！点解（为什么）？

哥哥坐在沙发上两手揉揩着后颈：忙！流行病学调查，调查确认感染者和密切接触者，还要疫点消毒……

细妹一副审官的模样：深圳第一例确诊病例！点解冇第一时间通知我？

哥哥眯眯眼睛又笑了。

细妹口气横蛮：冇笑！从头讲起。

这个哥哥先是无奈地摇摇头，再摆出一副老实听话的模样，说1月9日他们区疾控中心下午5点15分接到社区医生的电话后，就同公安破案一个样，一个个联系病患进行流行病学调查，有病人或者有密切接触者都要调查，面对面调查……

细妹：哦哦……

哥哥反问：公安办案，冇破案你有乜嘢好讲？

细妹明显被吸引住了，摆出一副宽宏大量的模样：后来？

哥哥：当天调查结果，发烧病人冇离开过深圳，但病人同住的孙仔1月4日同病人亲家夫妇从武汉返深圳，跟着就低烧好几日，流感检测阴性，白细胞等指标都唔高。1月4日国家未曾公布新型冠状病毒的任何信息，净系（只是）报告华南海鲜市场相关肺炎病例，考虑到"流感检测阴性，密切接触者在武汉探亲访友过"，当晚区就将详细情况上报深圳市疾控中心，一级一级报上去。

说着，哥哥半躺在沙发上，两手扩伸了几下然后枕在自己的脑后。

细妹露出不屑：调查乜嘢？几例病患嗟！

哥哥忽地挺身锁眉：几例？同你讲好似鸡同鸭讲！一个患者的密切接触者可能高达几十人，一般接触者也有高达近千人，全部分类采取医学观察措施开展核酸检测，患者去过的场所实施管控，先环境采样后实施终末消毒……哼！

细妹被骇住了，打开行李箱翻来翻去找出一瓶消毒液，说要给哥哥消毒。

她"吱"地撕开包装纸准备开封，哥哥笑喷了：唔好紧张！你对专业人士都有放心？现场全部消毒处理完毕，如果需要你业余指导，咁就玩完了……

细妹醒悟自己荒谬了，龇牙一笑听哥哥说疫情。

第二天1月10日，国家专家组宣布武汉不明原因肺炎为新型冠状病毒感染。当晚，到过武汉的老夫妻去了香港大学深圳医院急诊科就诊。检查显示，他们的体温高于38℃，肺部有影像学改变，淋巴细胞减少，血小板减少，C反应蛋白和乳酸脱氢酶水平升高，马上转至深圳市三院（市定点医院）隔离治疗。

细妹不放过一线缝隙：疑似病例？几时确定？

1月14日凌晨，深圳市三院国家感染性疾病临床医学研究中心，根据国家公布的新冠病毒基因序列，自主合成引物和探针，检测出了首例核酸阳性患者，12个小时后国家核酸检测试剂盒抵达深圳。当晚19时06分，市疾控中心采用国家试剂盒检测后老夫妻的结果也出来了：（2019-nCoV）核酸阳性。23时45分，广东省疾控中心做的基因测序复核也是阳性，样本即送中国疾控中心。首个深圳聚集性疫情家庭的调查结论：1. 家庭中没到过武汉的亲家母也感染了，警示新冠病毒存在人传人；2. 家庭中有儿童病例，警示儿童也是易感人群。

细妹：武汉报告说累计病例只有几十例，冇讲人传人？

哥哥：对了，几日前钟南山来过深圳！

细妹一下抓住问题的关键：1月18日钟南山连夜去武汉，1月19日晚在北京国家卫健委开会，1月20日宣布"病毒可人传人"，深圳人传人病例亦是理据？

哥哥点头：1月19日，国家专家组确认广东省首例输入性新冠肺炎患者。

细妹：我20日开始天天关注广东卫健委消息，第二日消息称，截至1月21日24时，广东确诊新型冠状病毒感染的肺炎病例26例，其中深圳14例，全广东，深圳占一半，得人惊（让人害怕）。

哥哥：新增病例会陆续公布，病人集中到深圳市三院隔离治疗。

细妹想了想：哦哦，就是"非典"时我住过的东湖医院？

哥哥伸了一个懒腰摇摇头：当然冇系以前的东湖医院，你网上搜搜就出来啦……

细妹：微信有人讲，深圳医疗条件差……

哥哥：差？从1月11日收治第一个病人开始，三院就采取最高级别防护。先独立病房，随后送入医院负压病房，医护人员的防护升级为二级防护，高风险操作时增加护目镜同防护面屏等。

细妹嗔怪哥哥不早点告诉自己：微信冇回，语音冇接……

哥哥：同你语音？1月16日晚，连夜召开全市防治重大疾病工作联席会议，启动联防联控。

细妹迅速在手机点出深圳市卫健委的公告："立即提升冬春季传染病的防控级别，医疗卫生系统内部严防严控，启动'早发现、早报告、早隔离、早治疗'和'集中患者、集中专家、集中资源、集中治疗'的防治战略。"

哥哥：市三院进入一级战备状态……

细妹再点开市三院——深圳市第三人民医院/南方科技大学第二附属医院的介绍。其前身就是创建于1985年的东湖医院，现发展成集医疗、科研、教学为一体的感染性疾病专科特色鲜明的三级甲等研究型医院，是国家感染性疾病临床医学研究中心建设单位，是广东省以及港澳地区规模最大、设备最先进、功能最完善的感染性疾病诊疗、研究中心……

看罢市三院的介绍，她抬头想和哥哥说什么。

沙发上的哥哥闭眼入睡，还有轻微的鼾声……她气得举手，要一巴掌拍醒哥哥，手在半空停住了，转身入房拿张厚毛毯盖在哥哥身上。

细妹怎么也想不到，这个春节假期以及后来的数十天，自己和哥哥再也没有如此有闲的相聚了。

第二天，2020年1月24日（大年三十），一如往年的年夜饭。

熙熙值班，他在家族微信群发了一张图片，大年三十，他们值班人员和中心全体领导一起吃盒饭，还戏称这年三十的特别家宴很丰盛。

杨定国一早要了年假，计划和凤娇年初三去西北看望细妹的爷爷奶奶，大年三十清早却被紧急召回局里开会，落实全市联防联控的工作机制；接着的春节假期，每一天都督促机场、码头、火车站、客运站等场所的体温监测，严控各地进入深圳的车辆和人员，查车查体温，成了家里最早出晚归的人。

昌生的妻子儿科医生常艺宁和上小学三年级的儿子小满准时来吃年夜饭。

昌生呢？大年二十九的深夜，他突然说海外的一个项目出了问题，直接从北京出国，不回深圳了。

饭桌上的话题绕不开疫情，经历过2003年的"非典"，何家人，包括凤娇妈都淡定了许多。

凤娇妈说有叫"非典"，叫"新冠"，都是肺炎，煲醋肯定有用，戴口罩有错，武汉封城好及时。

凤娇爸说"非典"时期北京方舱医院立大功，武汉要建"火神山""雷神山"医院，名字好，镇邪。

常艺宁本来说带小满去逛花市，花市也因为疫情提前结束，自己被紧急抽调到发热门诊，整个春节都要上班，深夜还得赶回医院值下半夜的班，8岁的小满怎么办？

小满一下挤在细妹和凤娇爸之间，这瞬间奇异的是，他和表姐细妹不约而同密谋似的闪了闪眼神，想到一起了。

小满全身扭动还举起拳头大叫：耶，去爷爷家！

凤娇爸妈不等常艺宁答应就连连点头。

吃完年夜饭，接着就是普通人家的春节例牌，大年三十的春晚节目。

这是一个太特别的春节，都知道武汉疫情仍在扩散，连春晚也增加了疫情防控节目《爱是桥梁》，除了少不更事的小满，大家的心思都有点沉。

白岩松一上场就说节目来不及一次正式的彩排，因为疫情发展得实在太过迅速。

小满站在沙发边上好像一个晃来晃去的大钟摆，这时候白岩松说首先给白衣天使拜年："我们在这儿过年，你们却在帮我们过关"……

小满立即双手拍打自己的小胸膛：白衣天使！

细妹一乐：不是你！

小满连连跨过沙发上好几人的大腿，搂着自己妈妈，眼珠钢镚儿似的一弹一弹：我妈妈！我是妈妈生的！全世界都知道，你不知道？

好像不小心拉开的可乐罐，大家的嘴突然"嘭"炸出一波波大笑泡沫，哈哈！急不可耐和忍俊不禁，这才像过年。

电视里的贺红梅说想给最近14天内离开武汉的朋友拜年："疫情有潜伏期，这段时间不论你走到哪，都请照顾好自己，也就不给感染别人提供可能……""您安全了，14亿人都安全了。"

凤娇妈明显被感动了，擦了擦眼角。

一个人和14亿人，不曾有人说得这样实在形象和普通。连爱"执字虱"（挑刺）的细妹也不禁点头，回头想和妈妈说什么，却发现妈妈心事重重并没有看春晚，想别的？

临睡前，细妹跑到妈妈的房间，逼问妈妈出了什么事情。

舅舅昌生的紧急任务不是国外的项目，而是湖北的火神山。舅舅不让告诉外公、外婆和六叔公，连舅妈常艺宁也不知道。

哇？

怕他们担心，如果……

昌生把一切都交托给凤娇了。

细妹拍了拍凤娇的肩膀：如今又多了我——杨芊羽。

整个春节，全世界的目光都集中在武汉，集中在中国内地，都以为这只是发生在中国的疫情。确诊病例、疑似病例、死亡人数，不但新闻更有谣言均以惊人的速度递增。

没几天，深圳戴口罩的人越来越多，大街上的人迹却越来越稀少。

细妹在网上做足了功课，她拍着凤娇的肩膀让妈妈放心，笑称自己是一家之长，一切准备好了，连紫外线灯都买了，外公、外婆和六叔公还有凤娇都得听她的：出外不但要戴口罩，还要戴正确。

确实，六叔公的口罩戴反了里和面，凤娇妈把压鼻梁的上方搁在下巴了，凤娇爸更不像话，口罩露出两个大鼻孔。

熙熙他们疾控中心大年初二前召回了全部人员，深圳市的公务员陆续被召回，不少人下沉社区协助防疫。

抢购的风潮和"非典"时期差不多，何家人都很淡定，是真的淡定，连凤娇妈都说那些抢购的人发神经。她牢牢记得自己在"非典"期间疯狂买醋的笑话，发过神经的人不会也不想看到再发神经，果然如凤娇妈所料，两三天的抢购高潮过去了。

几位老人天天看电视播报疫情，火神山医院建设的十天十夜，屏幕每天都出现各种各样的建设者。细妹拿着遥控器准备一出现昌生舅舅的镜头就转台，施工者几千，管理人员有700人之多，安全帽和口罩把这些人遮盖得就剩两只眼睛，她完全放心了，看不出谁是谁，就知道他们为了谁。

深圳没封城，但春节花市提前结束，灯光秀、弘法寺敬香、植物园踏春，还有孩子们喜欢的欢乐谷、野生动物园、海上田园等，不是暂停就是闭馆取消，连亲戚朋友都不串门拜年了，利是红包也在微信发了。每个人都躲在家里，还好几乎一切都可以在线上进行，网络从没中断。

2020年2月2日，也就是大年初九的上午，武汉火神山医院正式交付。往年春节，正是假期结束的日子，如今都乱套了，公务员们早就上班了，工厂和商铺依旧停工。

细妹知道舅舅又赶赴雷神山了，就算任务完成也要隔离14天，她继续和妈妈共谋隐瞒舅舅在武汉的消息。

凤娇接到分行通知，受疫情影响，各省市正式上班的时间不同，部分产品的权益和服务会受到影响，因此总行对权益服务供应商进行了梳理，形成了《疫情期间信用卡产品服务情况说明》。她将通知发送支行属下，要求做好客户的解释和安抚工作，确保信用卡业务运行安全平稳有序。支行的银行业务尽量采取线上操作，还会随疫情根据总行指令实时调整。

深圳确诊病例增长快速，每天的个位数变成两位数，常常排在广东地区首位，他们的小区全线封闭，只留东西两个社区严控的进出口，每每进入必须验证住区身份证明，还得接受测量体温枪的脑门一"叮"，合格方可通过。

凤娇妈储备的过年菜肉已基本清零，凤娇不让老人出门，自己隔三差五开车和细妹去大超市购买菜肉。酒楼也暂停营业，六叔公和凤娇爸倒是淡定一句"马死落地行"，每天饮茶改成在小区花园溜达十多分钟。

很快，这样的日子也结束了。

天天的疫情新闻消磨着凤娇妈的淡定，武汉令人揪心，尤其说不少医护人员也感染了，说防护服不够了。她当晚做了个噩梦，第二天神经兮兮问细妹，熙熙他们的防护服够吗？

细妹搂搂外婆，她早就问过哥哥，2019年12月中心刚听说武汉情况就警惕了，人员应急培训还补充了防护用品和消毒药物。

凤娇妈还不放心，想捐防护服。细妹拍拍外婆肩膀，哥哥说，不了解专业装备的人捐赠的防护用品往往不适用。

凤娇爸突然从卧室出来，说他老工友的儿子是熙熙他们中心物业管理的人，一些后勤人员被困在疫区无法返深，连食堂都无法开伙，防疫人员吃饭成了问题。

凤娇爸：点算？

凤娇妈火烧眉毛一样，急得要出门买些盒饭打的送过去。细妹一把拦住，说这事她联系哥哥，外公外婆不要担心。

细妹几番语言才和熙熙通上话，说想串几个同学去中心当义工。

哥哥语气强硬，说不要添乱，家有几个老人，细妹管好家比什么都好。

细妹再想说什么，熙熙已经挂断了……

夜深人静，细妹竖起耳朵坐在客厅，终究听到开门的声音。

熙熙一进门就笑了，知道妹妹会等自己，所以早点回家说个好消息：中心附近有几家餐厅提供外卖配送服务，他们就在餐厅订餐，有听到消息的爱心人士已经联系了餐厅，每天捐赠盒饭和饮品送到中心。看，吃饭的问题解决了……

原来凤娇夫妻和爸妈都没睡，出客厅听到这消息总算放下了一颗心。

凤娇妈双拳并在胸前作揖，祈望好报落在这些爱心人的头上。

凤娇爸说起在微信上看了很多武汉的消息，越看越担心：点算？你有冇睇微信？

熙熙摇头：一冇时间，二冇兴趣。

熙熙解释一个新传染病暴发时，初期处于黑盒中，身处其中的专业人员，或行政官员确实会迷惑，不知道正确的工作方向，需要时间调整……

凤娇爸点头：唔当家去评当家，冇使（不用）负责任，易过借火（夸张地说办事轻而易举）……

凤娇：吃嘢唔做嘢，做嘢打烂嘢（会吃不会干，一干
就砸锅）。

杨定国不说话，指指墙上的壁画钟，即将12点了。

这算疫情期间"各自为政"的一家人难得的相聚。

小满住在六叔公家熙熙表哥住过的房间，小满想要玩
具，熙熙留下的一大堆机器人玩具都清理了。

小满问六叔公，有"拼豆"？有斗罗大陆的卡？六叔
公眨眼睛了，不知道是什么，可还是呵呵一乐，翻找矮柜
的多个抽屉，终于找到一部红黄绿三色的木头小车，说是
他爸爸昌生小时候的唯一玩具。那阵子玩具实在不多，这
玩具和猪仔钱罐都是昌生的宝贝，钱罐打烂了，木头车留
到今天。这部木头车配有一个木头螺丝批，嵌装都是木头
螺丝螺帽，许多年过去了依旧稳当，小满马上给这稀奇的
木头车起了名字"拼豆车"，十分安静地拆卸拼接重装，
还拉着满屋子转悠。

不过，他一连玩了好几天就不热衷了，天天吵着要去
儿童公园，一天能像蜜蜂那样嗡个不停。细妹和凤娇妈只
好带着小满出门，其实她们也憋不住了。

一进电梯，人也就零星几个，细妹她们悄悄别过脸走
到电梯角落，和对面的人保持距离，电梯直达一层，小满
第一个飞快蹦出电梯，果然没忘记细妹行前"不要触碰别

人和电梯按钮"的叮嘱。

细妹掏出小小的酒精瓶喷洒自己按过电梯按钮的手，没按过按钮的凤娇妈和小满也伸出手喷洒消毒。

往日东门人头攒动针都插不进，如今宝华楼、太阳广场等都紧闭闸门，空寂无人连苍蝇都不见半只的步行街让她们感到不仅仅是陌生，一路上怪怪的似有什么追赶的慌，只是这慌又夹杂了些许胜利逃亡的喜悦……

1987年建立的儿童公园还在深圳中学的边上，那些游玩的项目已经超越了细妹他们的时代。疫情可不管旧时代新时代，一切项目都取消了。

时钟停摆的死寂却没影响细妹他们的心情，没有多少人的公园还是公园，比憋屈在家腌活人咸菜的日子好。春日看上去有点冷淡，哪知道静止中的它偷偷昭示着生机，好心情毫无预兆就长出来了。

好心情长什么样子？

看看小满就知道了，他先是企鹅那样左脚右脚交替着蠢笨地追逐着自己春光下的身影，歪歪扭扭踏着寒阳走了好一会。是想学校了还是别的或是被偏冷的春风吹醒了脑壳，小满一激灵就甩开胳膊了，嘴巴溜出课间操《你笑起来真好看》的曲儿。他曲儿一出口，笑声也跟着上，一路笑一路自个蹦着跳着，空空荡荡的儿童公园，被小满一个人的课间操激活了。

他巴掌一上一下举在眉头，那是"想去远方的山川"。双腿踏步往左又往左，那是"想去海边看海鸥"。
两手臂高举左右挥动，那是"不管风雨有多少，有你就足
够"。脑袋摇晃两根手指横在脸蛋或额头，那是"喜欢看
你的嘴角，喜欢看你的眉梢"……

白云挂在那蓝天

像你的微笑

你笑起来真好看

像春天的花一样

把所有的烦恼所有的忧愁

统统都吹散

你笑起来真好看

像夏天的阳光

…………

细妹也突然跺起脚，左左右右蹦跶了几下课间操，还
"像夏日的阳光"冲着并不蔚蓝也没挂着白云的天空开怀
大笑，笑得烦恼和忧愁都闪了溜了。

这奇怪了，凤娇妈也在晃手臂。她跟着住宅区的一群
大妈偶尔在小广场踢腿踢脚，难不成广场舞也跳《你笑起
来真好看》？

最后小满跺着脚喊出"整个世界全部的时光美得像画
卷"，脸上比歌里唱的"笑起来真好看"的笑还多出了一

层热乎乎的、细密晶莹的汗珠子。

小满说天天都要到儿童公园，这下凤娇妈摇头摆手连恐带吓，把自己这些日子在微信群看到关于疫情的报道和谣言全都灌进小满的脑子，还说医生妈妈不让他回自己家住就因为医院的病毒太厉害了。

小满：比大圣悟空厉害？

凤娇妈用力点头，马骝仔（猴子）一个跟斗十万八千里，哼哼哼，病毒要多十倍……

小满着实大吃一惊。

凤娇妈翻出手机视频，有个打喷嚏的，一喷嚏的病毒炸出惊人的远；餐厅里一个携带病毒的人，走一圈几乎一半都染上了；还有病者亲属哭求救治，甚至有说一地的手机是死者留下的……

凤娇妈早日的淡定终究抵不过真真假假、乱七八糟的自媒体推文和视频，她要知道后来就不会说得如此过头。

回家的路上，好心情持续到晒布路，凤娇的微信语音也来了，让赶紧回家，她们楼栋8楼的一户人家，从武汉探亲回来的媳妇确诊了……

暖阳心情一下子坠入冰点。

还没进入住宅区大门就看到许多穿得像宇航员一样的防疫人员，正在楼栋前后左右上下消杀！

凤娇妈愣看着这幕，死撑的一点淡定完了。"新冠"比"非典"厉害多少倍算不出来，只知道自己这一家，六叔公95岁，凤娇爸84岁，自己也76岁了，都在高危的线上。

凤娇妈喃喃自语，把春晚说的"您安全了，14亿人都安全了"改成"自家（客家话，自己）好就全家好"。

细妹、凤娇和凤娇妈，三代女人风风火火紧急调整，要上班的凤娇夫妻和熙熙不动，细妹、凤娇妈和凤娇爸搬过来对门六叔公的屋子，不再出外散步不再去花廊聊天，连超市购物也改为细妹从"盒马"购买外卖送上门。

而丢弃生活垃圾、取快递、每天开紫外线灯消毒快递包装、门厅，还有上至六叔公下至小满的理发，等等和等等，细妹一手包干……

细妹出门都坚决不让嘟嘟囔囔的小满跟着，结果每次回家，小满成了把门大将军，站在玄关门厅处，隔着防盗门指手画脚嚷嚷酒精"消毒"，不换鞋不换外衣，不把换下的衣服浸泡稀释在84消毒液的桶里，休想进门。

自家好就全家好，连小满都挂在嘴边了。

事情出在调整后的第三天。

细妹宅家的日子喜烹调，还把手艺拍图发在朋友圈，收获最多赞的是清蒸鱼。这天又是蒸鱼，小满太爱吃鱼了，大口大口吃，一面吃一面说比麦当劳的鱼柳好吃，顾得了嘴巴说顾不来嘴巴吃，结果鱼骨就一个不乐意歇在咽喉了。

怎么办？

凤娇爸说呕出来就没事了，小满真就憋着劲吐，先是强行吐在洗手间，吐了又吐就到处开花吐，问题是稀里哗啦吐了一地，鼻子眼睛都是泪，可鱼骨赖着就不走……凤娇妈心疼极了，恨不得卡鱼骨的是自己，手足无措抱着小满不是，不抱着也不是，喃喃说：去医院……

小满满脸泪，泪是呕出来的，不是哭出来，这一听去医院，崩溃的一声大哭还一把推开了凤娇妈，不去医院。

去和不去，就这样折腾起来，为什么不去医院？

小满哭着叫：全世界都知道病毒，你们不知道？

瞬间，大家才想起了病毒！细妹明白了，说老人们留在家，自己带小满去医院，孩子摇头扭身就是不去，哭着说，说着哭，最惊人的是病毒翻跟斗比孙悟空更厉害。凤娇妈张口结舌，吞不回去自己吓唬小满的话……

还有什么办法？细妹想想还是微信语音联系哥哥熙熙，可无人接听。

细妹哪里知道熙熙正在负压实验室做核酸检测。

此刻，他是离病毒最近的人，手握病毒采样管，盯着样本管上的受检者姓名、采样编号和实验室检测号，反复核对3次以上，确保无误才进行核酸提取。提取需要大概19分钟，核酸扩增大约需要一个半小时，从样本清点到检测报告，全程最快要3个多小时。

熙熙从不和家人啰嗦在密闭实验室里的事。他穿着连体防护服，不但缝隙都用胶布黏合，还戴着N95口罩、双层手套、帽子、护目镜、靴套。不能吃东西、喝水，更不能上厕所，连大口大口的自由呼吸也不可能，一待就是4个小时，直至汗湿衣襟，脸上压痕累累。

他更没时间说负压实验室和核酸检测实验室在不同地方，运送样本最多的时候，一天要跑十多次。常人难以想象的艰苦，在样品量高峰时，拧样本管盖拧到手指起泡。当高度专注盯着96个小孔的反应板加液，出现眼花缭乱时，只能不断自我提醒：注意，注意！

握着加液枪的手因连续精细操作，走出实验室后还不时抖动。每一个样本管和每一步操作都要消毒，有时候连夜奋战，连酒精喷壶都按不动了，胳膊抬不起来，腰直不起来，做完实验回到办公室时整个人都是颤抖的。

样本检测是与时间赛跑，早一分钟找到阳性感染者就早一分钟减少一连串可能的病毒传播者。实验结果如果显示阳性，另一场赛跑又开始了，立即将检测结果反馈并采取防控措施，尽快阻断可能的传染链……

熙熙回到办公室最想的不是看手机，不是和家人说些"局外人"无法理解的话，而是省下所有的力气闭眼歇一歇，应对不可预知的明天。

…………

这头的"鱼骨事件"即将结束。

凤娇爸说自己小时候也卡过鱼骨，是六叔公抠出来的。

六叔公点头。

小满看看六叔公看看凤娇爸，他们都在微微笑，是真的。

小满看看这看看那，不知道在想什么……

细妹灵光一闪，伏在小满的耳朵上说了什么，小满睁大眼睛竟然点头了。

细妹用酒精消毒了自己的食指，小满老老实实张大了嘴，真的，细妹指尖碰到了刺刺……轻轻一抠，鱼刺出来了。

10多分钟后，小满已经在吃鸡蛋挂面了，很香很香，实在太好吃了，连吃了两大碗。

六叔公、凤娇爸、凤娇妈坐在对面的沙发上，挑剔这个8岁男孩的吃相。

太丑太猴急，连凤娇爸都忍不住说小满不要"吃饭好像水推沙"。

小满"滋溜"吮下几根面条，特诚实地点点头：我把一年的"饭"都呕掉了，就要把它们吃回去！

细妹一撇嘴：小满，做你的胃太不容易了！

六叔公说话了：一口饭吃完再吃一口。

小满眨巴着眼睛想反驳什么。

凤娇爸眉头一皱，语气比铁硬：想再鲠一次鱼骨头？

刹那间，小满放慢了吞咽的节奏。

宅家生活一天就好像十天那样慢和长，一直以来的快生活令细妹学习慢生活有很大难度，可以干点什么？她翻出当实习记者时候的采访笔记，听自己的采访录音，感觉已经过去了几十年一样遥远。当年采访别人的自己率直天真，天天盼望重大新闻，不屑一大堆人间烟火，嗤之以鼻卫浴陶瓷展销会，海参价格上涨百分之五，大闸蟹深受深圳消费者欢迎，如今多渴望以前那一个平和现实，正常上学读书或上班的生活。

从2019年到2020年，从二一村开始再到欧洲接着读研，最令她深深恐惧的是到底还需要宅家多少日子。

自鱼骨事件后，细妹对自己说，饭，真的要一口一口慢慢地吃，从慢慢吃饭开始，这是细妹对自己的强制性要求。

朋友圈是细妹全部和唯一的社交生活，何家的族人们都在比赛生活，把各家的厨艺展示在家人面前。

他们各自加入了许多群，种菜做菜还有"每天一句客家话"群。

不能出外了，"天掉下来当棉被盖"的六叔公和凤娇爸，将唯一爱好叹茶改在家中进行，这个随遇而安的决定不经意地进入另一种生活模式。

往日大阳台的草木是六叔公和凤娇爸的专属，如今成了多功能阳台。细妹除了上网课就去看大阳台六叔公种的紫苏、薄荷、艾草、鱼腥草以及一些叫不出名字的藤蔓，一次次地走到它们面前，俯身摘一片叶子；这种和那种靠近鼻子下面，分别嗅了又嗅，比较着这些浓烈的差别，靠近这些叶片靠近它们散出的生命气息……

细妹网购了面包机、肠粉机，甚至还有一个小型沤肥器，倒进残菜剩饭等流出来的是处理过的不臭肥水；不仅往外倒的垃圾很有限，大阳台增添的葱和姜，还有大花盘里的早春黄瓜和豆角，也巴不得吃点荤呢。

后来，细妹难于相信自己连做包点和肠粉都学会了，日子渐渐一切如常，有时候还错觉没有新冠肺炎这回事了。

2月24日，整整一个月后，广东省卫健委将重大突发公共卫生事件一级响应调整为二级响应，疫情得到初步遏制。

正是2月24日这天，中国—世卫组织联合考察组外方组长布鲁斯·艾尔沃德表示：中国的方法是目前唯一的被事实证明成功的方法。很多人说现在没有药、没有疫苗，所以没有办法。而中国的做法是，有什么就用什么，能怎样拯救生命就怎样拯救生命。

早在2月10日，世卫组织专家先遣队队长布鲁斯·艾尔沃德博士就率队抵达中国与中方专家密切合作，共同应对疫情。艾尔沃德是加拿大流行病学专家和应急专家，曾多次参与处理突发公共卫生事件。

这天，凤娇妈神秘兮兮地打开手机视频让细妹看，那视频拍了一个开会场景，一名黄发外国人的手伸过隔壁椅背抚摸一个中国女性的腰背，解说词说这是艾尔沃德，怎么看都可以联想许多龌龊事。

凤娇妈：炮打鬼（客家话，骂作恶被塞进大炮打死的人）！

细妹看了几眼：假的！

凤娇妈：假的？

细妹：我关注世卫组织，成日睇艾尔沃德……

凤娇妈：黄头发……

细妹不说话，一眼瞄到视频下角有半条商业横幅的半句话。凭这半句话，她的指头在手机上点来点去，搜索到了，视频的会议现场其实是某地一个招商会，此黄头发不是彼黄头发。

凤娇妈太吃惊了，一是这移花接木的造谣，二是细妹瞄了两眼就知道是假的。

不说细妹见多识广，就说这居心叵测的造谣还真收到了效果。

凤娇妈想不明白，艰难时候还有人造谣搞事，还看不见摸不着，这里头有阴险。

细妹：六叔公讲一样米养百样人。

凤娇妈：正式衰人……日日睇微信，确诊人数日日增加，有个老友记从感染至去世有到10日，睇到心慌慌，心情唔好，瞓唔好，心唔安，好几日都失眠。有个旧同事亦瞓唔着，查出焦虑症，去康宁医院住院啦，我怕都有焦虑症。

细妹摸摸凤娇妈的脑袋，还故意贴在她胸膛上听了听：哇，好劲，冇事！

凤娇妈不停说造谣生事的"前世冇修""神台猫屎乞人憎"（供奉祖先神台上的猫屎，令人讨厌），这时候细妹没吭气，几个动作就清空了凤娇妈的街坊群聊天记录，还给外婆设定了几个公众号。

细妹语气强横：唔好日日睇谣言……

凤娇妈愁眉苦脸：冇事做，倒垃圾都冇份，日日"阴干"（好惨），好快变成"隔夜瘦肉"……

这时候，小满的课间操"你笑起来真好看"晃晃荡荡又来了。

细妹一把拉起凤娇妈：你也笑起来真好看嘛！

……结果，小满的"你笑起来真好看"不是他一个人的课间操了，他说他在班里是领操人，他要细妹跟着自己的动作。他和凤娇妈也有了默契，只要眨眨眼，凤娇妈就一点遥控器，电视屏幕会定在"你笑起来真好看"的视频上……

同一首歌，小满是自己的课间操风格，凤娇妈永远都跟在小满的后头闹些出错胳膊踢错腿的小笑话，没有人笑，细妹还说自己76岁也要活得像外婆这个样。凤娇妈心里一甜就哈哈哈幽默自己"老人渣",把"老人家"说成发音相近的"老人渣"不是她的发明,是仿照广州老市长黎子流的粤味普通话视频而已。

小满从客厅一直跳到走廊,冲大阳台上的六叔公活蹦乱跳,六叔公淡定回报一笑,缓缓地舒展着"云手画圈"……

小满跳到凤娇爸的卧室,凤娇爸依旧坐着,举起报纸两脚往地板跺了跺,小满拨开报纸一脸严肃:你的心没有和我的心一起跳……

凤娇爸放下报纸问小满怎么知道阿爷的心。

小满学着凤娇爸举起双手乱晃:你乱跳,我就知道了。

凤娇爸搂着小满哈哈大笑。

这小满就像一条鱼,即便一口小小的玻璃鱼缸,他也是那一条最小最灵动,时刻把水搅活的鱼。

一天,细妹戴着口罩下楼倒垃圾,碰到一个也戴着口罩倒垃圾的阿姨。阿姨惊喜地喊"芊羽",说了许多,那阿姨比细妹更急迫更想说话,还知道细妹去香港读研,说多了解另一个世界!好,香港还有疫情,不要焦急,会好起来的。

细妹:会的!

多久没有和家人之外的人说话了,她终于想起阿姨是小学同学的妈妈，和几乎忘记的阿姨随便说些话。人与人之间相互信任，说些让对方高兴的话，分享疫情中的人间烟火，如此普通如此舒服，生活逐渐恢复正常了。

深圳的疫情通告好些天零感染了，细妹同意把倒垃圾的活还给凤娇妈。

昌生舅舅回家了，去武汉的秘密已经不是秘密，4月武汉也传出好消息，开关了。熙熙和细妹说另一个秘密，疫情早期包了餐厅捐赠盒饭饮品给他们中心的，猜猜是谁？细妹看了两眼哥哥，不做声用口型说出了"悟觉"二字。

门对门的两套间重新敞开了大门，不过出门还是要戴口罩，回家依旧洗手。

小满回到了爸爸、妈妈身边。

深圳的灯光秀越来越有名气，平日，他们都知道，却都提不起兴趣去看这样排场和热闹的"秀"。

2020年8月26日，深圳经济特区建立40周年的日子，何家人相约在福田区昌生住家附近的酒楼吃了一顿丰盛的晚餐，饭后，他们在昌生家的阳台看深圳市民中心的灯光秀。一幕幕灯火闪耀，一叠一叠前浪后浪轮番滚动，犹如40年间曾经奋斗的过往，无尽变幻的灯光在表述这一座城市满血复活的梦境……

大家心里都清楚，梦境和事实的距离，在最普通的百姓心里，灯光秀，有比没有好。

尾 声

2020年即将过去。

这一年实在太长太慢了，当它即将离开意味着永远过去的时候，细妹才发现留下的事和人其实不多。

她毕业了，线上上课线上考试，写完了论文，接着答辩和按照论文打分。

细妹说完成了自己人生一个小小的句号。

另一个句号属于深圳的"大件事"了，事情从疫情期间的2020年3月27日说起，总投资近1.1亿元的深圳湾航道疏浚工程（一期）项目，公示环节被深圳市交通运输局叫停环评公示，环评报告书涉嫌抄袭广东湛江市项目。

这个过亿的项目可能会对环境产生重大影响才需要审慎的评估论证，这环评报告书真抄袭了吗？

4月1日，中国科学院南海海洋研究所发布《深圳湾航道疏浚工程（一期）环境影响报告书》涉嫌抄袭调查处理情况，确认存在抄袭。

4月15日，国家生态环境部召开例行新闻发布会，生态环境部新闻发言人刘友宾表示，近期，深圳湾航道疏浚工程（一期）环评文件在建设单位自主公示阶段，暴露出抄袭、造假问题，性质十分恶劣。

造假抄袭固然恶劣，细妹关注的不仅仅这点。

深圳湾为什么要进行航道疏浚工程？答案是"海上看深圳"游轮项目的需要，预期在深圳湾开辟一条宽120米、底标—3.1米的航道，目前深圳湾等深线不足2米，需要疏浚的用海面积约48.4386公顷。

那份报告列举种种开辟旅游航道的可行性。

网上就此引起热议，众多网友直指旅游日常化带来生活垃圾、油污、噪音，这人类开辟的旅游航道足以毁灭那一大片红树林鸟类正常栖息和觅食的生存地……

更有专家说：对于深圳这个高速发展了40年的城市来说，深圳湾的红树林是深圳宝贵且为数不多的自然财富……

疫情期间，细妹想得最多的是生态环境，而启蒙的第一课是当年小学组织的红树林观鸟活动，看滩涂万千鸟儿觅食飞翔嬉戏，老师说这是大自然轻歌曼舞的魂。

深圳湾位于东亚—澳大利亚全球候鸟迁飞路线上，每年有超过数十万只候鸟在此落脚……航道疏浚必定扰毁滩涂地，没有了滩涂生物，没有了食物，候鸟还能生存吗？游轮项目是为观赏红树林湿地上这些精灵一样的鸟，却从捣毁鸟儿的生存栖息地开始，鸟儿过得不好，人也不会好到哪里去……

新冠疫情能否唤醒人类对自然对生态的敬意？深圳湾

被誉为深圳最重要的生态"圣地"，若沦落至绝地再谈保护之时就晚了。

这一座城若没有湿度和温度以及生机勃勃的滩涂就留不住鸟，没有了来自地球的候鸟，只留下不存灵魂的航道。这航道偏偏是为了观鸟的游轮们，它们必定会进入航道，不过，观看的已经不是早先打出的旗号"鸟"，是它的历史遗址。这一幕荒诞哑剧如果没有剧本抄袭造假的败笔，是否拉开了序幕？

疫情持续的日子中，不但深圳的媒体，连"南方+"也发起了投票选项。

深圳湾疏浚航道，开辟海上旅游项目，你同意吗？

同意，坐看深圳湾美景，4.58%。

不同意，红树林的鸟儿要去哪儿？91.66%。

不确定，待详细方案出炉。3.76%。

不同意开辟海上旅游项目的占91.66%，细妹为其一，她还把投票链接发给了她认识的所有人，并加上自己那段"荒诞哑剧"的评语……一个在这座城出生长大的普通人，可以做的事情很有限，"不同意"是她在2020年大事件中的选择，力所能及完成了这个91.66%的句号。

说说细妹牵挂的人。

深圳新增病例连续零增长的日子，香港的疫情看到一点曙光又被病毒翻盘，世事难料。雅文说自己很郁闷，香港疫情令她很恐慌，好几个地方出现来源不明的病例，她只能天天在家里喷洒消毒水。

好消息是雪莉回家了，她和男朋友分手了。

细妹和雪莉视频，还是那个任性的雪莉，在床上抱着一个枕头生气，说那些日子当发了一场噩梦，自己阿妈问得好，商铺结业、地铁停开、机场停飞就是自己日日讲的香港更好？之前的想法错到离谱，那帮朋友不少吸毒了，离开他们是想改变自己，却遇上疫情暴发，一切都不在自己的控制之中。雪莉说自己想同阿爸阿妈讲一声"对唔住"，却无话可说抱着阿妈哭了一场。

细妹说：明白。

许久不联系的马启明又上微信了，说在德国待了两年多，以前觉得自己是个过客。这些日子不得不和德国的所有人共患难，听到救护车呜呜呜叫着远去，看着默默流泪的人和自己擦肩而过，都会莫名伤悲，不知道是谁，也不知道自己为什么会为了一些不认识的人哀伤，到底是为了别人还是为了自己；觉得自己不是别的，是灾难本身。

细妹说：这是世界性的灾难。

细妹帮六叔公整理房间，发现在他的小木箱子藏着早年侨联的会员证和一张三人照，这张三人照画面是：穿长衫的男人和穿旗袍的女人，女人怀里有个婴孩。

她问是谁。

六叔公说是细妹的太公太婆（曾祖父母），细妹听说过曾祖父不让日军以妻儿性命要挟自己而跳崖牺牲，东纵游击队把他的妻儿，也就是自己的曾祖母和祖父送到六叔公的凉茶铺……

六叔公说了后来的事，曾祖母更名凤仪，说是从南洋回来的六叔公表亲。

1943年大旱灾大饥荒引发大瘟疫，香港逃到深圳的难民很多，镇外的树下和田埂，常常走十几步路就碰上倒地的饿莩，香港和宝安都死了很多人。

六叔公先得病，昏迷前让凤仪不要管他，"饿瘟"是无药可救的。他已经卖了乡下的田换得救命的番薯和糙米，足够她和杨哥的"种草"（客家话，后代）度过荒年。

等死和濒死的昏迷中有人喂他，不知道是粥还是水或别的，一天再一天，他醒了，那只有桌子高的杨哥的孩子从灶间跑出来，捧着一碗蛋羹。

凤仪去了，比他晚得病却走在他的前头。

孩子说阿妈留下一句话，吃，吃得多好得快。

孩子还伏在六叔公的耳边说秘密，撑起六叔公看屋脚烂布掩盖的一口烂瓦煲，里头藏了十多个鸡蛋。

那是凤仪拆开孩子衣缝里的最后一对金耳环换的，孩子说自己学识"煮食"了，粥、蛋、蛋汤、番薯、番薯粥……冇死得！

他抱着孩子，泪水噙满眼眶，一滴一滴顺着脸颊流，艰难地重复孩子的话：冇死得。

细妹静静听自己曾祖辈的故事，心里藏着一个问题，这漫长的岁月，六叔公都是独身一人，是不是承载了这张照片的重负？

是，或不是，重要吗？六叔公心无杂念至今，不需要验证。

2020年，世界整整一年都在承受痛苦，多国疫情暴发，恐慌蔓延，不少国家一下子陷入困顿，灾难不考虑什么环境和阶层，什么信仰和国家，陈述这样的事实确实很残酷。

细妹在想，一个人可以做什么？寸步难行的2020年就剩一天了，这天格外冷，气温急剧下降了近10℃。

每每遇到困境，六叔公镇定自若，总说一句话：车到山前必有路，船到桥头自然直。六叔公什么都经历过了，说起曾经的苦难平平淡淡，和六叔公的苦难相比，自己是白纸一张，苦难的记忆很少，自己必须经历多少才不会惶恐？

2021年无论有多少未知，别无选择只有向前走。关于未来的方向，她终于做了一个自己的决定……

2020年12月31日星期四

完稿于麻陂石泉庄

延伸阅读

《叉仔——与深圳一起成长》　　　　作者：张黎明

　　本书是一部讲述深圳一个普通孩子叉仔亲历深圳成立经济特区后20年间发展变迁的长篇小说。故事从1979年秋天的最强台风写起，至老城拆建、叉仔长大后的1999年结束。全书以微视角切入，小至深圳人的市井家事，大至深圳改革史上的大事件，作者用平实生动的笔触娓娓道来。全书既直面社会现实，又在细微深处见真情见精神，生动再现了深圳从小城蜕变为国际大都市的过程，思想性、可读性强。同时，作品语言流畅，且本土俗语贯穿全书，自然而鲜活，有浓烈的深圳味道。

扫码添加智能学习助手，
为您提供专属服务，提高学习效率

读懂故事背后的
深圳特区

听一听和深圳的故事

深圳腾飞，无声承载亲历者的命运
长河奔涌，记录一座城的短暂历史

原来你是这样的深圳！

改革春风吹满地
深圳发展真争气

微信扫码
立即获取